U0457078

编委会

顾　　问　　镇江市对口支援新疆生产建设兵团第四师前方工作组

主　　编　　严龙梅　朱春晓

副主编　　毛宪雪　赵　静　刘筱莉　杨艳萍　李　慧　李红保

编　　委　　刘　剑　崔　栋　董琼芳　陈秀凤　李贵荣

　　　　　　袁　宏　祁雪凡　张亚利　张　华　陈　瑶

　　　　　　郑　毅　李海丽　蒲凯文　吴　郁　王绍婵

　　　　　　李红超　胡燕妮　朱红丽　苏　悦　赵　荣

　　　　　　郭雅琪　杜明俏　唐生泽　张文娟　高　茹

　　　　　　杜翩翩　章　杨　朱　涛　罗　倩　田　静

　　　　　　施月琴　吴亚男　王　颖

- 江苏省中小学教学研究第十四期课题
- 伊犁师范大学自治区教育系统铸牢中华民族共同体意识研究与实践基地大中小学思政一体化协同创新研究项目
- 兵团基础教育课题
- 北京高校思想政治工作研究一般课题"高校铸牢中华民族共同体意识方法对策研究"

尺素传情　名信润心

—— 聚焦中学生精神成长

严龙梅　朱春晓　主编

江苏大学出版社
JIANGSU UNIVERSITY PRESS

镇 江

图书在版编目（CIP）数据

尺素传情　名信润心：聚焦中学生精神成长 / 严龙
梅，朱春晓主编. -- 镇江：江苏大学出版社，2025. 1.
ISBN 978-7-5684-2210-9

Ⅰ. I26

中国国家版本馆CIP数据核字第2024W5W168号

尺素传情　名信润心：聚焦中学生精神成长
Chisu Chuanqing　Ming Xin Run Xin：Jujiao Zhongxuesheng Jingshen Chengzhang

主　　编/严龙梅　朱春晓
责任编辑/宋燕敏
出版发行/江苏大学出版社
地　　址/江苏省镇江市京口区学府路 301 号　（邮编：212013）
电　　话/0511-84446464　（传真）
网　　址/http：//press. ujs. edu. cn
排　　版/镇江文苑制版印刷有限责任公司
印　　刷/江苏凤凰数码印务有限公司
开　　本/710 mm×1 000 mm　1/16
印　　张/16
字　　数/249 千字
版　　次/2025 年 1 月第 1 版
印　　次/2025 年 1 月第 1 次印刷
书　　号/ISBN 978-7-5684-2210-9
定　　价/80. 00 元

如有印装质量问题请与本社营销部联系（电话：0511-84440882）

序 一

西北边陲，华夏沃土，自古英杰辈出，与瑰丽的自然相得益彰；各族情深，载歌载舞，共践文化润疆，让援疆的事业如火如荼。正是数不尽的英才投身新疆怀抱，洒下满腔热血，浇灌成熟之花；看不完的经典随之继往开来，满载馥郁春色，结出绚烂果实。

含英咀华间，无数警句名言振聋发聩，激励我辈奋发前行，扶摇直上；蓦然回首处，那些鲜活的文字从未走远，化作声声入耳的问候，涤荡肺腑。

本书所收信札，有的静水流深，有的荡气回肠；有的温文尔雅，有的雷霆万钧。总有一封会走进孩子的心坎，让他们感受诗与远方；总有一行会坚实稚嫩的肩膀，让他们担负起复兴华夏的重任。

载道之文，是一个国家最深沉的力量；铮铮铁骨，是一个民族最光辉的未来。走进它们，就像穿越时空，回到峥嵘的时代，跟随英雄指点江山，激昂文字。八千里路云和月，大好年华不该碌碌无为，不该等闲放过。

阅读这些信，总会跨越时代，让人涕泪纵横，相信读者也会在字里行间读懂那份担当，以及那份赤子之心和拳拳报国之志。少年志，则国志，为有牺牲多壮志，才是编纂之初心；继往开来，革命文化，优秀传统文化，践行社会主义核心价值观，对我们而言，是一份情怀，更是义不容辞的担当。

他们或许三尺微命，却始终不忘家国；生于天地，其精神可与日月争辉。他们留下豪情万丈的誓言，奏出历史的绝响。鲁迅有言，中国自古就有埋头苦干的人，有拼命硬干的人，有为民请命的人，有舍身求法的人，这些人方为脊梁。一个没有英雄的民族注定悲哀，幸运的是，中华民族群英荟萃，挥毫泼墨，直到今天仍焕发夺目的光辉，成为不朽的精神财富，值得永久流传，铭记。

江山留胜迹，我辈复登临。适逢各位资深教师满怀热情，不吝才学，为各位学子优中选优，汇集自古以来诸位先贤名篇佳作，加以解读推荐，写下肺腑良言，冰心玉壶。

适逢本书付梓，可喜可贺，旭日临窗，凝望天山巍峨，欣然提笔。是为序。

伊犁师范大学自治区教育系统铸牢中华民族共同体意识研究与实践基地项目组

朱远来

2024 年 9 月

序 二

书信是一个民族的精神密码。

1975 年，湖北省云梦县睡虎地出土了两件木牍。这两件木牍被认为是我国年代最早的家信。战国时期，"黑夫"和"惊"两兄弟随秦国大将王翦与楚国战于淮阳，途中写下书信，问候兄长和母亲，并请求寄送衣物和钱财。墨书篆笔，写不尽对家人的依依思念。

展信如晤，在没有"朝发夕至"的客运列车，没有"一触即达"的无线通信的时代，书信是情感与信息的容器，盛着悲欢离合，盛着阴晴圆缺。尺素传情，名信润心，一封封书信一如吐鲁番的葡萄，越过绵绵的岁月，酿成醇香甘洌的葡萄酒；又如卷着的锦毯，稍一抖落，就掉落世间百态、万象千姿。

文化未曾断绝，其实是历史文脉、风俗习惯、人情世故不曾断流。随着昏黄的信笺缓缓展开，仿佛能窥见岁月深处，司马迁感慨发愤、忧愁幽思，诸葛亮临终寄言、期望无限，李密真情流露、委婉畅达……本书中遴选的书信，涵盖古今百态、人世浮沉，蕴含着中华民族的精神密码，初读新鲜，细读回味。

严龙梅老师领衔的课程思政工作室，从 2021 年起，与可克达拉市镇江高级中学及伊犁师范大学等学校师生一道，以"中华民族共同体意识培育"为核心主题进行了大量探索，创新设置润心"书信+"驿站，通过书信中展现的人情、人性和人格，润物细无声地感染心灵、塑造品格、培养能力，深入开展了以优秀传统文化铸牢中华民族共同体意识的生动实践，取得了不俗的成绩。

习近平总书记指出："文化自信是一个国家、一个民族发展中最基本、最深沉、最持久的力量。向上向善的文化是一个国家、一个民族休戚与共、血脉相连的重要纽带。"中华优秀传统文化作为中华民族屹立于世界民族之林的重要文化根基，是新时代中华民族站稳根基、凝聚力量、创造辉煌的重要精神源泉。在现代化、全球化、城市化的今天，站在新的历史方位，我们要教育引导青少年更好地认识和认同中华文明，传承弘扬中华优秀传统文化，增强做中国人的志气、骨气、底气，"书信+"驿站，或许是一条行之有效的实践之路。

是为序。

北京航空航天大学"高校铸牢中华民族共同体意识方法对策研究"（北京高校思想政治工作研究课题）课题项目组

李　慧

2024 年 10 月

前　言

党的十八大以来，特别是习近平总书记主持召开学校思想政治理论课教师座谈会以来，思想政治理论课在党中央治国理政战略全局中的地位日益凸显。2019年8月，中共中央办公厅、国务院办公厅印发了《关于深化新时代学校思想政治理论课改革创新的若干意见》。2021年7月，中共中央、国务院印发了《关于新时代加强和改进思想政治工作的意见》。2022年7月，教育部等十部门印发了《全面推进"大思政课"建设的工作方案》。以上文件均指明了课程思政建设要在全国大中小学得到全面推进。

2021年9月，笔者响应国家号召，参加镇江市"组团式"援疆行动，奔赴可克达拉市镇江高级中学（以下简称可中），开展为期3年的援疆工作。2022年4月，新疆生产建设兵团第四师教育局发布了《关于印发第四师可克达拉市思政示范校建设实施方案的通知》。笔者迅速响应通知，成立课程思政工作室，开展系列调研，着手突破现实困境，强化顶层设计，立体化推进可中课程思政建设。

一、课程思政建设的现实困境

（一）思维观念困境

教师普遍存在"思政课主要是思政教师的事"的思维误区，缺少"大思政观"。近年来，在基础教育教学中，针对各学科的核心素养培育，一线教师正践行着新课标中的"实施建议"，逐步由知识本位向素养本位转变。但与此同时，部分教师也常认为国家课程至上，国家课程是教学的"权威抓手"，是"国家规定的，不能动"，而课程思政只是实施国家课程的"花式"补充，只要思政课落实即可。不少教师担心在其他学科实施课程思政会耽搁学科教学进度，弱化学科地位，影响学生考试成绩。

（二）顶层设计困境

2019 年，中共中央办公厅、国务院办公厅印发了《关于深化新时代学校思想政治理论课改革创新的若干意见》，强调深度挖掘中小学语文、历史、地理、体育、艺术等课程蕴含的思想政治教育资源，解决好各类课程与思政课相互配合的问题，发挥课程的育人功能，构建全面覆盖、类型丰富、层次递进、相互支撑的课程体系，使各类课程与思政课同向同行，发挥好协同效应。

这就对学校管理层提出一个高层次要求——领导核心要潜心研究相关政策文件，全面领会课程思政建设文件精神，结合本校及区域特色，理性规划顶层设计。但在现实教学中，存在多方面的问题：缺乏想设计、能设计、会设计的核心领导；未确立清晰的课程思政理念和目标，以及课程性质和设计标准、课程结构和内容、课程实施指南和评价体系；对与课程相关的教师团队的校本研修等缺乏主题结构上的系统设计。因此，课程思政的教学实践存在碎片化、随意化、硬融入等问题。

（三）落地实施困境

课程思政的落地实施困境主要表现为组织条件、教学评价等不完善。这使得课程思政建设进展缓慢、质量不高，存在活动断点式、实施浅表化、机制不成熟等问题。

一是开展课程思政的支撑条件有待完善。从时间上看，学校在课表上安排了课程思政特色课时间，但在实际操作中其常被语文、数学、英语等高考优势学科挤占。从空间上看，课程思政主要局限于思政教研组内部备课、教学，尚未建立思政教师与其他学科教师的备课交流机制，尤其是未与语文、历史、地理、体育、艺术等学科有机整合，对构建全面覆盖、类型丰富、相互支撑的课程体系无明确规划。从师

资上看，笔者所在地区思政教师流动性较强，数量不足，部分教师的教学水平也有待提升。思政教师在实施思政教学时易生搬硬套，教学方式缺乏有效性、针对性和情境性。

二是评价激励机制不完备。从教师角度看，探索课程思政教学创新的业绩未能得到充分肯定，比如专业技术职务（职称）岗位及绩效工资向思政教师适当倾斜、将思政教师在教学探索中发表的理论文章纳入学术成果范畴、加大对在实践创新中涌现的业绩突出的课程思政教师的宣传力度等激励机制还未建立。从学生角度看，课程思政学习实践情况未纳入学生综合素质评价考核，未作为学生评先评优重要标准，同时缺乏推动课程思政实践与学生社会实践、志愿服务活动相结合的有效举措，降低了学生在课程思政实践中的存在感、获得感。

近年来，笔者结合所在兵团高中的实际情况，依托两地学校基础学科建设有力、骨干教师业务素质过硬、青年教师勤学乐思、校园德育活动丰富有效的优势，瞄准可中学生社团建设和校本课程盲区，紧扣"援疆情　兵团根　中华魂"的主题，以可中为主体，自己援派单位江苏省镇江第一中学（以下简称省镇江一中）为辅助，立体推动课程思政建设。

二、课程思政校本化建构与实施

（一）成立专业工作室，完善课程思政顶层设计

首先，成立以校领导为核心的课程思政工作室和宣讲团。校长亲自抓、带头讲，部门责任人具体抓、分类讲，带领教师系统学习党史国情，以及党和国家的教育方针、路线、政策，定期开展各学科教研组长、备课组长参加的课程思政专项研究工作。

其次，在课程思政现实困境调研的基础上，结合兵团第四师高中和镇江高中的特点，夯实学校顶层设计，确定核心主题"中华民族共同体意识培育"，架构课程思政的三大类型：国家教材学科课程（基础课程）、综合主题延伸课程（延伸课程）、学生特色实践课程（特色课程）。

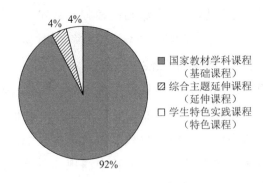

课程思政的三大类型

第一，国家教材学科课程，即依据高中各学科专业的内容，在发挥其显性的智育、美育、劳育、体育作用的同时，也发挥思想政治教育潜移默化的隐性作用。借用习近平总书记在 2016 年全国高校思想政治工作会议上的讲话，即好的思想政治工作应该像盐，但不能光吃盐，最好的方式是将盐溶解到各种食物中被自然而然吸收。这就要求把思政内容有机融入学科专业教学，达到育人的功效。

第二，综合主题延伸课程实施的前提是确定校本化跨学科教学主题。在研究中，我们主要确定的主题有中国古代文明成就和优秀传统文化、近代中国革命文化和革命传统教育、民族精神的代表人物及其所体现的精神、习近平新时代中国特色社会主义思想、国家"大一统"、民族间的交往交融、中外交流、新型民族关系与民族团结教育、现代以来科技成就、劳动教育、兵团文化与兵团精神等。在此主题框架下，省镇江一中的课题小组依托教务处，立足三个党支部，开展"赋能三课"研究，主要推进统编三科，即思想政治、历史、语文组合的"三师课堂"；可中深度挖掘统编三科与地理、艺术、音乐等学科蕴含的思想政治教育元素，致力于开展综合性跨学科主题延伸课程实践，探索跨学科主题教学多师课堂的典型样态。

第三，将学生特色实践课程与教师引导的跨学科综合主题延伸课程相观照，结合新时代国家大政方针和教育部推行的各项政策、文化润疆方略、时事热点等，充分挖掘区域历史文化资源、兵团红色文化资源等，整体筹划实施具有区域特色的校本化实践活动。

（二）助推共同体成长，推动三大课程立体实施

1. 锚定核心价值理念，夯实国家教材学科课程

围绕核心主题"中华民族共同体意识培育"，基于学科教材的一课一例进行融合，实践锁点交融、情境创设、任务驱动、合作探究、检测巩固等教学流程。各学科教师在课堂教学中留心发现跨学科的交融点，采用微视频方式渗透日常课堂，通过基础课程公开课，探讨细节，开展集体备课，实施学科基层共同体建设。

引进网络附加存储，建立"可中云盘"。对指向"中华民族共同体意识培育"的基础课程，在集体备课的基础上将课件、教案等成果及时上传云盘，加强集体备课资源过程性管理。学期末，对集体备课资源和成果进行归档，供全校师生参考使用。在解决以往备课资源存在的零、散、乱问题的同时，逐步建立了规范管理、集中存储的各学科校本化课程思政教学资源库。

2. 强化课程思政思维，践履综合主题延伸课程

（1）跨学科学习分享，探索教师成长新机制

由笔者领衔的课程思政工作室加强对课程思政推进的过程性管理，不断创新培育模式。我们以教育部发布的《中学教师专业标准》为依据，从《普通高中课程方案（2017 年版　2020 年修订）》入手，统筹方案中有关校本课程、综合实践活动、跨学科主题研究的内容，推进青年教师成长模式创新，设计"三年专业任务清单"和"三年研修主题清单"。"三年专业任务清单"用具体目标制度助推青年教师的专业成长（从参与校级跨学科项目研修入手），使其在三年内能够迅速胜任教师工作；"三年研修主题清单"从专业理念与师德、专业知识、专业能力三个维度为青年教师设计了 12 个模块和 30 个研修主题（从参与课程思政的跨学科建设入手），研修主题由正高级教师、名师工作室主持人、学校处室负责人等自主承担。为切实推进清单落地，学校成立了青年教师成长联盟"子衿社"，创设了骨干教师联盟"敏思讲坛"。学校通过课程思政项目化运作，发挥名师辐射作用，探索青年教师和骨干教师专业发展新模式，完善教师专业发展保障机制。

（2）跨学科主题研修，发挥地区引领辐射作用

① 初级合作组推进

在实际研修中，不同学科教师自愿组成跨学科教学合作小组，在工作室的引领下锁定跨学科主题，然后付诸实践。

第一，合作确定主题。不同学科教师结成合作小组，在交流探究的基础上确立预研究的跨学科教学主题，完成线上表格填写工作。

第二，教学设计先行。课程思政工作室定期推送国家课程思政相关文件，召开线上线下研讨会。会上教师各抒己见、自由对话，针对选题的可行性、实践性提出自己的见解，帮助同伴完善选题，以确保教学设计撰写的方向性、可行性。而后，合作小组查找资料，根据教学设计模板，对课程标准的解读、教学目标的预设、教学内容的选择、教学过程的组织、教学环节的设定、教学方法的比较、情境的设置、问题的推敲等做深度探讨，并撰写成文。

第三，延伸课程推进。课程思政工作室定时定点专设延伸课。就打造学术共同体的角度而言，每位教师都要在研修平台上展示、推进自己的教学设计，践行自己的教学目标、主张，以便给所有参与者甚至学生提供学习、诊断、分析、反馈、修正的机会。学校在实践中摸索跨学科主题教学前进的方向，推动并加强思想政治、语文、历史、地理、艺术等多学科教师合作。

② 高级研修组平台

2023 年 3 月 30 日至 31 日，苏忱、李月琴、唐琴等来自上海、江苏的专家及江苏省高中名师工作室成员一行 16 人，与兵团二师、五师、六师、七师、八师、九师、十一师、十二师等单位的 50 多名教师代表，以及新源县、霍城县、伊宁市等"华—伊高中联盟校"的 40 多名教师代表，齐聚可克达拉市，参加可中主办的指向"中华民族共同体意识培育"的课程思政跨学科主题教学项目研修活动。活动中，笔者做了《指向"中华民族共同体意识培育"的课程思政跨学科主题教学建构与实施》推介讲座。跨学科研修组齐心协力，展示了语文、历史、思想政治三科合作的"盛唐气象：华夏一体，和盛包容"，历史、思想政治、音乐三科合作的"三代兵团人　一脉兵团情"，语文、历史

学科合作的"民族交融的诗歌记忆""从《书愤》中探寻家国情怀"等各具特色的跨学科综合主题延伸课程的研讨课。参会教师线上线下同步观摩，反响较大。

2023年9月中旬，第十二届"可克达拉·镇江"教学周成功举办。活动期间，笔者做了《指向"中华民族共同体意识培育"的跨界主题教学深度探究》主题讲座。语文与思想政治学科合作开设研讨课"国风何以成潮——正确认识中华优秀传统文化"，历史和地理学科合作开设研讨课"卡伦——锡伯族'西迁'精神的写照"。四位教师为大家呈现了精彩的跨学科主题延伸课。延伸课程的前瞻性、探讨性使与会专家、同仁感到震撼，特别是镇江专家团中的吴铁俊书记（省镇江一中"赋能三课"的推进者、实施者）表示延伸课程的探索性给镇江同类学校以启示和指引。这不仅仅是一次尝试，更是可中走向高质量、综合性教学前沿的一次历史性跨越。

延伸课程围绕核心主题，基于跨学科多师课堂教学，从跨学科主题、教学组织形式、情境设置效果、教学目标达成等诸多方面探讨、论证思想政治、历史、语文、地理、艺术等学科综合主题延伸课程的实施路径，从而推动教师观念和思维的转变、教学艺术的提升、共同体协作能力的发展，实现课程思政创新实践力的跨越。

③ 前瞻性引领辐射

2023年1月，笔者发表的《高中课程思政建设的困境与校本化实践创新》引起广泛关注。同年3月，指向"中华民族共同体意识培育"的课程思政跨学科主题教学项目研修活动成功举办后，兵团第七师胡杨河市教育局和第十一师教育局分别在4月和5月开展可中跨学科主题模式开设跨学科主题探究活动，并邀请可中跨学科教学团队赴第七师、第十一师观摩点评。其间，笔者开设专题讲座，指向"中华民族共同体意识培育"的课程思政跨学科主题教学影响力持续增强。2023年6月21日，《中国教育报》以"'润'心教育，从心出发"为题，大篇幅报道可中课程思政跨学科主题教学研究工作的开展实施情况及成效。

（3）诚邀专家点评研磨，筹划物化成果出版

① 艺术历史融合示范

笔者于 2022 年出版《一看就懂的二战史——"时政漫画"解读与探究》一书。此书精心选择二战时期的时政漫画，用"漫画艺术"与"历史"相融合的方式叙述二战史，引导学生合作探究，特别强调了世界反法西斯战争、抗日战争激发了中华民族强烈的民族自觉意识，引导读者立足和平与发展，理解构建人类命运共同体的伟大意义。

② 物化成果推进出版

为深化校园文化内涵建设，推动教师专业进阶发展，课题组锁定"中华民族共同体意识培育"这一核心主题，组织教师多学科、宽领域、立体化推进跨学科主题教学设计子项目。各学科教师集中探究语文、历史、地理、艺术等学科蕴含的思想政治教育元素，在推进教师跨学科主题教学设计、实践的同时，对项目成果反复研磨，择优进行汇编。在初稿形成后，课题组邀请江苏、上海知名专家参加线上和现场点评修改工作，不断完善书稿。

3. 挖掘区域特色文化资源，统筹学生特色实践课程

锚定"中华民族共同体意识""中华优秀传统文化""社会主义核心价值观"等主题，结合学生特色实践课程的优化思路，将特色课程理念、课程主线、实践活动领域、实践活动项目（社会实践项目、兵团特色项目、跨界融合项目）、主题活动等串联起来，并在实践中领会素养导向的课程改革理念和《中小学综合实践活动课程指导纲要》所

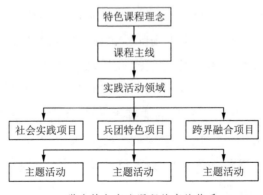

学生特色实践课程的实施体系

强调的基本原则等。以此为前提，明确内容开发主线，筛选统筹有关"中华民族共同体意识培育"的资源，设定实践活动项目，细化活动主题，推进特色实践项目，在活动过程中不断更新主题，形成校本化特色实践课程的基本内容体系。

（1）创作"润心"文艺作品

推动摄影、美术、文学等方面的社团围绕主题进行联动，开展为期一年的"润心"文艺作品征集活动。2022 年主题为"最美可中　独家记忆"，鼓励学生们用心观察不同时段的校园，感受光与色的交融，追逐时间的脚步，用书画、诗词等抒发对"援疆林"、"润心植绿　和融共进"校训石等校园特色景观的喜爱和赞美之情。2023 年主题为"'艺'初心　画兵团"。学生根据历史照片、兵团英雄的荐读文稿、新时代兵团城市文化的建设等，创作自己心中的兵团建设场景、人物书画……学生用中国画、水粉画、水彩画及诗歌等抒发对兵团建设和大美新疆的崇敬之情。2024 年主题为"总有一个时光因你而绽放——可中廿四节气签"，鼓励师生在传承"二十四节气"千年智慧、理解其文化内涵的基础上，表达在自然节律变化中的所见所思，有效推动中华优秀传统文化的创造性转化、创新性发展……在社团推进的基础上，学校每年 12 月底择优汇编绘画、文学、篆刻等"润心"文艺作品，通过台历、明信片、书签、手工团扇等方式呈现，传送到师生的手中，让中华优秀传统文化为青春赋能，提升"润心"校园的文化内涵。

（2）征集"家话"

锁定区域革命文化与兵团精神等主题，组织全体师生、家长开展"家话"征集活动。一张记录岁月变迁的老照片、一枚摩挲得发亮的革命勋章、一张保存完好的荣誉证书、一个饱经风霜的老物件……师生们用文字连接起一段段有声有色的故事。例如，可中周钰琪同学讲述66 团的姥爷在大年三十为连队拉冰解决吃水难题的事迹；可中吾德尼格瓦同学讲述 74 团的姨父在边境线上护边的事迹；省镇江一中张潘禹同学讲述曾祖父献身解放事业的故事……几百篇来稿讲述了革命和建设年代的典型事例、亲情故事，它们是红色英雄的事迹，是广大党员的事迹，亦是兵团人扎根边疆屯垦戍边的动人事迹。

（3）设置润心"书信+"驿站

受"互联网+"的启发，省镇江一中和可中设置了润心"书信+"驿站，驿站活动从两方面入手。一是全体师生家长向校公共信箱荐读中国传统书信，特别是近现代以来中国革命的红色书信、兵团书信等。师生每个月共同荐读一篇传统书信，内容涉及情怀、自律、合作、成长、人格、责任、理想等中学生核心素养培育的各个方面。书信推介由荐读理由、书信原文与译文、作者简介、探微索迹（疑难字注释）、品读感悟等内容构成，旨在促进师生对书信名篇和兵团特色家书的品读欣赏，让师生在书信陈迹中窥见书写者的真情挚性，体察名家或普通兵团人在书信中所展现的美好人情、人性和人格，在潜移默化中形成适应终身发展和社会发展需要的必备品格和关键能力。学校还将这些信汇编成集，定名为"尺素传情　名信润心：聚焦中学生精神成长"公开出版。二是基于兵团评选出的"新中国屯垦戍边100位感动兵团人物"，开展给兵团英雄写信的书信"漂流"活动。学生陆续写了几十封信，如《给王震将军的信》《给老军垦闫欣秋爷爷的信》等。学生积极借助现代信息技术，以班级微信群、QQ群、学校微信公众号、"学习强国"地方平台等为渠道进行交流。"书信+"驿站拉近了师生、生生，以及家长与孩子的距离。学生读着过去的信，写着现在的情，更真切地感受到了现在生活的幸福，获得了良好的情感熏陶和美学享受。同时，这也培育了学生的积极品质，增加了学生的人生智慧。

2023年和2024年连续两年的5月至9月，可中主导深入开展了可克达拉市、镇江市两地青少年"书信+"驿站交友活动。活动以铸牢中华民族共同体意识为主线，以抓紧抓实民族团结教育为基础，借助对口援疆机制和平台，推动两地青少年"万里鸿雁传真情"书信手拉手活动，促进两地青少年的交往、交流、交融。

（4）传咏"军垦战歌"

在学生特色实践课程推进过程中，音乐组、语文组与历史组分工协作，汇总梳理有关兵团建设的经典词曲及其创作背景等，将歌曲《凯歌进新疆》《草原之夜》《边疆处处赛江南》《中华儿女志在四方》《戈壁滩上盖花园》《兵团的心》等纳入跨学科主题教学课程。在此基

础上，高一、高二年级以"军垦战歌咏流传　红色精神续血脉"为主题，以班级为单位，组织诵唱活动，给全校带来规模宏大的视听盛宴。在实践中，兵团歌曲以强大感染力作用于师生的情感、道德、理想，激励了师生对道德美的追求，同时也彰显了师生对兵团文化内核理想美、信仰美的坚守。

（5）策演校园舞台剧

校园舞台剧综合性、艺术性强，形式丰富多样，是校园文化水平的高度展现，而校园文化既是学校科学发展的根基和灵魂，也是课程思政育人的重要载体。

2022年5月、2023年6月和2024年5月，可中开展了"金山杯"经典作品舞台剧表演赛。舞台剧部分取材于新中国屯垦戍边感动兵团人物的事迹，有原创，也有改编。从剧本策划、撰写、修改，到班内自主报名、班委会选角，再到挑选服装、制作道具、排演，一个个性格鲜明的人物在学生的倾心演绎中惟妙惟肖地再现于舞台，让人领略到经典剧作魅力不减，兵团精神历久弥坚。校园舞台剧还进一步激发了学生阅读国学经典的热情，为传承中华优秀传统文化再助力。一系列实践从思想、心理、人格等方面满足了学生不同层次的需求，展现了兵团学校的精神风貌，是对科学文化学习有益的补充与延伸。

（6）开展暑期研学

2021年6月至7月、2023年7月至8月、2024年7月，可中开展苏沪研学旅行实践活动。对于每一次研学旅行实践活动，可中研学工作组都制定严密化的方案，强化教师精准化管理，落实基地精细化安排，保障研学活动安全顺利进行。研学旅行实践涉及多个主题，一是中华传统历史文化主题，如游览南京中山陵、镇江金山、焦山、西津渡、扬州瘦西湖、苏州拙政园等各地名胜古迹；二是红色革命传统教育主题，如参观侵华日军南京大屠杀遇难同胞纪念馆、茅山新四军纪念馆等；三是祖国大好河山和国、省、乡情主题，如漫步上海南京路步行街、苏州平江路、无锡南长街，参观无锡水浒城、三国城，常州中华恐龙园、镇江醋文化博物馆等；四是国防科技主题，如参观上海军事博物馆及各地科技馆，参观光大环保（镇江）有限公司、东方明珠广播电视塔等；五是区域高中生活主题，如参观省镇江一中、江苏省镇江中学，并邀请参加"万里鸿雁传真情"书信手拉手的学生在校参与接待，从书信隔空文字交流到现场见面沟通，两地学生分外激动；六是体能拓展训练主题，如参加实践基地拓展活动，走进防险避灾体验馆，开展沉浸式互动体验……

研学旅行实践是活生生的"课堂"，是学校学习生活的延伸，有助于陶冶情操、增长见识、认知社会、体验集体生活、培养实践能力、提高学习兴趣，全面提升学生综合素质。

清华大学终身校长梅贻琦曾说："学校犹水也，师生犹鱼也，其行动犹游泳也。大鱼前导，小鱼尾随，是从游也。从游既久，其濡染观摩之效，自不求而至，不为而成。"

2021年入疆以来，笔者一直分管可中教育教学工作，深知团队成员的思想观念、教育情怀、工作作风等都在有形无形地影响着师生的精神状态和教育教学效果。笔者与团队成员不断刷新持续学习力、深入思考力、沟通合作力、教科研能力、行动感召力。只有这样才能做到"智者不惑，仁者不忧，勇者不惧"，才能拥有将社会现代化、教育现代化与自身现代化融为一体，与时代融为一体的能力。

相信步履不停的我们，未来永远可期。

严龙梅
2022年8月成稿
2024年8月修订

目 录

永守刚毅　高蹈志向：
报任安书[1]

【荐读理由】

他是曾经踏遍万里山河的少年郎，用敬畏之心、忠实之笔写下了一段段真实历史，为我们拨开往昔的迷雾。他是蛰伏半生的君子，不改清正的本色，展现了万千忠烈的风采。前人评其《报任安书》"感慨啸歌有燕赵烈士之风，忧愁幽思则又直与《离骚》对垒"，实在精辟。《报任安书》激切真挚，向我们展现了一个刚毅忠信、不畏权贵的儒者形象：他仗义执言，推行正道；他身陷囹圄，不改初心；他

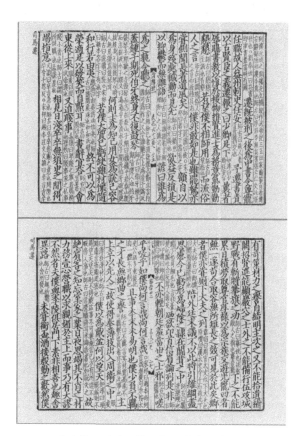

《汉书·司马迁传·报任安书》书影

1　周天游. 八家后汉书辑注 [M]. 上海：上海古籍出版社，2020.

遭遇挫败，气节不屈。他用千回百转之笔，书写了自己的光明磊落之志、愤激不平之气和曲肠九回之情。

　　读《报任安书》，我们能窥见司马迁的责任担当，明白人生究竟应该追求什么：他与李陵同朝为官，向少交往，"趣舍异路"，也未曾"衔杯酒，接殷勤之余欢"，却能在李陵战败被俘，朝廷夷其三族时为其仗义执言。这不仅是因为他欣赏李陵的为人，更是出于"万死不顾一生之计，赴公家之难"的家国大义。读《报任安书》，我们能感受到司马迁健全的人格，明白人到底应该怎样活着：自修其身，是为智慧；乐善好施，是为仁德；取予得当，是为大义；直面耻辱，是为勇敢。司马迁将意之所郁结，志之所不达，道之所不通，化为一部长卷，最终得以究天人之际，通古今之变，成一家之言。

　　如今，史官已去，青史永存。司马迁的文字让我们从历史中看见未来，让我们既有"知所从来"的定力，也有"识其所在"的清醒，更有"明其将往"的自信。

（荐读人：毛宪雪[1]）

【书信原文】

报任安书

　　太史公牛马走[1]司马迁再拜[2]言，少卿足下[3]：曩者[4]辱赐书，教以慎于接物、推贤进士为务。意气勤勤恳恳，若望仆[5]不相师，而用流俗人之言。仆非敢如此也。虽罢驽[6]，亦侧闻[7]长者遗风矣。顾自以为身残处秽，动而见尤[8]，欲益反损，是以独抑郁而无谁语。谚曰："谁为为之？孰令听之！"盖钟子期死，伯牙终身不复鼓琴。何则？士为知己者用，女为悦己者容。若仆大质[9]已亏缺矣，虽才怀随

1　毛宪雪，可克达拉市镇江高级中学语文教师，二级教师。曾获第二届"中语杯"全国中学语文教师优秀论文教学设计一等奖，第六届"语文报杯"全国语文微课大赛微课课件类国家级一等奖，"创新杯""叶圣陶杯"等全国作文大赛指导教师一等奖。

和⑩，行若由夷⑪，终不可以为荣，适足以发笑而自点⑫耳。书辞宜答，会东从上来，又迫贱事，相见日浅，卒卒无须臾之间，得竭指意。今少卿抱不测之罪⑬，涉旬月，迫季冬；仆又薄从上雍，恐卒然不可为讳⑭。是仆终已不得舒愤懑以晓左右，则长逝者魂魄私恨无穷。请略陈固陋。阙然久不报，幸勿过。

仆闻之：修身者，智之府也；爱施者，仁之端也；取予者，义之符也；耻辱者，勇之决也；立名者，行之极也。士有此五者，然后可以托于世，列于君子之林矣。故祸莫憯⑮于欲利，悲莫痛于伤心，行莫丑于辱先，诟莫大于宫刑。刑余之人，无所比数，非一世也，所从来远矣。昔卫灵公与雍渠⑯同载，孔子适陈；商鞅因景监⑰见，赵良寒心；同子⑱参乘，袁丝⑲变色，自古而耻之！夫中材之人，事有关于宦竖，莫不伤气，况于慷慨之士乎！如今朝廷虽乏人，奈何令刀锯之余荐天下之豪俊哉！

仆赖先人绪业，得待罪辇毂下⑳，二十余年矣。所以自惟：上之，不能纳忠效信，有奇策材力之誉，自结明主；次之，又不能拾遗补阙，招贤进能，显岩穴之士；外之，不能备行伍，攻城野战，有斩将搴㉑旗之功；下之，不能积日累劳，取尊官厚禄，以为宗族交游光宠。四者无一遂，苟合取容㉒，无所短长之效，可见于此矣。乡者仆亦尝厕㉓下大夫之列，陪外廷末议。不以此时引维纲㉔，尽思虑；今已亏形为扫除之隶，在阘茸之中㉕，卯首信眉，论列是非，不亦轻朝廷、羞当世之士邪？嗟乎！嗟乎！如仆尚何言哉！尚何言哉！

且事本末未易明也。仆少负不羁之才，长无乡曲之誉。主上幸以先人之故，使得奉薄伎，出入周卫之中㉖。仆以为戴盆何以望天，故绝宾客之知，忘室家之业，日夜思竭其不肖之才力，务一心营职，以求亲媚于主上。而事乃有大谬不然者！

夫仆与李陵，俱居门下㉗，素非能相善也。趣舍异路，未尝衔杯酒，接殷勤之余欢。然仆观其为人自奇士，事亲孝，与士信，临财廉，取予义，分别有让，恭俭下人，常思奋不顾身，以徇国家之急。

其素所蓄积也，仆以为有国士之风。

夫人臣出万死不顾一生之计，赴公家之难，斯已奇矣。今举事一不当，而全躯保妻子之臣，随而媒孽其短㉘，仆诚私心痛之。且李陵提步卒不满五千，深践戎马之地，足历王庭，垂饵虎口，横挑强胡，卬亿万之师，与单于连战十有余日，所杀过当。虏救死扶伤不给，旃裘之君长咸震怖，乃悉征其左右贤王，举引弓之民，一国共攻而围之。转斗千里，矢尽道穷，救兵不至，士卒死伤如积。然陵一呼劳军，士无不起躬自流涕，沫血㉙饮泣，张空弮㉚，冒白刃，北首争死敌者。

陵未没时，使有来报，汉公卿王侯皆奉觞上寿。后数日陵败，书闻，主上为之食不甘味，听朝不怡。大臣忧惧，不知所出。仆窃不自料其卑贱，见主上惨凄怛悼㉛，诚欲效其款款㉜之愚。以为李陵素与士大夫绝甘分少，能得人之死力，虽古之名将，不能过也。身虽陷败，彼观其意，且欲得其当而报于汉。事已无可奈何，其所摧败，功亦足以暴于天下。仆怀欲陈之，而未有路。适会召问，即以此指推言陵之功，欲以广主上之意，塞睚眦之辞㉝。未能尽明，明主不深晓，以为仆沮贰师㉞，而为李陵游说，遂下于理㉟。拳拳之忠终不能自列。因为诬上，卒从吏议。家贫，货赂不足以自赎。交游莫救，左右亲近不为一言。身非木石，独与法吏为伍，深幽囹圄㊱之中，谁可告愬㊲者！此真少卿所亲见，仆行事岂不然乎？李陵既生降，隤㊳其家声，而仆又茸㊴蚕室㊵，重为天下观笑。悲夫！悲夫！事未易一二㊶为俗人言也。

仆之先人非有剖符丹书之功，文史星历，近乎卜祝之间，固主上所戏弄，倡优㊷所畜，流俗之所轻也。假令仆伏法受诛，若九牛亡一毛，与蝼蚁何以异？而世又不与能死节者比，特以为智穷罪极，不能自免，卒就死耳。何也？素所自树立使然。人固有一死，或重于泰山，或轻于鸿毛，用之所趋异也。太上不辱先，其次不辱身，其次不辱理色㊸，其次不辱辞令，其次诎㊹体受辱，其次易服受辱，

其次关木索⑮、被箠⑯楚⑰受辱，其次髡毛发、婴金铁受辱，其次毁肌肤、断肢体受辱，最下腐刑，极矣！传曰"刑不上大夫，"此言士节不可不厉也。猛虎处深山，百兽震恐；及其在阱槛之中，摇尾而求食，积威约之渐也。故士有画地为牢势不入；削木为吏议不对，定计于鲜也。今交手足，受木索，暴肌肤，受榜箠，幽于圜墙⑱之中。当此之时，见狱吏则头抢地，视徒隶则心惕息。何者？积威约之势也。及已至此，言不辱者，所谓强颜耳，曷足贵乎！且西伯，伯也，拘牖里；李斯⑲，相也，具五刑；淮阴⑳，王也，受械于陈；彭越㉑、张敖㉒，南乡称孤，系狱具罪；绛侯㉓诛诸吕，权倾五伯，囚于请室㉔；魏其㉕，大将也，衣赭㉖，关三木㉗；季布㉘为朱家钳奴；灌夫㉙受辱居室。此人皆身至王侯将相，声闻邻国，及罪至罔㉚加，不能引决自裁㉛，在尘埃之中。古今一体，安在其不辱也？由此言之，勇怯，势也；强弱，形也。审矣，曷足怪乎？人不能蚤自裁绳墨㉜之外，已稍陵迟㉝至于鞭箠之间，乃欲引节，斯不亦远乎！古人所以重施刑于大夫者，殆为此也。夫人情莫不贪生恶死，念亲戚，顾妻子；至激于义理者不然，乃有所不得已也。今仆不幸，蚤失父母，无兄弟之亲，独身孤立，少卿视仆于妻子何如哉？且勇者不必死节，怯夫慕义，何处不勉焉！仆虽怯耎欲苟活，亦颇识去就之分矣，何至自湛溺累绁之辱哉！且夫臧获㉞婢妾犹能引决，况若仆之不得已乎？所以隐忍苟活，函粪土之中而不辞者，恨私心有所不尽，鄙陋没世，而文采不表于后也。

　　古者富贵而名摩灭，不可胜记，唯俶傥㉟非常之人称焉。盖西伯拘而演《周易》；仲尼厄而作《春秋》；屈原放逐，乃赋《离骚》；左丘失明，厥有《国语》；孙子膑脚，《兵法》修列；不韦迁蜀，世传《吕览》；韩非囚秦，《说难》《孤愤》；《诗》三百篇，大抵圣贤发愤之所为作也。此人皆意有所郁结，不得通其道，故述往事、思来者；及如左丘无目，孙子断足，终不可用，退而论书策以舒其愤，思垂空文以自见。仆窃不逊，近自托于无能之辞，网罗天下放失㊱旧闻，考之行事，稽其成败兴衰之理，上计轩辕，下至于兹，为十表、本纪十二、书八章、世家三十、列传七十、凡百三十篇，亦欲以究天人之际，通古今之变，成一家之言。草创未就，适会此祸，惜其不成，是以就极刑而无愠色。仆诚已著此书，藏之名山，传之其人，通邑大都，则仆偿前辱之责，虽万被戮⑥，岂有悔哉！然此可为智者道，难为俗人言也！

且负下未易居，下流多谤议。仆以口语遇遭此祸，重为乡党戮笑，污辱先人，亦何面目复上父母之丘墓乎？虽累百世，垢弥甚耳！是以肠一日而九回，居则忽忽若有所亡，出则不知其所往。每念斯耻，汗未尝不发背沾衣也。身直为闺阁之臣⑥，宁得自引深藏于岩穴邪？故且从俗湛，与时俯仰，以通其狂惑。今少卿乃教以推贤进士，无乃与仆之私指谬⑥乎？今虽欲自雕琢⑦，曼辞⑦以自饰，无益，于俗不信，适足取辱耳。要之，死日然后是非乃定。书不能尽意，故略陈固陋。

【译文】

鄙人司马迁向您两次行礼致意。少卿先生：从前承蒙您给我写信，教导我用谨慎的态度待人接物，并以推举贤能、引荐人才为己任，情意十分恳切诚挚，好像抱怨我没有遵从您的教诲，而是追随了世俗之人的意见。我是不敢这样做的。我虽然平庸无能，但也曾听到过德高才俊的前辈遗留下来的风尚。只是我自认为身体已遭受摧残，又处于污浊的环境之中，每有行动便受到指责，想对事情有所增益，结果反而使自己遭到损害，因此我独自忧闷而不能向人诉说。俗话说："为谁去做，叫谁来听？"钟子期死后，伯牙便不再弹琴。这是为什么呢？贤士乐于被了解自己的人所用，女子为喜爱自己的人而打扮。像我这样的人，身躯已经亏残，即使才能像隋侯珠、和氏璧那样稀有，品行像许由、伯夷那样高尚，终究不能把这些当作荣光，只不过是被人耻笑而自取污辱。来信本应及时答复，刚巧我侍从皇上东巡回来，后又为烦琐之事所逼迫，能见面的日子很少，我又匆匆忙忙没有片刻的闲工

夫来详尽地表达自己的心意。您蒙受了意想不到的罪祸，再过一月，临近十二月，我侍从皇上到雍县（今陕西宝鸡凤翔）去的日期也迫近了，恐怕突然之间您就会有不幸之事发生，因而使我终生不能向您抒发胸中的愤懑，那么与世长辞的灵魂会永远留下无穷的遗憾。请容许我向您略约陈述浅陋的意见。隔了很长的日子没有复信给您，希望您不要责怪。

我听到过这样的说法：一个人如何修身，是判断他智慧的凭证；能够自修其身，这是有智慧的凭证；能够怜爱别人，乐于施舍，这是行仁德的开始；取和予是否得当，这是衡量义与不义的标志；看一个人对耻辱采取什么态度，就可以决断他是否勇敢；建立好的名声，这是德行的最高准则。志士有了这五种品德，然后就可以立足于社会，排在君子的行列中了。所以，没有什么灾祸比贪图私利更惨了，没有什么悲哀比伤创心灵更可悲了，没有什么行为比使先人受辱这件事更丑恶了，没有什么耻辱比遭受宫刑更严重了。受过宫刑的人，社会地位是没法比类的，并非当今之世如此，而是自古以来就如此。从前卫灵公与宦官雍渠同坐一辆车子，孔子感到这对自己是一种侮辱，便离开卫国到陈国去；商鞅通过姓景的太监而得以谒见秦孝公，贤士赵良为此担忧；太监赵谈陪坐在汉文帝的车上，袁盎为之脸色大变。自古以来，人们把与刑余之人相并列当作一种耻辱。就一般才智的人来说，一旦事情关系到宦官，没有不感到伤心丧气的，更何况气节高尚的人呢？如今朝廷虽然缺乏人才，但怎么会让一个受过刀锯摧残之刑的人，来推荐天下的豪杰俊才呢？

我凭着先父遗留下来的事业在京城任职，已二十多年了。我常常这样想：上不能对君王进纳忠言，献出诚实的心意，而有出谋划策的称誉，从而得到皇上的信任；其次，不能给皇上拾取遗漏，补正阙失，招纳贤才，推举能人，使隐居在岩穴中的贤士不致被埋没；对外，不能服兵役，参加攻城野战，建立斩将夺旗的功劳；从最次要的方面来看，不能积累资历，在言论方面立功，谋得尊贵的官职、优厚的俸禄，为宗族和朋友争光。这四个方面没有哪一方面做出成绩，我只能有意地迎合皇上的心意，以保全自己的地位。我没有些微的建树，从这四方面就可以看出来了。以前，我也曾夹杂在下大夫的行列，跟在外朝官员的后面发表一些微不足道的议论。当时我没有利用这个机会伸张国家的法度，竭尽自己的思虑，到现在已经身体残废成为打扫污秽的奴隶，处在地位卑贱的人的行列当中，还想昂首扬眉，评论是非，不也是轻视朝廷、使当世的君子们感到羞耻吗？唉！唉！像我这样的人，尚且说什么呢？尚且说什么呢？

而且，事情的前因后果一般人也是不容易弄明白的。我年少时以不受约束的高才自负，长大后却没有得到乡里的赞誉。幸亏皇上因为我父亲是太史令，使我蒙荫获得奉献微薄才能的机会，可以出入宫禁。我认为头上顶着盆子就不能望天，所以断绝了宾客的往来，忘掉了家中的事务，日夜都在考虑全部献出自己的微不足道的才干和能力，专心供职，以求得皇上的信任和宠幸。但是，事情与愿望过于相违，不是原先所料想的那样。

我和李陵同朝为官，但向来没有多少交往，追求和反对的目标也不相同，从来没有一起举杯，互相表示友好的感情。我观察李陵的为人，确是个守节操的不平常之人：奉事父母讲孝道，同朋友交往守信用，遇到钱财很廉洁，或取或予都合乎礼义，能分别长幼尊卑，恭敬谦卑，自甘人下，总是考虑着奋不顾身地赴国家急难。他历来积蓄品德，我认为有国士的风度。

做臣子的，从出于万死而不顾一生的考虑，奔赴纾解国家的危难，这已经是很少见的了。现在他行事一有不当，那些只顾保全自己性命和妻室儿女利益的臣子们便跟着挑拨是非，夸大过错，陷人于祸，我确实从内心感到沉痛。况且李陵带领的兵卒不满五千，深入敌人军事要地，到达单于的王庭，好像在老虎口上垂挂诱饵，向凶残的胡兵发起四面挑战。面对着众多敌兵，他们同单于连续作战十多天，杀伤的敌人超过了自己军队的人数，使得敌人连救死扶伤都顾不上。匈奴王十分震惊，于是征调左、右贤王，出动了所有会开弓放箭的人，举国上下，共同攻打李陵并包围他。李陵转战千里，箭都射完了，进退之路已经断绝，救兵不来，士兵死伤成堆。但是，当李陵振臂一呼，士气为之鼓舞，兵士没有不奋起的。他们流着眼泪，一个个满脸是血，

强忍悲泣，拉开空的弓弦，冒着白光闪闪的刀锋，向北拼死杀敌。

当李陵的军队尚未覆没的时候，使者曾给朝廷送来捷报，朝廷的公卿王侯都举杯为皇上庆贺。几天以后，李陵兵败的奏书传来，皇上食不甘味，处理朝政时也不高兴。大臣们都很忧虑、害怕，不知如何是好。我私下里并未考虑自己的卑贱，见皇上悲伤痛心，实在想尽一点愚忠。我认为李陵向来与将士们同甘共苦，能够换得士兵们拼死效命的行动，即使是古代名将恐怕也没有能超过的。他虽然身陷重围，兵败投降，但看他的意思，是想寻找机会报效汉朝。事情已经到了无可奈何的地步，但他摧垮、打败敌军的功劳，也足以向天下人显示他的本心。我内心打算向皇上陈述上面的看法，而没有合适的机会。恰逢皇上召见，询问我的看法，我就根据这些意见来论述李陵的功劳，想以此宽慰皇上，堵塞那些攻击、诬陷的言论。可能我没有完全说清我的意思，致使皇上没有深入了解，认为我是攻击贰师将军，为李陵辩解，于是将我交付狱官处罚。我的虔敬和忠诚的心意，始终没有机会陈述和辩白，被判了诬上的罪名，皇上也同意了法吏的判决。我家境贫寒，微薄的钱财不足以拿来赎罪。朋友们谁也不敢来出面营救，皇帝左右的亲近大臣又不肯替我说一句话。我血肉之躯本非木头和石块，却与执法的官吏在一起，深深地被关闭在牢狱之中，我向谁去诉说内心的痛苦呢？这些，正是少卿所亲眼看见的，我的所作所为难道不正是这样吗？李陵投降以后，败坏了他的家族的名声，而我接着被置于蚕室，更被天下人所耻笑。可悲啊！可悲啊！这些事情是不容易逐一地向俗人解释的。

我的祖先没有剖符丹书的功劳，只是从事文献史料、天文历法工作，地位接近于算卦、赞礼的人，本是皇上所戏弄并当作倡优来畜养的人，是世俗所轻视的。假如我伏法被杀，那好像是九牛的身上失掉一根毛，同蝼蚁又有什么区别？世人又不会拿我之死与能殉节的人相比，只会认为我是智尽无能、罪大恶极，不能免于死刑，而终于走向死路罢了！为什么会这样呢？这是我向来所从事的职业，使人们会这样地看待我。人本来就有一死，但有的人死得比泰山还重，有的人死得却比鸿毛还轻，这是因为他们用死追求的目的不同啊！一个人最重要的是不使祖先受辱，其次是不能使身体受辱，其次是不能因自己的脸色不合礼仪而受辱，其次是不能因为自己的言语不当而受辱，其次是使肢体受扭曲（长跪、被捆绑）而受辱，其次是穿上囚服受辱，其次是戴上木枷、遭受杖刑而受辱，其次是被剃光头发、颈戴枷锁而受辱，其次是毁坏肌肤、断肢截体而受辱，最下等的就是宫刑了，侮辱到了极点。古书说"刑不上大夫"，这句话的意思是，对于士大夫的气节，不可不劝勉鼓励。猛虎生活在深山之中，百兽就都震恐，等到它落入陷阱和栅栏之中时，就只得摇着尾巴乞求食物，这是人不断地使用威力和约束而逐渐将它驯服的。所以，士子看见画地为牢而决不进入，面对削木而成的假狱吏也决不能接受审讯，把思虑计谋定在自我了断上面。现在我的手脚被木枷锁住、被绳索捆绑，皮肉暴露在外，受着棍打和鞭笞，陷入牢狱。在这种时候，看见狱吏就叩头触地，看见牢卒就恐惧喘息。这是为什么呢？这是长时间的威逼约束所造成的形势。事情已经到了这种地步，再谈什么不受侮辱，那就是人们常说的厚脸皮了，有什么尊贵可言呢？况且，像西伯姬昌，是诸侯的领袖，曾被拘禁在牖里；李斯，是丞相，也受尽了五刑；淮阴侯韩信，被封为王，却在陈地被戴上刑具；彭越、张敖被诬告有称帝野心，被捕入狱并定下罪名；绛侯周勃，曾诛杀诸吕，一时间权力大于春秋五霸，也被囚禁在请罪室中；魏其侯窦婴，是一员大将，也穿上了红色的囚衣，手、脚、颈项都套上了刑具；季布以铁圈束颈卖身给朱家当了奴隶；灌夫被拘于居室而受屈辱。这些人的身份都到了王侯将相，声名传扬到邻国，等到犯了罪而法网加身的时候，不能够下决心自杀，处在污秽屈辱的地位。古今都是一样的，哪里能不受辱呢？照这样说来，勇敢或怯懦，乃是形势所造成的；坚强或懦弱，也是形势所决定的。这是很清楚明白的事了，有什么奇怪的呢？

　　况且人不能早一点在被法律制裁之前就自杀，因此渐渐地衰败，到了挨打受刑的时候，才想到伸张士大夫的名节，这种愿望和现实不是相距太远了吗？古人之所以慎重地对大夫用刑，大概就是因为这个缘故。没有谁不贪生怕死的，都挂念自己的父母，顾虑妻室儿女，这是人之常情。至于那些激愤于正义公理的人当然不是这样，这里有迫

不得已的情况。如今我很不幸，早早地失去双亲，又没有兄弟互相爱护，独身一人，孤立于世。少卿，你看我对妻室儿女又怎样呢？况且一个勇敢的人不一定要为名节去死，怯懦的人如果仰慕大义，什么地方不可以勉励自己去死节呢？我虽然怯懦软弱，想苟活在人世，但也稍微懂得区分弃生就死的界限，哪会自甘沉溺于牢狱生活而忍受屈辱呢？再说奴隶婢妾尚且能够下决心自杀，何况像我到了这样不得已的地步！我之所以忍受着屈辱苟且活下来，陷在污浊的监狱之中却不肯死，是对尚未达成我内心的志愿感到遗憾。如果平平庸庸地死了，我的文章就不能在后世显露。

古时候虽富贵但名字磨灭不传的人，多得数不清，只有那些卓异而不平常的人才著称于世。西伯姬昌被拘禁而续写《周易》；孔子受困窘而作《春秋》；屈原被放逐，才写了《离骚》；左丘明失去眼睛，才有《国语》；孙膑被截去膝盖骨，才撰写出来《兵法》；吕不韦被贬谪蜀地，后世才流传着《吕氏春秋》；韩非被囚禁在秦国，写出《说难》《孤愤》；《诗》三百篇，大都是圣贤抒发愤慨而写的。这些人都是（因为）感情有压抑郁结不解的地方，不能实现其理想，所以记述过去的事迹，让将来的人了解他的志向。就像左丘明失去了双眼，孙膑断了双脚，终生不能被人重用，便退隐著书立说来抒发他们的怨愤，想到通过著作来表现自己的思想。我私下里也自不量力，近来用我那不高明的文辞，收集天下散失的历史传闻，粗略地考订其真实性，综述其事实的本末，推究其成败盛衰的道理，上自黄帝，下至于当今，写成十篇表，十二篇本纪，八篇书，三十篇世家，七十篇列传，一共一百三十篇，也是想探求天道与人事之间的关系，贯通古往今来变化的脉络，成就一家的言论。刚开始草创还没有成书，恰恰遭遇这场灾祸。我痛惜这部书不能完成，因此受到最残酷的刑罚也没有怨怒之色。我确实想完成这本书，把它藏在名山之中，再传给志同道合的人，再让它广传于天下。那么，我便抵偿了以前所受的侮辱。即使受再多的侮辱，我难道会后悔吗？然而，这些只能向有见识的人诉说，却很难向世俗之人讲清楚啊！

再说，戴罪被辱的处境是很不容易安生的，地位卑贱的人，往往被诽谤和议论。我因为多嘴说了几句话而遭遇这场大祸,被乡里之人、朋友羞辱和嘲笑,侮辱了祖宗。我又有什么颜面再到父母的坟墓上去祭扫呢?即使是百代之后,这污垢和耻辱也只会更加深重啊!因此在肺腑中、肠子里每日多次回转,坐在家中,精神恍恍惚惚,好像丢失了什么;出门则不知道往哪儿走。每当想到这件耻辱的事,冷汗没有不从脊背上冒出来而沾湿衣襟的。我已经成了宦官,怎么能够自己引退,在山林岩穴隐居呢?所以只得随俗浮沉,跟着形势上下,以表现我的狂放和迷惑。如今少卿竟教导我要推贤进士,这难道不是与我自己的愿望相违背的吗?现在我虽然想自我雕饰一番,用美好的言辞来为自己开脱,但这并没有好处,因为世俗之人是不会相信的,只会使我自讨侮辱啊。简单地说,人要到死后,才能论定是非。书信是不能完全表达心意的,只是略微陈述我愚执、浅陋的意见罢了。

【作者简介】

司马迁(约前145—?),字子长,夏阳(今陕西韩城)人。西汉史学家、文学家、思想家。太史令司马谈之子,后亦任太史令。因替李陵败降之事辩解而受宫刑,出狱后任中书令。发愤完成《史记》,被后世尊称为太史公、"史圣"。

司马迁像

【探微索迹】

① 牛马走:谦词,意为如牛马般供人驱使的仆夫。

② 再拜:古代礼仪,拜而又拜,表示恭敬之意。书信中对尊长或朋友的敬语。

③ 少卿足下:任安,字少卿,西汉荥阳(今属河南)人。足下,书信中的敬称。

④ 曩(nǎng)者:从前。

⑤ 望仆:望,抱怨。仆,旧时男子自称的谦辞。

⑥ 罢(pí)驽:疲弱无用的劣马,比喻才能低下。罢,同"疲"。

驽，劣马。

　　⑦ 侧闻：从旁闻知，谦辞。

　　⑧ 尤：责备。

　　⑨ 大质：大本，指身体。身体是一切事业的根本，所以称大本。司马迁受了宫刑，故说大质已亏。

　　⑩ 随和：随侯（也称隋侯）之珠，和氏之璧，中国历史上最著名的两件美玉，用以比喻杰出的才能。

　　⑪ 由夷：许由、伯夷。两人都是古代品德高尚的人。

　　⑫ 点：玷辱。

　　⑬ 不测之罪：死罪。

　　⑭ 卒然：仓促。不可为讳：死的委婉说法，暗指任少卿将被处死。

　　⑮ 憯：同"惨"。

　　⑯ 雍渠：卫国宦官。卫灵公与他同乘，而让孔子坐后面的车。孔子耻之，遂离卫国。

　　⑰ 景监：秦国宦官。商鞅由他荐引给秦孝公，开户变法。

　　⑱ 同子：指汉文帝的宦官赵谈。与司马谈同名，司马迁避父讳，故称其为同子。

　　⑲ 爰丝：也称袁盎。汉文帝曾与赵谈同车，袁盎拦车进谏，汉文帝只好命赵谈下车。

　　⑳ 辇毂（gǔ）下：引申为皇帝身边。辇，皇帝所乘之车。

　　㉑ 搴（qiān）：拔取。

　　㉒ 苟合：无原则地附和。取容：讨好。

　　㉓ 厕：厕列，参与。

　　㉔ 引：正，整顿。纲维：纲常法纪。

　　㉕ 阘茸（tà róng）：下贱，低劣。

　　㉖ 周卫：指皇宫。

　　㉗ 俱居门下：指同朝为官。门，官门。

　　㉘ 媒糵（niè）其短：像酵母一样将李陵的罪膨胀起来。如同今人所谓"添油加醋"。糵，同"蘖"，酿酒用的酵母。

　　㉙ 沬（huì）血：指血流满面。

㉚ 弮（quān）：硬弓。

㉛ 惨怆怛悼：悲痛的样子。

㉜ 款款：忠诚的样子。

㉝ 睚眦（yá zì）之辞：诋毁诬陷之言。睚眦，怒目相视。

㉞ 沮：败坏。贰师：指贰师将军李广利。

㉟ 理：掌管刑狱的官，即大理寺。

㊱ 囹圄：监狱。

㊲ 愬（shuò）：恐惧的样子。

㊳ 隤（tuí）：坠毁。李陵是名将之后，据《史记·李将军列传》记载："单于既得陵，素闻其家声，及战又壮，以女妻陵而贵之……自是之后，李氏名败。"

㊴ 茸（róng）：推入。

㊵ 蚕室：温暖密封的房子。初受宫刑畏风，必居蚕室。

㊶ 一二：逐一逐二，罗列情状。

㊷ 倡优：倡，乐人。优，优伶。

㊸ 理色：道理和脸色。

㊹ 诎：同"屈"，弯曲。

㊺ 木索：木枷和绳索。

㊻ 箠：竹杖，此处用作动词。

㊼ 楚：荆条。

㊽ 圜墙：牢狱。

㊾ 李斯：秦朝丞相，为赵高陷害，受五刑，被腰斩。

㊿ 淮阴：指韩信，先封楚王。刘邦疑其谋反，在陈地逮捕了他。

(51) 彭越：汉初功臣。

(52) 张敖：汉功臣张耳之子。在彭越被杀后，张敖降为侯。

(53) 绛侯：即周勃，诛灭想造反的吕太后家族吕禄、吕产等人，迎立汉文帝，立下大功。后被诬入狱。

(54) 请室：大臣犯罪等待判决的地方。

(55) 魏其：大将军窦婴，封魏其侯，被诬下狱。

(56) 赭：古囚服，土红色。

(57) 三木：头枷、手铐、脚镣。

(58) 季布：项羽的大将，项羽死后，被刘邦通缉，改名换姓，卖身为奴。

(59) 灌夫：曾任中郎将，因得罪丞相田蚡，被囚处死。

(60) 罔：同“网”。

(61) 引决自裁：指自杀。

(62) 绳墨：指刑罚。

(63) 陵迟：同“陵夷”，衰颓，卑下。

(64) 臧获：泛指奴婢。

(65) 俶傥：洒脱，不拘束。

(66) 放失：散失。

(67) 戮：羞辱。

(68) 闺阁之臣：指宦官。

(69) 指谬：指，意向。谬，违背，相反。

(70) 雕琢：意为自我装饰。

(71) 曼辞：粉饰之辞。

【品读感悟】

读《报任安书》

“感慨啸歌有燕赵烈士之分，忧愁幽思则又直与《离骚》对垒。”《报任安书》字字精辟、感人肺腑，是司马迁在遭受宫刑后倾吐出的九曲回肠的愤激控诉之声，抒发了对封建社会的批判，表达了内心强烈的愤慨。

初读《报任安书》，只是略微感觉司马迁对封建社会极度不满。但再次阅读，细细品味，发现《报任安书》不仅写出了社会的黑暗，同时也描绘出了人心的丑恶。每个人都为了自己的利益不择手段，勾心斗角，这何尝不是一种悲哀！

司马迁被诬陷入狱，因“家贫，货赂不足以自赎。交游莫救，左右近亲不为一言”而惨遭皮肉之苦，更因自认为侮辱了祖先而饱尝精神痛苦。他在肉体与精神的双重压迫下并没有选择"死节"，而是为完成先父遗愿，忍辱负重，写就《史记》。这是非常需要勇气的选择，更是司马迁人格的完美体现。

人格信念崇高的司马迁是和左丘明、孙膑他们一样的大丈夫、真英雄！人最大的痛苦在于苦求而不得。司马迁即使奈何不了世间万物，也在自己的人生路上挺起了铮铮傲骨。"人固有一死，或重于泰山，或轻于鸿毛。"司马迁用自己的凡人之躯在我心里留下了永远的英雄形象。

你的《史记》流传千年，你的英雄事迹也被后世仰望。不是《史记》成就了你，而是你成就了《史记》。太史公啊，你矢志不渝，你坚韧不拔。《孟子》云："天将降大任于是人也，必先苦其心志，劳其筋骨。"你也正是如此。你生之时，不被理解，被人辱骂；你死之后，曾所遭受的所有耻辱都化为你熠熠生辉的勋章。

司马迁，你是永存的英雄。我会永远铭记你，品味你的不屈，体会你的坚毅，传承你的傲骨！壮哉，你的精神，你的勇气，你的品质！

（郝勃言　2023级）

读《报任安书》有感

提起司马迁，人们往往以羡慕、崇拜的目光来看他。他让历史人物在纸上活了起来，诉说着各自的荣耀与辛酸，但他写给任安的信却让我们走进了他那看似无比坚强实则悲苦的内心。

"人固有一死，或重于泰山，或轻于鸿毛，用之所趋异也。"这是《报任安书》里的一句尽人皆知的话，司马迁用它很好地诠释了自己的生死观。司马迁口出"恶"言，遭受宫刑，但思及要完成一部"究天人之际，通古今之变"的著作，便默默忍受了耻辱，明知道这是一条艰苦的路，却依然迈出了自己的脚步。

司马迁在文中提到很多人，孙膑、吕不韦、李斯、韩信、窦婴，等，或功高盖主而遭忌，或才华横溢而被妒。可是对于曲折却精彩的一生，他们到底是很满意吧。既然深知"伴君如伴虎"，仍要不顾一切

地走这条路，谁还会去希冀一个安详的晚年呢？是啊！他们更愿在战场厮杀甚至官场斗争中死去，这大概才是他们潜意识里热衷和追求的东西吧！

司马迁告诉我们：困境往往使那些真正有梦想、有意志的人更加坚强。他心中有一股气，是对皇帝、对专制不满的怨气，是忍辱负重的豪气，更是立言立德的志气。正是这股气，促使司马迁在极度困难和痛苦中实现了他那"重于泰山"的价值。他对理想的坚持，对生命的忠诚，值得我们去思考、学习！

没有磨难，何来荣耀；没有挫折，何来辉煌。让我们正视逆境，勇敢接受命运的玩笑，在逆境中彰显生命的价值，不给自己的人生留下遗憾！

（罗俊鑫　2023级）

读《报任安书》有感

初读《报任安书》，只为司马迁愤愤不平；再读《报任安书》，深感皇帝的不公；精读《报任安书》，感受到司马迁字里行间流露出的真情实意。司马迁在《报任安书》中将封闭的情感一吐为快，字字见血，处处真情。在那尔虞我诈、争权夺利的时代，唯有太史公司马迁敢于发声，敢于打抱不平，但这也是悲剧的根源。在那样的时代，一个思想先进的人，一个刚正不阿的人，是会受到迫害的。

"人固有一死，或轻于鸿毛，或重于泰山。"司马迁选择了后者。经历了"苦其心志，劳其筋骨，饿其体肤，空乏其身"的磨难，司马迁用残躯依然写成了"史家之绝唱，无韵之离骚"的《史记》。虽受宫刑，但太史公的意志足以穿越时空，幻化为这感人肺腑的《报任安书》，与千年之后的我们相见。与此相比，当时一些所谓的"君子"，不过是一群哗众取宠的小人罢了。

我能从文字中体会到太史公在经历了酷刑后的无奈，以及不能及时回信的辛酸，但是太史公心中有梦，眼里有光。因为他要做那名垂青史之人，而不是碌碌无为之人。读此文，我仿佛看到了太史公的模样。身体上的苦是打不倒太史公的，他的精神值得万世歌颂！

　　太史公用自己的毅力在历史长河中树立起一座丰碑，供我们瞻仰，让我们从中汲取源源不断的力量。倘若生活不顺心，不妨看看太史公，这样我们便可重新燃起对生活的希望，继续奉献属于自己的那份光和热！

　　他向死而生，虽然死了，却又活着。他活在每一个人的心中，是我们心中的灯塔。

（张俊杰　2023级）

父爱如山　期盼殷殷：
诫子书[1]

【荐读理由】

他戎马一生，不辞劳苦，只为匡扶汉室；他亲赴江东，舌战群儒，只为联吴克敌；他六出祁山，鞠躬尽瘁，只想一心伐魏……多少诗词写出他一生的荣耀，多少耳熟能详的故事诉说着他的伟绩，多少美谈是他流传千年的见证。言辞恳切的《出师表》名扬天下，而《诫子书》是他临终前写给八岁儿子的家书，更是他高瞻远瞩、语重心长教诲子孙的心血。

"夫君子之行，静以修身，俭以养德。"正如《大学》中所言："静而后能安，安而后能虑，虑而

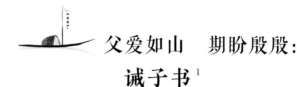

《诸葛丞相集·诫子书》书影

后能得。"有道德修养的人一定把静作为修身的前提，进而追求臻于完美的人生境界。"俭以养德"更是他的人生感悟。他出生在军阀忙着争抢地盘、官员忙着搜刮民财、豪强忙着招兵买马的乱世。然而，家风严洁的诸葛家，并未为一己私利、一族私利去做种种罪恶的勾当。后

1　段熙仲，闻旭初．诸葛亮集 [M]．北京：中华书局，2012.

来他到了荆州地区，在这片一度远离战火的"世外桃源"耕读而生。在清苦的生活中，他进一步领悟到了"俭以养德"的真谛，并逐渐树立起"匡扶天下"的人生志向。

中学生可从《诫子书》中感悟自主发展。在诸葛亮看来，想要成才，必须先立志。只有在志向的驱使之下，人方有可能完成知识、技能方面的学习。只有通过学习，人才能增长才干，进而更好地实现人生价值。在职业生涯中，无论是"非淡泊无以明志，非宁静无以致远"的良训，还是"静以修身，俭以养德"的警言，对于个人的成长和发展都大有裨益。

中学生亦应培养担当意识。一个人除了要有才干的积累、学业的成功，还应该有益于社会。就像保尔说过的那样——人的一生应当这样度过：当回首往事的时候，他不会因虚度年华而悔恨，也不会因为碌碌无为而羞愧。中学生应该从小立志向，以正心、修身、齐家、治国、平天下为己任，让自己的人生不留遗憾！

触龙曰："父母之爱子，则为之计深远。"诸葛亮就是我们学习的楷模。他将爱融于对幼子的人生指引中。若能参透"静以修身、俭以养德、淡泊明志、宁静致远、惜时如金"等金玉良言，我们一定会成为自豪而不狂妄、执着而不僵化、敢于直面人生竞争和挑战的人。

（荐读人：张亚利[1]）

【书信原文】

诫 子 书

夫[①]君子之行，静[②]以[③]修身，俭以养德。非淡泊[④]无以[⑤]明志，非宁静无以致远[⑥]。夫学须静也，才须学也，非学无以广[⑦]才，非志无以成学。淫慢[⑧]则不能励精[⑨]，险躁[⑩]则不能治性[⑪]。年与时驰[⑫]，意与日去[⑬]，遂成枯落[⑭]，多不接世[⑮]，悲守穷庐[⑯]，将复何及[⑰]！

1　张亚利，可克达拉市镇江高级中学语文教师，一级教师。

【译文】

有道德修养的人，依靠内心安静来修养身心，以俭朴节约来培养自己高尚的品德。不恬静寡欲无法明确志向，不排除外来干扰无法达到远大目标。学习必须静心专一，而才干来自勤奋学习。不学习就无法增长自己的才干，不明确志向就不能在学习上获得成就。纵欲放荡、消极怠慢就不能勉励心志使精神振作，冒险草率、急躁不安就不能修养性情。年华随时光而飞驰，意志随岁月逐渐消逝，最终枯败零落，大多不接触世事、不为社会所用，只能悲哀地困守在自己的陋室里，到时悔恨又怎么来得及？

【作者简介】

诸葛亮（181—234），字孔明，被称为卧龙（也作伏龙），徐州琅琊阳都（今山东临沂）人，三国时期蜀汉丞相，杰出的政治家、军事家、散文家、书法家、发明家。其散文代表作有《出师表》《诫子书》等。曾发明木牛流马、孔明灯等，并改造连弩，叫作诸葛连弩，可一弩十矢俱发。死后，追谥忠武侯，故后世常以武侯、诸葛武侯尊称诸葛亮。诸葛亮一生"鞠躬尽瘁，死而后已"，是中国传统文化中忠臣与智者的典型。

诸葛亮像

【探微索迹】

① 夫：助词，用于句首，表示发端。
② 静：屏除杂念和干扰，宁静专一。
③ 以：连词，表示后者是前者的目的。
④ 淡泊：内心恬淡，不慕名利。
⑤ 无以：没有什么可以拿来，没办法。

⑥ 致远:达到远大目标。致,达到。

⑦ 广:增长。

⑧ 淫慢:放纵懈怠。淫,放纵。慢,懈怠。

⑨ 励精:振奋精神。励,振奋。

⑩ 险躁:轻薄浮躁。与上文"宁静"相对而言。险,轻薄。

⑪ 治性:修养性情。治,修养。

⑫ 年与时驰:年纪随同时光而疾速逝去。驰,疾行,指迅速逝去。

⑬ 意与日去:意志随同岁月而丧失。

⑭ 枯落:凋落,衰残。比喻年老志衰,没有用处。

⑮ 多不接世:大多对社会没有任何贡献。

⑯ 穷庐:穷困潦倒之人住的陋室。

⑰ 将复何及:又怎么来得及。

【品读感悟】

读《诫子书》 悟先贤志

"一诗二表三分鼎,万古千秋五丈原",这副楹联高度概括了蜀相诸葛亮的一生。他在临终之际为远在千里之外的儿子留下此书,字字珠玑,句句期盼,不道思念之苦,不叙相聚之难,而把治国平天下的理想寄托在孩子身上,将修身齐家的智慧跨越时空传授给品读了《诫子书》的我们。

学习是一场自我的修行。"夫学须静也,才须学也。"只有沉得下心,耐得住寂寞,攀过崎岖的山峰,才能俯视脚下的沟壑,从而在经年累月的学习中收获才干与成就,与更好的自己不期而遇。"非淡泊无以明志,非宁静无以致远。"我们身处信息"爆炸"的时代,如何在喧哗中寻找真我,明确志向?诸葛亮告诉了我们答案。他担负着"兴复汉室,还于旧都"的责任,怀揣着"苟全性命于乱世,不求闻达于诸侯"的初心,于五丈原病逝前夕留下遗言——不必厚葬。他以一封家书,告诫儿子"静以修身,俭以养德"。

"年与时驰,意与日去。"这是诸葛亮用一生发出的感叹。时间毫

无差别地流淌过每一个人，有人废寝忘食，用夜以继日的努力突破极限；有人脚踏实地，用坚定不移的步伐丈量人生；也有千千万万的人因虚度年华而最终悔恨，到头来只能"白了少年头，空悲切"。在茫茫的宇宙空间里，人生仅是流星闪光般的存在；在无限的时间长河里，人生仅是微小波浪般的闪现。只有珍惜时间，充盈自己，创造出自我的人生价值，才不会浪费生命。

《诫子书》中的谆谆古训犹如一叶扁舟，载着诸葛亮的旷世智慧，漂越千年的长河，给我们指引人生的方向，让我们在修身养德中领悟生命的真谛。

（刘莹　2022 级）

品《诫子书》

读《诫子书》时，只懂得君子之行，粗晓其理；品《诫子书》时，如饮一杯甘冽的茶，回味无穷；忆《诫子书》时，先生对幼子的谆谆教导于耳畔响起："夫君子之行，静以修身，俭以养德……"《诫子书》有着独特的魅力，吸引我一遍一遍地诵读、品味。

《诫子书》既写尽了先生对幼子的期望——既望他有凌云壮志，为君王所用，又望他能淡泊名利，俭以养德，也写尽了先生那份无法教导稚子成人明理，只能通过一纸家书教其君子之行的无奈。

《诫子书》篇幅虽小，却字字箴言。这早已不是一封普通的家书，而是留给后人的警示之作。先生从三方面告诫后人。其一，"静"，指心静。乱世时有着"塞翁失马，焉知非福"的平和，盛世时有着"不以物喜，不以己悲"的豁达，如此便能在浮沉中找到自己的志向，从一而终。其二，"学"，只一字却有诸多含义，而先生最想告诉我们的是"黑发不知勤学早，白首方悔读书迟"。否则只能落得年少不珍惜时光，晚年空留遗憾悲守穷庐的悲哀啊！"学须静也，才须学也。"在喧嚣的时代，我们要找到自己心灵的归属，立下豪言壮志。"非学无以广才，非志无以成学。"学习之路虽漫长艰辛，却让我们受益终身。其三，"俭"，强调人的品德。贪婪的人爱慕虚荣，节俭的人朴实无华。

清官无一不以行俭名垂千古，贪官无一不以蛀虫之名臭名昭著，历史无时无刻不在警诫我们要以俭为德。若能做到这三点，便不会悲守穷庐，悔不当初。

《诫子书》读懂了几分，人生便读懂了几分。

（孙美嫄　2022级）

读《诫子书》有感

沏一杯清茶，启一盏明灯，端坐书桌，翻开书卷，似又见那一位儒者，着一件素衣，持一把羽扇，缓缓向我踱步走来，那跨越千年的情智也正向我踱来。

信中，他告诫儿子，第一是学会静，指的是心境要保持宁静，减少欲望。第二是学会俭，似节俭的俭。同样的道理，将情绪和心境简化，只抓住要点。尤其是在当今时代，信息飞速递增，大家都沉迷其中，拼命追逐，俭和静便显得愈发重要。静以修身，俭以养德，溯回千年的先贤明智至今闪着光辉。

"非淡泊无以明志，非宁静无以致远。"求学问，先要学会把自己的思想情绪淡化，甘于寂寞，甘于淡泊，甘于贫苦。安静才是取智的必经之路。要勇于摒弃陋习，合理利用时间，淡化低俗的享受。求学路漫漫，静学方致远。人总要先学会摒弃些什么，才能得到些什么。信虽简短精炼，却写出了至真的人生道理。

历经千年而恒久璀璨，他是淡定从容的智者，是决胜千里的英雄，是一身正气的化身。卧龙先生才气纵横，所言之理，至今指导着年轻一辈走向高远的人生。

（李雅雯　2022级）

恳言恩情　彰显孝心：
陈情表[1]

【荐读理由】

受到非主流意识形态的影响，部分人漠视甚至践踏中华民族的传统美德，追求金钱至上。回过头来看，《陈情表》是一篇发扬传统美德的散文，它能成为千古绝唱，不仅是因为一个"孝"字，还因为在"忠""孝"选择上做了细致妥帖的处理，从而达到出神入化的境界。

《陈情表》是李密写给晋武帝的奏章。李密在奏章中表达了对祖母的拳拳之心，令人感动。文章从幼年的不幸遭遇写起，进而叙述祖母抚育自己的大恩，以及自己应该

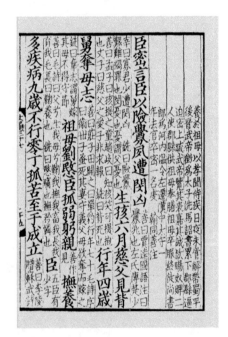

《六臣注文选·陈情表》书影

报养祖母的大义，同时也对朝廷的知遇之恩表达了感谢，恳切简洁，委婉畅达。此文被认定为中国文学史上抒情文的代表作，骈散结合，布局严谨周密，文字张弛有度，极富艺术感染力，以至于有"读诸葛亮《出师表》不流泪者不忠，读李密《陈情表》不流泪者不孝"的说

1　胡绍煐．昭明文选笺证［M］．扬州：江苏广陵古籍刻印社，1982．

法。相传晋武帝看了此表后很受感动，命郡县按时给其祖母以供养。

《陈情表》以情理交融著称。阅读此文，学生既能领略语言的奥妙，提高对语言文字的敏感度，提升语言建构与运用方面的素养，增强文化底蕴；又能培养孝亲敬长的美德，传承中华优秀传统文化中的"孝文化"。

（荐读人：祁雪凡[1]）

【书信原文】

陈 情 表

臣密言①：臣以险衅②，夙③遭闵凶④。生孩六月，慈父见背⑤；行年四岁⑥，舅夺母志⑦。祖母刘悯臣孤弱，躬亲抚养。臣少多疾病，九岁不行，零丁孤苦，至于成立⑧。既无伯叔，终鲜兄弟，门衰祚薄，晚有儿息。外无期功强近之亲，内无应门五尺之僮，茕茕孑立⑨，形影相吊。而刘夙婴⑩疾病，常在床蓐，臣侍汤药，未曾废离。

逮奉圣朝，沐浴清化⑪。前太守臣逵察臣孝廉；后刺史臣荣举臣秀才。臣以供养无主，辞不赴命。诏书特下，拜臣郎中，寻蒙国恩，除臣洗马。猥以微贱，当侍东宫，非臣陨首所能上报。臣具以表闻，辞不就职。诏书切峻⑫，责臣逋慢⑬；郡县逼迫，催臣上道；州司临门，急于星火。臣欲奉诏奔驰，则刘病日笃，欲苟顺私情，则告诉不许。臣之进退，实为狼狈。

伏惟⑭圣朝以孝治天下，凡在故老，犹蒙矜育，况臣孤苦，特为尤甚。且臣少仕伪朝⑮，历职郎署，本图宦达，不矜名节。今臣亡国贱俘，至微至陋，过蒙拔擢，宠命优渥，岂敢盘桓，有所希冀！但以刘日薄西山，气息奄奄，人命危浅，朝不虑夕。臣无祖母，无以至今日，祖母无臣，无以终余年。母、孙二人，更相为命，是以区区不能废远。

---

1 祁雪凡，可克达拉市镇江高级中学语文教师，二级教师。

臣密今年四十有四，祖母今年九十有六，是臣尽节于陛下之日长，报养刘之日短也。乌鸟私情，愿乞终养。臣之辛苦，非独蜀之人士及二州牧伯⑯所见明知，皇天后土，实所共鉴。愿陛下矜愍愚诚，听臣微志，庶刘侥幸，保卒余年。臣生当陨首，死当结草⑰。臣不胜犬马⑱怖惧之情，谨拜表以闻。

【译文】

臣子李密向圣上汇报：我命运不好，很早就遭遇到了不幸。刚出生六个月，我慈爱的父亲就去世了。经过了四年，舅父强迫母亲改嫁。我的祖母刘氏，怜悯我年幼孤苦，便亲自对我加以抚养。我小的时候经常生病，九岁时还不会正常行走。我孤独无靠，就这么长大成人。我既没有叔叔伯伯，又没什么兄弟，门庭衰微而福分浅薄，年龄很大了才结婚生子。在外面没有比较亲近的亲戚，在家里又没有照应门户的童仆。生活孤单，每天只有自己的身体和影子相互安慰。祖母刘氏的疾病一天比一天沉重，常年卧床不起，我侍奉她吃饭喝药，从来就没有离开过。

到了我朝建立，臣民蒙受着清明的政治教化。前任地方长官逵，考察后推举我为孝廉，后来刺史荣又推举臣下为秀才。我因为供奉赡养祖母，辞谢了任命。朝廷又特地下了诏书，任命我为郎中。不久我又蒙受国家恩命，被任命为太子洗马。像我这样出身微贱、地位卑下的人，承担侍奉太子的职务，这实在不是我杀身捐躯所能报答朝廷的。我将以上苦衷上表报告，加以推辞，未赴任就职。但是上方诏书急切严峻，责备我逃避命令，有意拖延，态度傲慢。郡县长官催促我立刻上路；州官登门督促，比流星坠落还要急迫。我想遵从皇上的旨意赴京就职，但祖母的病却一天比一天重；我想姑且顺从自己的私情，但报告申诉不被允许。我是进退两难，十分狼狈。

我俯伏思量我朝是用孝道来治理天下的，凡是年老而德高的旧臣，尚且还受到怜悯养育，何况我如此孤苦呢。我年轻的时候做过蜀汉的

官，担任过郎官职务，本来就希望做官显达，并不顾惜名声节操。现在我是一个低贱的亡国俘虏，十分卑微浅陋，受到过分提拔、恩宠优厚，怎敢犹豫不决而有非分的企求呢？只是因为祖母刘氏寿命即将终了，气息微弱，生命垂危，早上不能想到晚上怎样。我如果没有祖母，就没有今天的样子；祖母如果没有我的照料，也无法度过她的余生。我们祖孙二人，互相依靠而维持生命，因此我的内心不愿废止奉养，远离祖母。

我现在四十四岁了，祖母现在九十六岁了。我在陛下面前尽忠尽节的日子还长着呢，而在祖母面前尽孝尽心的日子已经不多了。我怀着乌鸦反哺的私情，乞求您准许我完成对祖母养老送终的心愿。我的辛酸苦楚，并不仅仅被蜀地的百姓及益州、梁州的长官所亲眼目睹连天地神明也都看得清清楚楚。希望陛下怜悯我愚昧诚心，允许我完成这一点小小的心愿，使祖母能够侥幸地保全余生。我活着应当杀身报效朝廷，死了也要结草衔环来报答陛下的恩情。我怀着牛马一样不胜恐惧的心情，恭敬地呈上此表来使陛下知道这件事。

【作者简介】

李密（224—287），字令伯，一名虔，西晋犍为武阳（今四川彭山）人。散文家。曾仕蜀汉，官至尚书郎，数次出使吴国，以辩才闻名。蜀亡后，晋武帝征他为太子洗马，他写了这篇表文推脱任命。祖母去世后，出任太子洗马，迁汉中太守。博览五经，尤精《左传》，著有《述理论》十篇，不传。

【探微索迹】

① 臣密言：开头先写上表人的姓名是表文的格式。

② 险衅：灾难祸患，指命运坎坷。

③ 夙：早。这里指幼年时。

④ 凶：不幸。

⑤ 见背：弃我而死去。

⑥ 行年四岁：年纪到了四岁时。行年，经历的年岁。

⑦ 舅夺母志：指舅父强行改变了李密母亲守节的志向。

⑧ 成立：长大成人。

⑨ 茕茕孑立：生活孤单无靠。茕茕，孤单的样子。孑，孤单。

⑩ 婴：纠缠。

⑪ 清化：清明的政治教化。

⑫ 切峻：急切严厉。

⑬ 逋慢：回避、怠慢。

⑭ 伏惟：旧时奏疏、书信中下级对上级常用的敬语。

⑮ 伪朝：指刘备建立的蜀汉政权。

⑯ 二州：指益州和梁州。益州治所在今四川成都，梁州治所在今陕西汉中。牧伯：刺史。上古一州的长官称牧，又称方伯，所以后代以牧伯称刺史。

⑰ 结草：《左传·宣公十五年》记载，晋国大夫魏武子临死的时候，嘱咐他的儿子魏颗，把他的遗妾杀死殉葬。魏颗没有照他父亲的话做。后来魏颗跟秦国的杜回作战，看见一个老人把草打了结绊倒杜回，杜回因此被擒。到了晚上，魏颗梦见结草的老人，他自称是没有被杀死的魏武子遗妾的父亲。后来"结草"就指报答恩人。

⑱ 犬马：作者自比，表示谦卑。

【品读感悟】

勇者·为孝贬己入尘埃
——读《陈情表》有感

跨过时间长河，译读《陈情表》，我与那位穷苦出身的孝子李密相遇，听他诉说着无依无靠、唯有祖母相依的日子。这句"茕茕孑立，形影相吊"是多么凄苦孤寂。晋以孝治国，李密也因孝被提拔。十年苦读，不正为一朝为官？但李密放弃了这个机会，因为他知道祖母已经"日薄西山，朝不虑夕"了，此刻他只愿陪伴着祖母，所以在"忠""孝"的岔路口，他毅然决然选择了后者。为在祖母身边尽孝，他在君主面前将自己贬入尘埃，可我认为他是勇者。《孝经》有言：

"夫孝，德之本也。"李密的孝是与勇气参半的，即使没有长辈的扶持，即使没有同龄人的陪伴，他依然发愤图强、大有作为。同时，他可以冒杀头之险为尽孝而拒诏。

读了《陈情表》，我认识到尽孝不仅仅是评价个人品德的标准，也应成为一种生活习惯甚至本能。孝，是中华民族的美德，在人类步入高级文明的进程中起着重要作用。没有孝之美德，人与禽兽何异？时代发展，孝的实践方式也在变化。也许，孝是你清晨对父母的问候；也许，孝是你对父母准备的午饭的感谢；也许，孝是你抬起眼眸与父母的相视一笑。生活节奏加快，互联网的兴盛取代了父母与孩子许多温馨相处的。嗟乎！我们难道不应反省是否将自己最灿烂的笑脸给了手机屏幕？所以，请抬起头，睁开眼，细心打量一下我们的父母吧，这又何尝不是一种关心、一种爱、一种孝道呢？

（冯可赢　2022级）

读《陈情表》有感

落叶归根，是对大地滋养的感恩；羔羊跪乳，是对母亲哺乳的感恩；乌鸦反哺，是对父母养育的感恩。感恩是做人的唯美姿态，是生活的高雅哲学，如清泉，让世界清香。《后汉书》云："夫孝者，百行之冠，众善之始也。"读完《陈情表》，我对感恩与孝有了更深的感触。

李密在《陈情表》中讲述了自己悲惨的童年：父亲去世，母亲改嫁，祖母将他抚养长大。李密年少时多病，祖母年龄大了多病，可见祖母养育他之辛苦。李密说"臣无祖母，无以至今日"，字里行间中显现出李密知感恩。其实他并不是不追求高官厚禄，他也自信"少仕伪朝，历职郎署，本图宦达，不矜名节"。一边是自己的理想，一边是自己的祖母，这个选择一定很难。最后，他选择了后者，这足以体现李密的孝。对于晋武帝的提拔，他也心怀感恩。从"寻蒙国恩，除臣洗马""今臣亡国贱俘，至微至陋，过蒙拔擢，宠命优渥，岂敢盘桓，有所希冀"等句，我们能看出李密清楚地知道晋武帝对他的爱惜之情并且心怀感恩。后来，祖母去世后，他也付诸行动，担任了太子洗马之职，报答晋武帝的知遇之恩。

　　让我们接过感恩与孝的接力棒，让它们继续绵延至未来。当下，我们也应付诸行动，在日常生活中，多帮父母做些力所能及的事情，并回报那些帮助过我们的人。让我们以行动使传统美德散发光彩，继续努力前行吧！

（马笑笑　2022级）

观自然之美　悟志趣之雅：
与宋元思书[1]

【荐读理由】

　　吴均的《与宋元思书》与其说是写给友人的一封信，不如说是一篇景色优美的游记散文。该文描摹了优美的山水：写水时抓住"清""急"这些特点，展示了江水的千姿百态，突出了水的异；写山时通过视觉，运用神奇的想象力，巧妙地把群山的静态美转化为动态美，赋予山以活力，突出了山的奇绝。接着从听觉上写山林交响曲，使得整个山林变成了美妙的音乐世界，让人心旷神怡。最后补写山峰上的树枝繁叶茂、长势葱茏，给人以欣欣向荣之感。

《六朝文絜笺注·与宋元思书》书影

1　刘衍文. 中国古代文学 ［M］. 上海：上海教育出版社，1988. 本文题目一作《与朱元思书》。

相由心生，散文中的美景有目共睹，作者以山水风景来反映社会生活，情感真挚。如若心中没有志趣，眼中就不会有美不胜收的自然之景。作者无疑将自己超然恬适的心境和一腔真情全部付于美景之中。

吴均对富春江奇山异水的赞美是发自内心的。他在思考自己的人生前途及人生不如意之时，选择了坚韧乐观。在与好友写信时，他没有丝毫悲观的情绪，这种坚韧乐观也是我们中学生该有的核心素养。中学生要自信自强，在面临挫折时应该管理好自己的情绪。中学阶段正是我们培养健全人格的关键时期，这篇美文能让我们受益匪浅。

这篇散文既不艰深晦涩，也不辞藻华丽，在重视形式美的同时，做到清新隽逸，疏畅谐婉。这在当时形式主义泛滥的文坛，在南北朝那个战乱不断的年代，确是难能可贵的。阅读美文既是在传承中华优秀传统文化，也应把高雅的志趣作为前行的指明灯。这篇美文不仅有助于提高我们的审美情趣，而且传达了作者吴均对自然山水的热爱及他内心高雅的志趣。在自富阳至桐庐一百多里的山水风光中，期待你有更多的发现。

（荐读人：张华[1]）

【书信原文】

与宋元思书

风烟俱净，天山共色[①]。从流飘荡[②]，任意东西[③]。
自富阳至桐庐，一百许[④]里。奇山异水，天下独绝。
水皆缥碧[⑤]，千丈见底；游鱼细石，直视无碍。
急湍甚箭[⑥]，猛浪若奔。夹岸高山，皆生寒树[⑦]，
负势竞上[⑧]，互相轩邈[⑨]，争高直指[⑩]，千百成峰[⑪]。
泉水激[⑫]石，泠泠[⑬]作响；好鸟相鸣，嘤嘤成韵[⑭]。
蝉则千转[⑮]不穷，猿则百叫无绝。

1　张华，可克达拉市镇江高级中学语文教师，二级教师。

鸢飞戾天⑯者，望峰息心⑰；经纶世务⑱者，窥谷忘反⑲。横柯⑳上蔽，在昼犹昏；疏条交映，有时见日。

【译文】

风和烟都消散了，天和山变成相同的颜色。（我乘着船）随着江流漂荡，随意地向东或向西漂流。从富阳到桐庐，一百多里，奇异的山，灵异的水，是天下独一无二的。

水都是青白色的，清澈的水千丈深也可以看见底。游动的鱼儿和细小的石头，可以直接看见，毫无障碍。湍急的水流比箭还快，凶猛的巨浪就像奔腾的骏马。

夹江两岸的高山上，树密而绿，让人心生寒意。高山凭依着高峻的山势，争着向上，彼此都尽力往高处和远处伸展；群山竞争着高耸，笔直地向上形成了无数个山峰。泉水飞溅在山石之上，发出清越悠扬的响声；美丽的鸟相互和鸣，鸣声嘤嘤，和谐动听。蝉儿长久地叫个不停，猿猴长时间地叫个不停。像凶猛的鸟飞到天上似的极力追求高位的人，看到这些雄奇的高峰，追逐功名利禄的心也会平静下来。整天忙于政务的人，看到这些幽美的山谷，就会流连忘返。横斜的树枝在上面遮蔽着，即使在白天，也像黄昏时那样阴暗；稀疏的枝条交相掩映，有时也可以见到阳光。

【作者简介】

吴均（469—520），字叔庠，吴兴故鄣（今浙江安吉）人。南朝梁文学家、史学家。在文学方面，他提倡"骈文"。好学有俊才，诗文深受沈约称赞。其诗清新，且多为反映社会现实之作；其文工于写景，常描写山水景物。其诗文自成一家，称"吴均体"。《梁书》说："均文体清拔有古气，好事者或学之，谓为'吴均体'。"在史学方面，他著有《齐春秋》《庙记》《钱塘先贤传》，注释了范晔《后汉书》等，惜皆亡佚。

【探微索迹】

① 共色：同样的颜色。

② 从流飘荡：（乘船）随着江流漂荡。从，跟、随。

③ 任意东西：任凭船随意向东或向西漂流。东西，向东或向西。

④ 许：表示约数。

⑤ 缥（piǎo）碧：浅青色。

⑥ 甚箭：即"甚于箭"，意思是比箭还快。

⑦ 寒树：这里形容树密而绿，让人心生寒意。

⑧ 负势竞上：山峦凭借（高峻的）地势，争着向上。

⑨ 互相轩邈（miǎo）：意思是这些山峦仿佛都在争着往高处远处伸展。轩，高。邈，远。这里均作动词用。

⑩ 直指：笔直地向上，直插云天。

⑪ 千百成峰：形成千百座山峰。

⑫ 激：冲击，撞击。

⑬ 泠（líng）泠：拟声词，形容水声清越。

⑭ 嘤（yīng）嘤成韵：鸣声嘤嘤，和谐动听。嘤嘤，鸟鸣声。

⑮ 千转（zhuàn）：长久不断地叫。千，表示多。转，同"啭"，鸟鸣，这里指蝉鸣。

⑯ 鸢（yuān）飞戾（lì）天：语出《诗经·大雅·旱麓》："鸢飞戾天，鱼跃于渊。"意为鸢鸟飞到天上，这里比喻极力追求名利。鸢，俗称老鹰，凶猛而善高飞。戾，至、到达。

⑰ 息心：指平息名利之心。

⑱ 经纶（lún）世务：治理国家大事。经纶，筹划、治理。

⑲ 反：同"返"，返回。

⑳ 横柯（kē）：横斜的树枝。柯，树木的枝干。

【品读感悟】

读《与宋元思书》有感

《与宋元思书》是南朝梁文学家吴均写给他的朋友宋元思的。当时，吴均正在富春江一带游历，见两岸风光秀美，景色宜人，便在书信中与朋友宋元思分享美景。其文刚健清新，音韵和谐，是"吴均体"的典范，作为写景名篇流传于世。

初读《与宋元思书》，在体悟文章所描写的秀丽景色的同时，也感受到文章弥漫着一股淡淡的愁绪。其实，这与作者吴均当时的生活背景有很大的关联。一是南朝时代文章多流行宫体风，柔靡缓弱，辞藻华丽。而吴均的文章大多清新秀丽，自成一家，所以他的风格在当时是不受统治者推崇的。二是吴均在官场并不得意，仕途抱负并没有得以施展。并且，在南北朝时期，佛教道教文化盛行，在多重因素的影响下，他萌生了隐居的想法，从而十分热爱自然风光。也正是因为他寄情山水，到富春江一带游玩，这才有了此篇文章。

在了解文章背景后，我们带着自己的感受去阅读这篇文章，更能深切地体会到他对自由的向往与追求，对大自然山水风光的热爱与赞美，以及他对世俗官场的摒弃与厌恶。

"奇山异水，天下独绝。"这短短八个字总领全文。该文以简洁干练的笔触铺陈出富春江的山水画卷，主要围绕奇山与异水展开描绘。江水是青白色的，清澈见底的同时也迅猛湍急。江水在"风烟俱净，天山共色"这样柔静的氛围下，展现独特的风采。动静结合的手法，也让读者眼前一亮。两岸的高山，山势奇峻，山上的树木争相向高处和远处伸展。"负势竞上，互相轩邈"生动地写出了山景峻秀、富有生命力的画面。下文"泉水激石""好鸟相鸣"也生动自然地引出作者对听觉的描写。在文章最后，作者由写景转为抒情，写出"鸢飞戾天者，望峰息心；经纶世务者，窥谷忘反"的千古名句。在这样雄奇优美的景色下，人们对于世俗中事物的追求，也就更显渺小。吴均生活在乱世之中，不能兼济天下，但通过他对奇山异水的赞美，我能感觉到他有高雅的志趣，也能看出他是一位淡泊名利之人。

（张婧涵　2022级）

品《与宋元思书》有感

《与宋元思书》是初中时学习的一篇文章，今日重读。细品全篇，作者既通过自身感受描写山水之美，又流露出恬淡闲适的心境。

作者乘着小船，从富春江到桐庐，置身于山水之间，看到天下独绝的奇异山水。作者通过细致的描写，突出了山水之美，无论是山还是水，都焕发出勃勃的生机。江水清澈见底，江流比射出的箭还快，激浪如飞马奔腾，可谓气势恢弘，动人心弦。山峰凭借着高耸的山势竞相争上，重峦叠嶂，傲视苍穹。在山的顶端，云雾缭绕，宛如农民伯伯戴在头上的汗巾，平添了一些来自民间的韵味。山脚下，是幽静的山林，却听到泉水叮叮咚咚的低吟声，这是大自然所赋予的歌声。鸟、蝉、猿更是自告奋勇地显露本领，一齐合奏了一首此起彼伏、和谐而又动听的协奏曲，引人入胜。

一路行来，仰望山势争高，侧听空谷泉音，头顶上有横斜的树枝遮蔽着，即使在白天，也像阴暗的黄昏。偶尔行船到枝条交映稀疏处，才能从枝条间见到阳光。行文到结尾，作者再次转入对静态视觉形象山林的描写，通过"有时见日"的幽暗景象侧面表现山势之高、山势之绵延。文字虚实相映，动静结合，写"自富阳到桐庐一百许里"的奇山，表现其天下独绝的"峻峭"。

作者崇尚自然，不入世俗，"鸢飞戾天者，望峰息心；经纶世务者，窥谷忘反"这一名句更让我深切体会到作者对官场和功名利禄的鄙弃。我读到他"任意东西"的自在，"望峰息心"的淡定，"窥谷忘反"的洒脱；我读到他"风烟俱净，天山共色"的大气，"急湍甚箭，猛浪若奔"的豪气，"争高直指，千百成峰"的志气，"好鸟相鸣，嘤嘤成韵"的灵气……崇尚自然，热爱自然，享受自然，并从中汲取积极向上的力量，或许这才是作者真正想要表达的情感。

（王梓涵　2022级）

《与宋元思书》读后感

《与宋元思书》这篇文章令我深受触动。作者通过对自然景观的描绘，展现出对大自然的赞美之情，同时也引起我对人生的深思。

文章一开始，"风烟俱净，天山共色"似乎在向读者展示大自然的美丽和恬静，让人感到清新宁静。接着，作者以流水来象征人生的流动和变化，表达出人生的无常，以及人们对自然的顺从。这种对自然景观寓意的描绘，不仅彰显了作者对大自然的热爱，也传达了他的人生态度。

随后，诗人描绘出自富阳至桐庐的奇山异水，其中清澈见底的溪水和翩翩起舞的鱼儿成了画面中的亮点。这种描绘令我更加体会到大自然的神奇和壮丽，也对这个地方产生了浓厚的兴趣。在描述中，作者还通过湍急的水流和高耸的山峰，表现出壮丽和雄伟的气势。这样的景观不仅令人心旷神怡，也让人感受到了大自然的力量和魅力。除此之外，作者还通过描写动物的叫声，展示了大自然的生机勃勃。蝉鸣和猿叫交织在一起，形成一种和谐的音乐。这样的描写使我感受到了大自然物种的丰富性和多样性，也对大自然的奥秘产生了强烈的好奇心。

最后，诗人以"横柯上蔽""疏条交映"来形容阳光的穿透和映照，表达对希望和光明的追求。这种描写给人以积极向上的感觉，也让人对未来充满了希望和信心。同时，这也让我明白，无论人生遭遇多少困难和挫折，只要我们保持积极的心态，一定能找到光明的出路。

阅读《与宋元思书》，我深刻地感受到了大自然的美丽和伟大，也领悟到了人生的应对之道。大自然是我们生活的依托，我们应该珍惜和保护它。同时，我们也应该像大自然一样积极向上，勇敢面对生活中的困难和挑战。只有这样，我们才能真正享受生活，追求自己的梦想。

总之，《与宋元思书》是一篇令人深思的文学作品。通过对自然景观的描绘，作者表达了对大自然的赞美和对人生的思考。读完这篇文章，我对自然和人生有了更深刻的认识。

（车艳婷　2022级）

自然的怀抱　心灵的港湾：

山中与裴秀才迪书[1]

【荐读理由】

提起"诗佛"王维，我们总能想到苏轼对他的那句评价："味摩诘之诗，诗中有画；观摩诘之画，画中有诗。"王维工诗善画，是唐朝众多耀眼明星中的一颗。他诗中的田园澄澈而空灵，清新而脱俗，可以让人原本浮躁的内心迅速宁静。他的诗如此，文亦然。《山中与裴秀才迪书》是他写给挚友裴迪的一封书信，篇幅短小，文辞简约。作者通过描绘辋川美景，表达了自己对大自然的热爱、对生命的尊重和对友人的殷切思念。

此信有三点值得我们反复品味：

《王右丞集笺注·山中与裴秀才迪书》书影

1　陈铁民．王维集校注［M］．北京：中华书局，2020．

041

热爱自然,尊重生命。信中的辋川月照城郭,灞水深沉,清波荡漾,涟漪起伏;村河岸边,渔火点点,明灭可见。一幅天然、静谧、恬淡、空灵的画如在眼前。投身自然,用心感知,亲近自然,感悟自然,从中获得的是心灵的洗礼与灵魂的丰盈。摩诘在自然界的花开花落中,品味出生命的浩瀚博大,获得人生彻悟,再无烦恼困顿,灵魂纯粹而明净。身处自然之中,这本身就是一种积极的生命姿态,一种高级的精神美学。

欣赏美景,观照心灵。"感人心者,莫先乎情",作者笔下的辋川之所以如此澹远空灵、宁静安详,以至于迫不及待地想让正在温经备考的友人放下经书,去领略山中的"深趣",是因为此处的山川景物都受到主体心灵的烛照,融入了作者的个性体验和人生哲思。在快节奏的生活中,我们更应该走进自然,让自然之美洗走浮华与疲惫,诗意栖居,寻觅生命最纯粹的本色、最本真的格调,尽享尘世清欢。

保持积极向上的人生态度。"近腊月下"可以看出本诗写于腊月,冬景已然美好,但作者又说"春山可望",这是对春天美景的期待。若将岁月开成花,人生何处不芳华?满眼美好,生活也将处处美好。作者认为,春山可望,未来可期,此种美好作者想"吾与子之所共适"。观此美景,我认为作者除了有对志趣相投好友的思念,还有对挚友美好前程的祝愿。

(荐读人:刘筱莉[1])

【书信原文】

山中与裴秀才迪书

近腊月下,景气和畅,故山殊可过①。足下方温经,猥不敢相烦,辄便往山中,憩感配寺②,与山僧饭讫而去。

1　刘筱莉,可克达拉市镇江高级中学语文教师,高级教师,四师可克达拉市骨干教师,曾获兵团优质课大赛一等奖,第五届"语文报杯"微课大赛国家级特等奖。

北涉玄灞③，清月映郭。夜登华子冈，辋水沦涟④，与月上下。寒山远火，明灭林外。深巷寒犬，吠声如豹。村墟夜舂，复与疏钟相间。此时独坐，僮仆静默，多思曩昔⑤，携手赋诗，步仄径⑥，临清流也。

当待春中，草木蔓发，春山可望，轻鲦出水，白鸥矫翼，露湿青皋⑦，麦陇朝雊⑧，斯之不远，倘能从我游乎？非子天机⑨清妙者，岂能以此不急之务相邀。然是中有深趣矣！无忽。因驮黄檗⑩人往，不一，山中人王维白。

【译文】

十二月的末尾，气候温和舒适，旧居蓝田山中很值得一游。遥想您正在温习经书，仓促中不敢打扰，就自行到山中，在感配寺休息，跟寺中主持一起吃完饭，便离开了。

我向北渡过深青色的灞水，月色清朗，映照着城郭。夜色中登上华子冈，见辋水泛起涟漪，水波或上或下摇动，水中的月影也随之上下。那寒山中远远的灯火忽明忽暗，在林外看得很清楚。深巷中的狗，叫声像豹吼一样。村子里传来春谷声，又与稀疏的钟声相互交错。这时，我独坐在那里，跟来的仆人已入睡。我频频想起从前你与我挽着手吟诵诗歌，在狭窄的小路上漫步，临近那清澈流水的情景。

等到了春天，草木蔓延生长，山景更可观赏，轻捷的白鲦鱼跃出水面，白色的鸥鸟张开翅膀，晨露打湿了青草地，麦田里的野鸡在清晨鸣叫，这些景色很快就来了，（你）能和我一起游玩吗？如果你不是天性清高雅致的人，难道我能用这不打紧的事务（游山玩水的闲事）邀请你吗？实在是这当中很有意思啊！不要忽略。因为有载运黄檗出山的人，我就托他带给你这封信，不一一详述了。

【作者简介】

王维（701—761），字摩诘，号摩诘居士。唐河东蒲州（今山西运城）人，祖籍太原祁县。开元进士，累官至给事中。天宝十五载（756）安禄山叛乱，长安失陷，曾受伪职。后因弟王缙愿削官为兄赎罪，仅降职为太子中允。后官至尚书右丞，世称王右丞。盛唐著名田园山水诗人，精绘画，通音律。早年信道，晚年居蓝田辋川，过着亦官亦隐的优游生活。著有《王右丞集》。

【探微索迹】

① 殊可过：殊：犹，尚。过：过访。
② 感配寺：今已不存，故址在今陕西蓝田。一作"感化寺"。
③ 灞：水名。也称滋水、霸水。渭河支流，关中八川之一，在今陕西中部。
④ 辋水：辋川，又称辋谷水。诸水汇合如车辋环凑，故名。在今西安蓝田南，源出秦岭北麓，北流至县南入灞水。沦涟：指水生微波。
⑤ 曩（nǎng）昔：往日，从前。
⑥ 仄径：狭窄的小路。
⑦ 青皋（gāo）：春天的水边，绿意盎然的水边。
⑧ 雊（gòu）：野鸡鸣叫。
⑨ 天机：灵性，指天赋灵机。
⑩ 黄檗（bò）：落叶乔木。茎可制黄色染料；树皮中医入药，有清热、解毒等作用。

【品读感悟】

草木蔓发，春山可望

在唐代文学的海洋里，王维的《山中与裴秀才迪书》犹如一颗璀璨的明珠，熠熠生辉。作为书信，该文因独特的诗意与韵律，成为唐代名作。文中描绘的辋川冬夜的幽深和春日的轻盈，都让我深感震撼。

在此信中，我仿佛亲眼看见了辋川的春天。"北涉玄灞，清月映郭""辋水沦涟，与月上下"，霸水深沉，月照城郭，辋川在月光中涟漪起伏；"寒山远火，明灭林外"，月色朦胧中，山上的灯火，透过树

林，明灭可见；"深巷寒犬，吠声如豹"，村巷里的犬吠声、夜舂声和山寺里的疏钟声一并传来。每一句都在描绘一幅生动的画面，每一句都在诉说一段深沉的故事。王维笔下寂静、闲适的生活场景和人文气息让我领悟到了生活的真谛，那是对大自然的敬畏与热爱，是对生活的深刻理解与体验。

在这忙碌的世界中，我们常常忽视生活中的美好，正如此文中摩诘所写：等到了春天，草木蔓发，山景更加可观，白鲦轻快地在水中游动，白鸥展开那矫健的翅膀掠空飞翔，野鸡在麦陇中鸣叫，草木染绿了青山，露水滋润了堤岸。我们应停下脚步，驻足欣赏周围的风景，感受生活的美好，带着新的人生感悟，踏上一往无前的旅程。

（刘程程　2021级）

尺素虽斑驳，景美情亦真

春山苍苍，灞水泱泱。王维的这封信可谓文中有画，字里见情。此信虽短小精悍，却可观辋川美景，亦可感摩诘与友人的情深义厚。"清月映郭""辋水沦涟，与月上下。寒山远火，明灭林外。深巷寒犬，吠声如豹。村墟夜舂，复与疏钟相间"，作者运用动静结合、视听结合的手法，让辋川美景如临眼前。作者漫步在这美景中，生出对过往美好生活的怀念，此刻想与友人偕行，吟歌诵诗，共享这里的美好。诚如清代学者何焯所言："人生得一知足矣，斯世当以同怀遇之。"人世浮华之中，众人熙熙攘攘皆为利来，若能像王维与裴秀才一般生性相投，共享静好岁月，何尝不是人生幸事？

表里山河，沧海沉浮，分合间百年已过。如今科技发达，朋友之间见一面说上三言两语不再是难事。一品《山中与裴秀才迪书》，杂乱的内心也能迅速宁静。我深为摩诘与友人寄情于山水自然中的真挚情谊所感动。这份情谊如春花留香，沁人心脾。

路遥车马慢，故地独行间。旧时难返还，以文代吾言。尺素虽斑驳，见字如晤面。

（蒋可涵　2021级）

一纸豪气　千年风骨：
与韩荆州书[1]

【荐读理由】

李白的《与韩荆州书》是他为谒见荆州长史韩朝宗所写的一封自荐书。文章开头借用天下谈士的话——"生不用封万户侯，但愿一识韩荆州"，赞美韩朝宗谦恭下士，识拔人才。接着，作者毛遂自荐，介绍自己的经历、才能和气节。

从《与韩荆州书》中，我们可以窥见一个真实的李白：骄傲、不屈，充满活力与朝气。即使在写信给韩朝宗，希望他引荐自己时，李白仍然表现得不卑不亢、豪气万丈，自荐而不自谦。

绣口一吐就是半个盛唐，李白身上是带着盛唐气质的，

《分类补注李太白诗文集·与韩荆州书》书影

而投射到毫管便能使文章飞扬起来。自荐书的文气大体上以谦抑为好，

1　郁贤皓. 李太白全集校注 [M]. 南京: 凤凰出版社, 2015.

就算是说自己的优点，也比较含蓄。李白这篇求荐书却完全将自己放在与对方平等的地位上，毫无掩饰地展示自己的才华。李白把一篇求荐文写得纵横恣肆，气概凌云。难以相信这竟然是一封求职信，这种自信正是盛唐孕育的。骄傲、不屈，充满活力与朝气，这不仅仅是李白的模样，也是盛唐的模样。

李白能积极认识与评估自我。如果杜甫代表中年，苏轼代表青年，那么李白就代表少年。少年炽热澎湃，自信勇敢。十年干谒之旅，未曾消磨尽李白纯真无邪的诗人气质，他决不因求人而有半点委琐的私意、怯懦的鄙态。他相信自己的才华足以用世，而其用世之志，在于忠义奋发、以报君国。故李白请求韩朝宗荐己，完全是出于一片公心；而想象韩朝宗能荐己，同样是出于一片公心。两片公心的相识，两位贤士的相与，这中间自然不必有世俗纠葛。这样，李白就将这封信写得极其光明磊落，情感自然就能尽情地抒发。因此我们现在看到的这篇原本应是世俗交际的文字，犹如他的诗一样，充分表现出他的个性。这里面所洋溢的，正是"天生我材必有用"的自信。

李白绝对是一个具有健全人格的人，自信自爱，坚韧乐观，具有抗挫折能力。你很难想象，在写《与韩荆州书》前，李白已经多次上书和谒见地方长官自荐被拒。在信中，我们看不见一个仕途崎岖坎坷者的瑟缩与悲苦，反而处处感受到李白"遍干诸侯""历抵卿相""心雄万夫"的豪迈气概。而这也是我们身处于竞争激烈的当下所必需的精神。

李白这份少年式的狂傲不羁不仅让人敬佩，而且带给我们追逐梦想的勇气。即使我们的棱角被生活磨平，也不要忘记从内心深处找到"李白"。

（荐读人：陈瑶[1]）

1　陈瑶，可克达拉市镇江高级中学语文教师，高级教师，四师可克达拉市骨干教师，曾获兵团现场课大赛一等奖。

【书信原文】

与韩荆州书

　　白闻天下谈士相聚而言曰："生不用封万户侯[①]，但愿一识韩荆州。"何令人之景慕[②]，一至于此耶！岂不以有周公之风，躬吐握[③]之事，使海内豪俊，奔走而归之，一登龙门，则声价十倍！所以龙蟠凤逸[④]之士，皆欲收名定价[⑤]于君侯。愿君侯不以富贵而骄之、寒贱而忽之，则三千之中有毛遂，使白得颖脱而出，即其人焉。

　　白，陇西布衣，流落楚汉。十五好剑术，遍干诸侯。三十成文章，历抵[⑥]卿相。虽长不满七尺，而心雄万夫。皆王公大人许与气义。此畴曩[⑦]心迹，安敢不尽于君侯哉！

　　君侯制作侔神明[⑧]，德行动天地，笔参造化[⑨]，学究天人[⑩]。幸愿开张[⑪]心颜，不以长揖[⑫]见拒。必若接之以高宴，纵之以清谈，请日试万言，倚马可待[⑬]。今天下以君侯为文章之司命[⑭]，人物之权衡，一经品题，便作佳士。而君侯何惜阶前盈尺之地，不使白扬眉吐气激昂青云耶？

　　昔王子师为豫州，未下车即辟荀慈明，既下车又辟孔文举。山涛作冀州，甄拔三十余人，或为侍中、尚书，先代所美。而君侯亦荐一严协律，入为秘书郎，中间崔宗之、房习祖、黎昕、许莹之徒，或以才名见知，或以清白见赏。白每观其衔恩抚躬，忠义奋发，白以此感激，知君侯推赤心于诸贤腹中，所以不归他人，而愿委身国士。傥[⑮]急难有用，敢效微躯。

　　且人非尧舜，谁能尽善？白谟猷[⑯]筹画，安能自矜？至于制作，积成卷轴，则欲尘秽视听[⑰]。恐雕虫小技，不合大人。若赐观刍荛[⑱]，请给纸墨，兼之书人，然后退扫闲轩[⑲]，缮写呈上。

　　庶青萍、结绿，长价于薛、卞之门。幸推下流，大开奖饰[⑳]，惟君侯图之。

【译文】

我听说天下谈士聚在一起议论道："人生不想封为万户侯，只愿结识一下韩朝宗。"您怎么使人敬仰爱慕，竟到如此程度！莫非是因为您有周公那样的作风，亲自做吐哺握发之事，故而使海内的豪杰俊士都奔走而归于您的门下。士人一经您的接待延誉，便声名大增，所以屈而未伸的贤士，都想在您这儿获得美名，奠定声望。希望您不因自己富贵而对他们骄傲，不因他们贫贱而轻视他们，而这样您众多的宾客中便会出现毛遂那样的奇才。假使我李白能有机会显露才干，那就是因为您这样的人啊。

我是陇西平民，在楚汉游历。十五岁时爱好剑术，谒见了许多地方长官；三十岁时文章成就，拜见了很多卿相显贵。虽然身高不满七尺，但志气雄壮，胜于万人。王公大人都赞许我有气概，讲道义。这是我往日的心事行迹，怎敢不原原本本地向您表露呢？

您的著作堪与神明之言相比，您的德行感动天地；文章与自然造化同功，学问穷极天道人事。希望您度量宽宏，和颜悦色，不因我长揖不拜而拒绝我。如若肯用盛宴来接待我，任凭我清谈高论，那请您再以一天之内写下万字文章试我，我将手不停歇，马上可以完成。如今天下人认为您是决定文章命运、衡量人物高下的权威，一经您的品评，便被认作美士，您何必舍不得阶前的区区一尺之地接待我，而不使我扬眉吐气、激厉昂扬、气概凌云呢？

从前王允担任豫州刺史，未到任即征召荀爽，到任后又征召孔融；山涛作冀州刺史，选拔三十余人，有的成为侍中、尚书。这都是前代人所称美的。而您也荐举过一位严姓乐官，进入中央为秘书郎；还有崔宗之、房习祖、黎昕、许莹等人，有的因才干名声被您知晓，有的因操行清白受您赏识。我每每看到他们怀恩自省，忠义奋发，便常为感动，知道您对诸位贤士推心置腹，赤诚相见，故而我不归向他人，而愿意托身于您。如逢紧急艰难有用我之处，我当献身效命。

一般人都不是尧、舜那样的圣人，谁能完美无缺？我的谋略策划，

岂能自我夸耀？至于我的作品，已积累成为卷轴，想要请您过目。但只怕这些雕虫小技，不能受到大人的赏识。若您愿意看看拙作，请给以纸墨，还有抄写的人手，待我回去打扫静室，誊写后向您呈上。希望青萍宝剑、结绿美玉，能在薛烛、卞和门下增添价值。愿您顾念身居下位的人，大开奖誉之门。请您酌情考虑。

【作者简介】

李白（701—762），唐陇西成纪（今甘肃天水）人，其先人隋末流寓西域，故生于安西都护府所属碎叶城（今吉尔吉斯斯坦托克马克）。中宗神龙初，迁居蜀之绵州昌隆县（今四川江油）青莲乡，又尝寓居山东，故亦称山东人。字太白，号青莲居士。少有逸才，志气宏放，飘然有超世之心。喜纵横术，击剑任侠，轻财重施。青年时离蜀漫游，玄宗天宝初

明刻李白像

年，入长安，经贺知章、吴筠推荐，诏供奉翰林。但政治上不受重视，又受权贵谗毁，仅一年余即离开长安。天宝三载（744），在洛阳结识杜甫。二人于诗坛齐名，并称"李杜"。安史之乱起，为永王李璘府僚，参与平乱。因永王兵败，连坐流放夜郎，中途遇赦东还，依族人当涂令李阳冰。不久病卒。其诗雄奇豪放、清新飘逸，代表作有《蜀道难》《行路难》《梦游天姥吟留别》等。著有《李太白集》。

【探微索迹】

①万户侯：食邑万户的封侯。唐朝封爵已无万户侯之称，此处借指显贵。

②景慕：敬仰爱慕。

③"吐握"喻求贤之心切。

④龙蟠凤逸：喻贤人在野或屈居下位。蟠，盘曲。逸，隐逸。

⑤ 收名定价：获取美名，奠定声望。

⑥ 抵：拜谒，进见。

⑦ 畴曩（chóu nǎng）：往日。

⑧ 制作：指文章著述。侔（móu）：相等，齐同。

⑨ 造化：自然的创造化育。

⑩ 天人：天道和人道。司马迁《史记》有言："欲究天人之际，通古今之变。"

⑪ 开张：开扩，舒展。

⑫ 长揖：相见时拱手高举自上而下以为礼。

⑬ 倚马可待：喻文思敏捷。东晋时袁宏随同桓温北征，受命作露布文（檄文、捷书之类）。他倚靠马前，手不辍笔，顷刻便成，而文笔佳妙。

⑭ 司命：原为神名，掌管人之寿命。此指判定文章优劣的权威。

⑮ 侻：同"倘"。

⑯ 谟猷（yóu）：谋划，谋略。

⑰ 尘秽视听：请对方观看自己作品的谦语。

⑱ 刍荛（chú ráo）：割草为刍，打柴为荛，刍荛指草野之人。这是作者对自己作品的谦称。

⑲ 闲轩：静室。

⑳ 奖饰：奖励称誉。

【品读感悟】

惊艳了盛世大唐的那抹绝影

酒入豪肠，七分酿成月光，余下的三分啸成剑气，绣口一吐，就是半个盛唐。

——题记

不必说"今朝有酒今朝醉，"更不必说"莫使金樽空对月"，单是一个"与尔同销万古愁"，就足以见得李白的逍遥和洒脱。

李白现实，但绝不俗套。人们常见他"金樽清酒斗十千，玉盘珍

羞直万钱"，而忘记了他"停杯投箸不能食，拔剑四顾心茫然"。为了面圣，给公主说好话；为了功名，给豪门当赘婿；为了当官，给永王做幕僚。那时候，国家重农抑商，像李白这种"商二代"是不可以入朝为官的，可他的理想偏偏如此。初见韩荆州，他便送上了一封自荐信，希望得到赏识。求荐信本应谦抑含蓄，他却写得潇洒恣意。他似乎有一种与生俱来的底气。郁郁不得志时，高声道"莫愁前路无知己，天下谁人不识君"。不过，就算心怀鸿鹄之志，他也只是在皇帝面前写诗陪玩，并没有得到皇帝重用。

李白现实，但不妨碍他的浪漫。他的浪漫来自他身上的三股气："傲气""豪气""仙气"。《与韩荆州书》中，"虽长不满七尺，而心雄万夫""日试万言，倚马可待"，这是他的"傲气"。他策马狂奔，看着夕阳下的长安高喊"当为大鹏"，这是诗仙的"豪气"。暮年李白被白鹤环绕，他下意识张开双臂，翩翩而起，这是他骨子里的浪漫"仙气"。

向韩荆州自荐后的结果如何呢？自然是没有了下文。但这并不影响李白的疏狂快意。正是这样的心态，才使得他成为当之无愧的浪漫主义诗人。那一年，李白扬名万里，天下谁人不识君，但也因为这样而遭人陷害，被迫离开了长安，离开了自己心心念念的理想。

李白想要入仕，可现实很骨感。皇帝召见他，只是为了让他同自己游玩赏乐，作诗记事。不得志，我想没有人比李白更了解这三个字了。有些人为了自己的理想拼命努力，到头来什么都没有，总觉得碌碌无为却又无可奈何。但是请记住，你所追寻的一切都是值得的，因为在追寻的路上你获得了从未有过的体验，欣喜的，火热的，抑或痛苦的。失败并不那么重要，这世间的一切有始有终，却可以容纳全部的不期而遇和久别重逢。今天是天赐的礼物！

过去已成历史，未来仍是谜团，活在当下，走好每一步路。

（武彦杰　2021 级）

李白：一生傲骨，一世高洁

"天生我材必有用，千金散尽还复来。""诗仙"李白是我们自小便认识的诗人，知道他以傲气、傲骨、豪放、洒脱著称。假如你深入地了解了李白，你不但能知道什么是傲骨，更会被他的傲然正气震撼。他傲视天下的言行，是非常人所能想象的，更别说做到了。光是凭《与韩荆州书》一文，他的傲岸不羁便能刻入读者脑海。

《与韩荆州书》是李白的一封干谒信。被干谒的人是当时的荆州长史韩朝宗，一位有声望名誉的地方官。李白请求他推荐自己做官来报效国家，来实现自己"愿将腰下剑，直为斩楼兰"的远大抱负。然而，干谒信的内容与语气却一反常态。明明是请求别人推荐自己，他却未向对方低头，虽然称赞了对方，但同时也用"遍干诸侯""历抵卿相"表达了自己的卓尔不凡，才华横溢。他以"有周公之风，躬吐握之事"来称赞对方，随后以"龙蟠凤逸之士"强调了自己的卓越。李白究竟为什么有如此之口气，有这狂傲不羁的资本的呢？李白在信中表明，如需测试他的才华，一天之内便能写出上万言的文章。这是何等的超世之才。除此，李白"五岁通六甲，十岁观百家，十五观奇书，作赋凌相如"，天赋与才华都无人能比，故李白有实力来请荆州长史举荐自己。

这封信还体现了李白的高傲。他的高傲是不屑于放低身段，阿谀奉承，迎合他人。他坦坦荡荡，立于天地之间，不懈寻找自己的价值。这种价值不是得到荣华富贵，腰缠万贯，而是达到自己心中志向，报效国家，实现远大抱负。读到这篇文章，我便想到了我们自己。身处盛世中华的我们，不要忘记自己心中之理想，而应该为社会增添一份正能量，为国家发展做出自己的贡献！

（余海燕　2021 级）

曲径通幽处　别有大境界：
上枢密韩太尉书[1]

【荐读理由】

苏辙是唐宋八大家之一，他的仕途和文章都让人惊艳。这篇文章是他刚刚考中进士，为求见枢密使韩琦，写的一篇干谒文，我认为这篇文章有两大亮点。

一是不拘一格的探索精神。一个刚刚敲开仕途之门的后辈，如何求人推荐？又如何突显自己的才华？唐代朱庆余《近试上张水部》写道："洞房昨夜停红烛，待晓堂前拜舅姑。妆罢低声问夫婿，画眉深浅入时无？"诗人借新妇机智巧妙地询问、委婉曲折地试探自己能否考

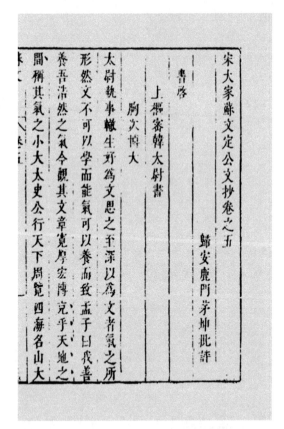

《宋大家苏文定公文抄·上枢密韩太尉书》书影

1　陈宏天，高秀芳．苏辙集［M］．北京：中华书局，2017.

中，诗写得有趣独特。《上枢密韩太尉书》与此诗异曲同工，苏辙大胆阐释"文不可以学而能，气可以养而致"的观点，而非求"斗升之禄"，含蓄表达求见之意，表现出不拘一格的探索精神。可谓心思机巧，构思独特。

二是昂扬向上的价值追求。年轻的苏辙以昂扬向上的价值追求，使得这篇干谒文立意高超，神采不凡。

求人推荐，就要有求人的态度，可是文人应持有一番清高。如何不委屈自己，不曲意阿谀？如何打动韩琦，得到他的接见和赏识？文章先从"养气"说起，提出"文不可以学而能，气可以养而致"的观点，将孟子和司马迁浩然宏大之气作为追求目标，使读者不由生出此人不可小觑之感。接着自述经历，暗示虽有雄伟之志，然缺少高明之士提领，进步不足，令人遗憾，因而希望可以拜见韩太尉，得高人指点。然后陈诉未见韩太尉之遗憾，从另一角度表明非求"斗升之禄"，而是"益治其文"来补充说明求见的原因，这一补充不能不让韩琦高看苏辙一眼，一个欲养其气、治其文，而非求"斗升之禄"的十九岁少年，其前途岂可限量！

（荐读人：董琼芳[1]）

【书信原文】

上枢密韩太尉书

太尉执事①：

辙生好为文，思之至深。以为文者气之所形。然文不可以学而能，气可以养而致。孟子曰："我善养吾浩然之气。"今观其文章，宽厚宏博，充乎天地之间，称其气之小大。太史公行天下，周览四海名山大川，与燕、赵间豪俊交游，故其文疏荡，颇有奇气。此二子者，岂尝执笔学为如此之文哉？其气充乎其中而溢乎其貌，动乎

1　董琼芳，可克达拉市镇江高级中学语文教师，高级教师，教研组组长。

其言而见乎其文，而不自知也。

辙生十有九年矣。其居家，所与游者不过其邻里乡党之人；所见不过数百里之间，无高山大野可登览以自广；百氏之书，虽无所不读，然皆古人之陈迹，不足以激发其志气。恐遂汨没，故决然舍去，求天下奇闻壮观，以知天地之广大。过秦、汉之故都，恣观终南、嵩、华之高，北顾黄河之奔流，慨然想见古之豪杰。至京师，仰观天子宫阙之壮，与仓廪、府库、城池、苑囿之富且大也，而后知天下之巨丽。见翰林欧阳公，听其议论之宏辩，观其容貌之秀伟，与其门人贤士大夫游，而后知天下之文章聚乎此也。太尉以才略冠天下，天下之所恃以无忧，四夷②之所惮以不敢发，入则周公、召公，出则方叔、召虎。而辙也未之见焉。

且夫人之学也，不志其大，虽多而何为？辙之来也，于山见终南、嵩、华之高，于水见黄河之大且深，于人见欧阳公，而犹以为未见太尉也。故愿得观贤人之光耀，闻一言以自壮，然后可以尽天下之大观而无憾者矣。

辙年少，未能通习吏事。向之来，非有取于斗升之禄，偶然得之，非其所乐。然幸得赐归待选③，使得优游④，数年之间，将归益治其文，且学为政。太尉苟以为可教而辱教之，又幸矣！

【译文】

太尉执事：

我生性喜好写文章，对此想得很深。我认为文章是气的外在体现，然而文章不是单靠学习就能写好的，气却可以通过培养而得到。孟子说："我善于培养我的浩然之气。"现在看他的文章，宽大厚重宏伟博大，充塞于天地之间，同他气的大小相称。司马迁走遍天下，广览四海名山大川，与燕、赵之间的英豪俊杰交游，所以他的文章疏放不羁，颇有奇伟之气。这两个人，难道曾经执笔学写这种文章吗？这是因为他们的气充满在内心而溢露到外貌，发于言语而表现为文章，自己却

并没有觉察到。

　　我已经十九岁了。我住在家里时，所交往的，不过是邻居同乡这一类人；所看到的，不过是几百里之内的景物，没有高山旷野可以登临观览以开阔自己的心胸。诸子百家的书，虽然无所不读，但都是古人的东西，不能激发自己的志气。我担心就此而被埋没，所以毅然离开家乡，去寻求天下的奇闻壮观，以便了解天地的广大。我经过秦朝、汉朝的故都长安，尽情观览终南山、嵩山、华山的高峻，向北眺望黄河奔腾的急流，深有感慨地想起了古代的英雄豪杰。到了京城汴梁，抬头看到天子宫殿的壮丽，以及粮仓、府库、城池、苑囿的富庶与巨大，这才知道天下的广阔富丽。见到翰林学士欧阳修，聆听了他宏大雄辩的议论，看到了他秀美奇伟的容貌，同他的学生贤士大夫交游，这才知道天下的文章都汇聚在这里。太尉您以雄才大略称冠天下，国人依靠您而无忧无虑，四方异族国家惧怕您而不敢侵犯，在朝廷之内像周公、召公一样辅君有方，领兵出征则像方叔、召虎一样御敌立功。可是我至今还未见到您呢。

　　况且一个人的学习，如果不是有志于大的方面，即使学了很多又有什么用呢？苏辙这次来，对于山，看到了终南山、嵩山、华山的高峻；对于水，看到了黄河的深广；对于人，看到了欧阳修，可是仍以没有谒见您而引为一件憾事。所以希望能够一睹贤人的风采，就是听到您的一句话也足以激发自己的雄心壮志，这样才算看遍了天下的壮观而不会再有什么遗憾了。

　　我年纪很轻，还没能够通晓做官的事情。先前来京应试，并不是为了谋取微薄的俸禄，偶然得到了它，也不是自己所喜欢的。然而有幸得到恩赐还乡，等待吏部的选用，使我能够有几年空闲的时间，我将用来更好地研习文章，并且学习从政之道。太尉假如认为我还可以教诲而屈尊教导我的话，那我就更感到幸运了。

【作者简介】

　　苏辙（1039—1112），宋眉州眉山（今四川眉山）人，字子由，一字同叔，号颍滨遗老。苏洵子，苏轼弟。仁宗嘉祐二年（1057）进士，复举制科。初为商州（今陕西商洛）军事推官。神宗熙宁间，为三司条例司检详文字，力陈青苗法不可行，出为河南推官。历陈州教授、应天府签书判官等职。元丰中，坐兄轼以诗得罪，谪监筠州（今四川宜宾）盐酒税。哲宗立，召为秘书省校书郎，改右司谏，劾新党蔡确、章惇等。累迁御史中丞，拜尚书右丞、进门下侍郎。绍圣中，落职知汝州，又责雷州安置。徽宗崇宁中，再降朝请大夫，罢祠，居许州。后复大中大夫致仕。卒谥文定。为文汪洋淡泊，为唐宋八大家之一，与父洵、兄轼，合称三苏。有《栾城集》《诗集传》《春秋集传》等。

【探微索迹】

① 执事：对长官的敬称。

② 四夷：夷，亦称"东夷"，古代中原政权对东方各族的泛称，亦泛指四方的少数民族。

③ 赐归待选：苏辙在嘉祐二年（1057）19 岁时中进士。当年母亲病故，奔丧回蜀。服除回京，于六年（1061）八月，应贤良方正直言极谏策问，授商州军事推官，上奏乞留京师养亲，获准赐归待选。直到治平二年（1065）三月，方出任大名府（今河北邯郸）推官。

④ 优游：从容闲暇。指待选的空闲时间。

【品读感悟】

欲养其气，先立其志

这是一封求见信，写信之人是刚满 19 岁的新科进士，收信之人却是掌管国家军事大权的枢密使，本文虽意在求见，却以论"论文气"开头，洋洋洒洒，纵横恣肆。

《上枢密韩太尉书》是苏辙的一篇名文，文章以"气"开篇，阐述了其对于文学和人生的见解。少年苏辙，斗胆向当时的最高军事长官求见，而且笔锋凌厉，气概不凡。我首先被苏辙的自信和胆识折服。这种自信和胆识，无疑来自他深厚的学养和才华。其次，苏辙的"养气说"深深触动了我。他认为，要写出好的文章，必须先养好气。这

"气"既包括胸中的豪放之情，也包括对世界的敏锐感知。文章提出要养气必须"游历名山大川，广交天下豪杰"，这无疑是一种既有深度又有广度的文学见解。苏辙的文学观也让我陷入深思。他认为文章是"气的外在体现"，这不仅说明了文学创作是一种内在的精神活动，也强调了文学作品的感染力和影响力。他追求自由，崇尚豪杰，鄙弃世俗的荣华富贵，这种人格的独立和自尊，无疑是他能够写出优秀文章的精神支撑。

读《上枢密韩太尉书》，让我领略了苏辙的才华和思想深度，也让我对自己的生活和创作有了更深的理解和思考。

（田园　2021级）

气可以养而致，文可以学而能

子由一生笃实内敛，谨慎稳重，求知若渴，其《上枢密韩太尉书》中的"气可以养而致"最为人感触。

孟子曰："我善养吾浩然之气。"王国维《人间词话》中说：词以境界为最上，有境界则自成高格。苏辙说"气可以养而致"，并指出丰富的人生阅历对于养"气"的重要性，尤其是对于文学家抑或政客大臣至关重要。他主张"文者气之所形"，"读万卷书，行万里路"。当你着眼于"浮光跃金，静影沉璧"，才可得出"先天下之忧而忧，后天下之乐而乐"的人生态度；当你看过"漫江碧透，百舸争流"后，才会生出"指点江山，激扬文字"的人生豪情；当你见过"水何澹澹，山岛竦峙"后，才会有"周公吐哺，天下归心"的人生壮志。其所谓"气可以养而致"，我深以为然。

子由提出"文不可以学而能"。这观点是子由的独特思考，但我并不是很赞同，我认为"文可以学而能"。正如静安先生所言，人生阅历可以使学者拥有境界，但是学习所奠定的坚实的文学功底是必不可少的。《劝学》中说"吾尝终日而思矣，不如须臾之所学"，可见学习的重要性。模仿学习是做出好文章必不可少的重要基础，故而我认为"文可以学而能"。

　　读苏辙文章，不仅能悟人生境界，也可学说理论据。全文文采斐然，在表达对太尉的敬仰的同时，不着痕迹地显露自身优势，值得后人推敲与学习。

　　子由一身浩荡之气养而致。读《上枢密韩太尉书》即可知"汪洋澹泊，有一唱三叹之声，而其秀杰之气终不可没"，所言不为虚妄。

（刘自强　2021级）

低徊无愧慈母爱　深明大义三春晖：
示诸儿[1]

【荐读理由】

《示诸儿》写于崇祯五年（1632），此时顾若璞四十一岁，掌管家族事务已有二十六年，长辈已逝，孩子成人，婚娶已毕，熟读经典的她做出了一个与传统中国家族观念相反的决定：让两个儿子提前分家，各自打理自己的家庭事务。顾若璞是晚明人，虽然中国大家庭"同堂不分家"的观念在她的心中已然固化，虽然国人对"大家庭"的执着已经延伸了两千年，但她却非常"现代"，不甚在意。她之所以坚持分家，理由有三：一是每个人的个性和

《尺牍新钞·示诸儿》书影

生活习惯不一样，大家一起住不尽兴；二是亲人之间离远了惦记，离近了烦，这是人性；三是孩子长大了，也该懂事、独当一面了。

大家庭里矛盾多，顾若璞深知"距离产生美"的道理。其实她也

1　周亮工. 尺牍新钞 [M]. 北京：中华书局，1985.

喜欢孝子贤孙、承欢膝下的生活状态，但她并未拘泥于凡夫俗子的定式生活模式，她换了一种追求生活的方式——成立中国历史上第一个女性文学社团"蕉园诗社"，只为让当时如她一般的众女子有一片畅意抒怀的天地。那个叫作"蕉园"的诗社培养了顾黄两家及其姻亲家的诸多女子，顾黄两氏孙子孙女辈受教育比例100%，个个都能拈韵赋诗。顾若璞的晚年生活就是在杭州的山水间与孩子们吟诗作对度过的，她的一生，无论是违背旧制，还是一心为教，都是对执念的一种真诚的回应。她对孩子的爱虽超越了世俗观念，却更为真实、真切。

细品此文，不禁让我为顾若璞的理性而感慨：

身为妻子，她毅然担起了家族的责任，没有了你侬我侬的美好，没有了背靠夫家的任性。在当时那个仍以男权为尊的时世，她用自己的行动告诉世人：虽为红颜，亦可胜过男儿雄姿；虽是娇柔之姿，亦能扛起责任使命。

身为母亲，她深知所谓父母对孩子最深的爱，就是让他们成就自我，而非一味地溺爱。没有了家族的庇佑，没有了父亲的严教，她的成就即让孩子尽早独立，唯此，方能延续家族命脉，保家业繁荣昌盛。

身为女子，她并未被性别桎梏，敢于开拓创新，行他人未思之举，成立女子诗社。她让我们看到了一个不畏风雨、不忌雷鸣，心有星辰，向之往之的坚毅的女子形象。

（荐读人：杨艳萍[1]）

【书信原文】

示　诸　儿

予自万历丙午归汝父，遂涉历家事二十六年。中间辛苦备尝，风波遍历。予惟是兢兢业业，蚤①作夜思，罔敢失坠。以无贻父母忧者，岂好为是劳哉？亦缘汝父生十月而祖母见背，至我归时，贫与

1　杨艳萍，可克达拉市镇江高级中学语文教师，高级教师，四师可克达拉市骨干教师。

病合，处世艰阻，事非一端。且弥留②之际，止嘱终事从俭，善教汝辈以继书香，善事祖父以赎己事亲不终之罪。

予固一遵先志，较前十三年更小心翼翼，如临深履冰，常恐折足而覆③先人之业。至于祖父逝后，多少风波，寡妇孤儿，所不能对人言者，未易一一数也。予于壬子生灿儿，于甲寅生炜儿，止见其生于仕宦之家，长而居处晏如，衣食粗给，几不知有困苦事。岂知而母之拮据卒瘏④，以仅免漂摇之患者，二十六年如一日也。

今幸儿辈俱长成，婚嫁已毕，重任有托，我责稍轻，故以分为合，析汝二子，使各庀⑤其家事。夫吾岂不欲劳我而逸汝、俟绳其祖武哉？良以有所见而然也。九世同居，时旌其义。二难孝养，并以德称。第情不隔而事或睽⑥，丰俭之异尚，多寡之各适，好恶之不相符也。人情异同，其数多端，岂能一一如我之愿？况人情习久则慢易生，慢易生则嫌隙起。是故离则思合，合则思离，离中之合，合中之离，不可不致审也。

喜两媳贤哲，能俭约，守祖制。及我年力未迈，一一清分，使知家道之艰难如此，世务之艰难如此。自成立以渐进于礼义，庶无内顾之忧，亦鲜永终之敝，岂必合为是哉？

若夫一丝一粒，皆自我数十年勤劬⑦中留之。则所以谨守而光大之者，更于二子，有厚望矣！

【译文】

自从万历丙午（1606）年，我嫁给你们的父亲到今天，我掌管家族事务已经二十六年了。这期间备尝辛苦，遍历风波。我兢兢业业，日夜操劳，不敢有半点闪失，只为不让长辈费心，还真不是我喜欢干这些事，我这么做还有一个原因，就是你们的父亲刚出生十个月，你们的祖母就去世了，我嫁过来的时候，家里已经是贫病交加，处世艰阻，茫无头绪。你们的父亲在弥留之际，唯一的遗言便是："丧事从俭，好好教诲子女，继承书香门风，好好奉养父亲，为我无法亲自给父亲养老送终而赎罪。"

　　我当然要听你们父亲的话，操持这个家比以前更加小心翼翼，如临渊履冰，总是担心万一失足倾倒了先人的基业。爷爷去世之后，我们这个寡妇孤儿之家又历经了多少风波，那些不能对外人说的苦楚，数也数不清。我在壬子年生下了灿儿，甲寅年生下了炜儿。外人只看见你们生于仕宦之家，有舒适的房子，衣食无忧，几乎不知道还有什么人间疾苦，但有谁知道我的拮据艰难，心劳力拙，我二十六年如一日，勉强维持着这个飘摇的家庭，不至于倒下。

　　如今你们都长大了，婚嫁已毕，重任有托，我可以稍微轻松一点了。所以，我打算以分为合，把家产分拆给你们两个，让你们各自管理自己的家事。我难道不想多操心，让你们轻松安逸，等待你们继承祖先的产业吗？但是理性和见识告诉我，分家是对的。

　　九世同堂，世人皆会赞扬说这是仁义之家。照顾好老人，养育好孩子，这两件事都不容易，能够同时把这两件事都做好，大家就会赞扬说这是有本事的人。但在一起的人即使情感上没有隔膜，面对具体的事儿也可能会产生矛盾，有爱花钱的，有不爱花钱的；有喜欢奢华享受的，有喜欢简单日子的。好恶不同，人情各异，千差万别，怎么可能每件事都能如人所愿？更何况人情都是相处的日子长了，就容易被忽视，被忽视就会产生嫌隙，所以说，离则思合，合则思离，离中有合，合中有离，这个道理，你们一定要想明白。

　　让我高兴的是两个儿媳妇都贤惠聪明，能勤俭持家，能尊重传统。趁着我还没老，咱们就把这家产清点平分了，好让你们知道家道之艰难如此，世务之艰难如此。你们也长大了，也懂事了，咱们家也没什么内顾之忧，也没什么解决不了的难题，谁说必须得合在一起过日子，才是最好的选择呢？

　　家里现在的每一缕丝、每一粒米，都是我数十年操劳积累下来的，所以希望你们两个人能用心地守住这份家业，并且把它发扬光大。交给你们，我是寄予愿望的！

【作者简介】

顾若璞（约1592—1681），字和知，浙江钱塘人，明末清初著名女诗人。出身名门，十五岁嫁给出身书香门第的黄茂梧为妻，只可惜丈夫英年早逝，寡居的顾若璞不仅全面掌管着家族事务，而且独自将两个儿子和孙辈教养成人。她建造了一条读书用船，泊在西湖一个隐蔽的角落，雇佣塾师指导孩子们学习，自己也一直坚持读书和写作。她成立了我国历史上第一个由女性群体组成的文学社团——蕉园诗社。晚年的顾若璞，与孙女辈一起在杭州的山水间过着风雅悠闲的生活，最后她在一系列纷至沓来的灾难中去世。著有《卧月轩合集》。

【探微索迹】

① 蚤：通"早"。

② 弥留：原指久病不愈，后多指病重将死。

③ 覆：推翻，倾倒，败坏，灭亡。

④ 卒瘏（tú）：劳累而致病。卒，通"瘁"。

⑤ 庀（pǐ）：治理，办理。例："内朝，子将庀季氏之政焉。"

⑥ 暌：不顺，乖离。

⑦ 劬（qú）：过分劳苦，勤劳。劬劳，指父母养育子女的劳苦。

【品读感悟】

品读《示诸儿》有感

提到封建家庭，我们往往会想到五世同堂、父子纲常，然而，从顾若璞的《示诸儿》中，我却读到了一个有悖传统的治家之策，看到了一位深明大义、满怀慈爱的母亲。

盖闻天下之势，分久必合，合久必分；家族之势亦然，离则思合，合则思离。嫁入黄家主持家事二十六年的顾若璞无疑清楚地知道这般家族兴衰之理，故而纵有万千不舍、百般牵挂，但为了儿子的成长、家族的兴盛，她最终融之以情，晓之以理，留分家之诫。此舍己为家之至诚，不感动于吾人，可乎？

历史长河漫漫，在浩如烟海的家书中，此书仍熠熠生辉，以破旧迎新之道，立绵延不绝之理。诚如"九世同居，时旌其义。二难孝养，并以德称"所言，恪守传统，谨承祖制，固然能彰德义于众人，立标杆于群族，然"人情异同，其数多端"，顾若璞在实践中观察家族之弊，于创新中提出解决之道，终分顾黄二家，得绵延香火百年不尽，传承祖武九世有余。此守正创新之至理，吾不取法其间，可乎？况阖家盛极之景，固不久矣，譬如《红楼梦》贾史薛王四家，虽然显赫一时，终不得美满结局。故变迁有异，依世循理，居安思危，忧患相存，方可知休戚，求始终。

初读这封家书，只觉每段每行都透露着一家之主的操劳与艰辛，我横竖坐不住，又仔仔细细看了半天，才从字缝里看出字来，每笔每画都在书写两个字——勤勉。自有古训云"历览前贤国与家，成由勤俭破由奢"，外人眼中的仕宦之家居处晏如，又怎么不是家族先辈兢兢业业、拮据卒瘏的结果呢？顾若璞自归黄氏，辛苦备尝，风波遍历，是以勤勉持家、早思夜作而扶大厦之将倾，一改"处世艰阻，事非一端"之家景矣！至于吾属青年，诚宜扬其逸志，从其美德，止乎礼义，以至家盛人康，国富民强。若无勤勉之心，不亦亏负先人之业乎？

家书虽小，犹可千里传情，万古流芳。品读《示诸儿》，常怀细谨之心，知晓聚散之理、勤勉之为！

（王一飞　2022级）

品《示诸儿》有感

初读此书，便觉有一股清泉流入心中，带来些许与众不同的感受。我认识到了一位几百年前的母亲，一位勇于打破桎梏、探索新知的先驱。

古往今来，家书甚多，犹如天上繁星点点，它们各自的风格不尽相同，却都透露出父母对子女的情真意切与良苦用心。

尚未入文中，单从顾若璞的生平便可对她的风采略窥一二。年岁

十五便出闺门，数十年如一日，集聚机敏和耐心、务实与创新于一体，让家族熠熠生辉，这得需要多少的耐心和何等缜密的心思？

告劝儿女，点点滴滴，动之以情，晓之以理。看似平凡朴素的语言，字里行间，却无不透露着高洁的品行。封建社会，有灿烂辉煌的文化瑰宝，也不乏决疣溃痈的伦理纲常，人们循规蹈矩的生活，毫无一丝波折，一眼就可以看到尽头。

世间无有神明，论事唯讲成败。顾若璞以当时难以想象的胆识与勇气，破圈而出，一语掷地。"一丝一粒，皆自我数十年勤劬中留之"，如此深情的独白，怎能不令人为之动容？"不登高山，不知天之高也；不临深溪，不知地之厚也。"顾若璞便是成功的代表，传奇的一生书写于笔尖，跃然于纸上，世代相传，鼓励着世人。

时光荏苒，岁月如梭，崭新的序幕正缓缓拉起，但创新精神永存，处处乃创新之地，天天乃创新之时，这是一条敢为人先、勇立潮头的奋斗之路。云海苍苍，江水泱泱，创新之风，山高水长……

如今的我们，是否也能敢于挑战，突破重围？"万缕千丝终不改，任他随聚随分"，那就试以寒芒做利剑，奏唱出新时代的凯歌。

（王瑞航　2022级）

读若璞尺素，踵事增华

寡居理家夙夜忧，丝粒必清手中留。分居更知烟火味，琅琅书声小舟流。

"克俭于家"，先贤老子忠言诫之。顾和知独挑大梁，撑起一方小家，且谨承先诫，故"蚤作夜思，罔敢头坠"，将家中事务打理得井井有条，使妯娌和睦、兄弟恭亲，溯其根本，仅是淡然一句"一丝一粒，皆自我数十年勤劬中留之"。

身处新旧思想激烈碰撞的明末清初，她并没将封建家族礼制奉为圭臬，反而力排众议摒弃礼制，主张"分家"，将大家拆为小家，不是谣言传之"不事双亲，不亲弟妹"，而是崇尚个性的张扬，力争给孩子更多的成长空间与发展天地。不啻于此，她更是将一艘知识小船送上西湖，绿水荡漾、风光旖旎间，任小舟东西，琅琅读书声不绝于耳。风月流岚，时光荏苒，顾和知于耄耋之年溘然长逝。瞻顾旧迹，如在昨日，于万世流芳，捧一颗勤俭心，再游一艘书香兰舟，颂一曲若璞尺素。

（唐仪 2022级）

素履之往　独行愿也：
狱中上母书[1]

【荐读理由】

南明永历元年（即清顺治四年，1647 年）七月，夏完淳参加反清复明义军被捕，械送南京；同年九月，英勇就义。此书信是临刑前他写给生母及嫡母的绝笔信。

历史的车轮滚滚向前，时代的潮流奔流不息，时序轮替中，始终不变的是"奋斗者"的身姿，而夏完淳就是这样一个"宁可枝头抱香死"也不愿让自己吹落在"新时代"的人。他以身报国，诠释着对君主的"忠"，书信中字里行间的"挂念"诠释着他对这个家的爱。正是因为这一家之爱，让他有勇气赴死，纵使蚍蜉撼树，螳臂当车，粉身碎骨，也要为了天下大爱死得其所。

《乾坤正气集·夏节愍公集·狱中上母书》书影

1　白坚. 夏完淳集笺校［M］. 上海：上海古籍出版社，2016.

　　临刑前，夏完淳为"不得以身报母"而深感悲痛，为家中"八口"的生计问题而深感忧虑，故作此书，文中表达了其以身赴义、视死如归的气节。全文一唱三叹，慷慨悲壮，感人至深。

　　这篇文章在责任担当方面的价值观值得青少年学习。夏完淳为了复兴明王朝，不惜以身入局，虽然没有成功，但是他不屈的精神、顽强的意志、坚定的信念却永垂不朽。我们如今的太平盛世也是一代又一代人以铮铮铁骨战强敌，以血肉之躯筑长城，前仆后继赴国难换来的。我们不能心安理得地坐享其成，我们也要从前辈手中接过奋斗的接力棒，继续谱写盛世华章。岁月因青少年的慷慨以赴而更加美好，世间因少年挺身而出而更加瑰丽。处于青少年的我们，要秉持着为实现中华民族伟大复兴的信念去行动，自觉认同社会主义核心价值观，自觉拥护中国特色社会主义共同理想。荀子曾言"道虽迩，不行不至；事虽小，不为不成"，愿我们青少年能够坚持不懈地奋斗，不负历史，不负时代，不负人民。

（荐读人：杜明俏[1]）

【书信原文】

狱中上母书

　　不孝完淳，今日死矣！以身殉父，不得以身报母矣！

　　痛自严君见背①，两易春秋，冤酷日深，艰辛历尽。本图复见天日，以报大仇，恤②死荣生，告成黄土；奈天不佑我，钟③虐明朝，一旅才兴，便成齑粉。去年之举，淳已自分必死，谁知不死，死于今日也。斤斤延此二年之命，菽水④之养，无一日焉。致慈君托迹於空门，生母寄生于别姓。一门漂泊，生不得相依，死不得相问；淳今日又溘然⑤先从九京：不孝之罪，上通于天！

　　呜呼！双慈在堂，下有妹女，门祚⑥衰薄，终鲜兄弟。淳一死不

1　杜明俏，可克达拉市镇江高级中学语文教师，二级教师。

足惜，哀哀八口，何以为生？虽然，已矣！淳之身，父之所遗；淳之身，君之所用。为父为君，死亦何负于双慈！但慈君推干就湿⑦，教礼习诗，十五年如一日。嫡母慈惠，千古所难，大恩未酬，令人痛绝。慈君托之义融女兄，生母托之昭南女弟。

淳死之后，新妇遗腹得雄，便以为家门之幸。如其不然，万勿置后！会稽大望，至今而零极矣！节义文章，如我父子者几人哉？立一不肖后如西铭先生，为人所诟笑，何如不立之为愈耶！呜呼！大造茫茫，总归无后。有一日中兴再造，则庙食千秋，岂止麦饭豚蹄，不为馁鬼⑧而已哉！若有妄言立后者，淳且与先文忠在冥冥诛殛顽嚚⑨，决不肯舍！

兵戈天地，淳死后，乱且未有定期。双慈善保玉体，无以淳为念。二十年后，淳且与先文忠为北塞之举矣！勿悲勿悲！相托之言，慎勿相负！武功甥将来大器，家事尽以委之。寒食盂兰，一杯清酒，一盏寒灯，不至作若敖之鬼⑩，则吾愿毕矣！

新妇结褵二年，贤孝素著。武功甥好为我善待之，亦武功渭阳情也。

语无伦次，将死言善，痛哉痛哉！人生孰无死？贵得死所耳！父得为忠臣，子得为孝子。含笑归太虚，了我分内事。大道本无生，视身若敝屣。但为气所激，缘悟天人理。恶梦十七年，报仇在来世。神游天地间，可以无愧矣！

【译文】

不孝子完淳今日就要赴死！要把身体奉献给父亲，不能再报答母亲了啊！

自从父亲离我而去，悲痛就伴随着我，整整两年怨恨惨痛与日俱增，我历尽了艰难辛苦。本来希望有一天重见天日，大仇得报，能够给（为了反清复明而牺牲的）死者家属抚恤，让活着的人享受荣耀，向九泉之下的父亲报告我们的成功；无奈上天不保佑我们国家，把灾祸集中于先朝，一支军队刚一起来，就立即被粉碎。去年的义举，我自以为非死不可，谁知当时不死，却死于今天，浅浅地延续了两年的生命，却没有一天得以孝养母亲。以致尊贵的慈母托身于空门，生母则寄生在异姓之家。一门漂泊，活着不能相互依靠，有人死了也不能相互安慰，我今日又奄忽先赴九泉，不孝之罪的深重，连上天都已知晓了。

　　唉，两位母亲都健在，下面又有妹妹、女儿，家运衰败，兄弟很少。我死并不足惜，我所哀痛不已的是家庭的众多人口今后怎么生活。即使这样，我也决定了！我的身体是父亲给予给我的，我的身体是为国君所重用的，为父为君而死，又哪里是辜负两位母亲！但尊贵的慈母辛苦抚养我长大，教我学礼习诗，十五年来从未改变，慈母如此仁爱，古往今来做到这些也是困难的。大恩未曾报答，使我悲痛到了极点。现在我只得把尊贵的慈母托付给义融姐姐，把生母托付给昭南妹妹了。

　　我死之后，如果妻子能得到一个遗腹子，那就是家门的幸运。如果不是这样，千万不要另立后嗣。会稽的大家族到现在已经零落衰败到了极点。忠君爱国之人像我父子这样的有几个，像西铭先生那样立一个不肖的后嗣，为旁人所诟骂讥笑，还不如不立为好！唉！天地无穷无尽，家族却不可能永远绵延不绝。有一日朝廷中兴重建，那么，我们就能千百年地在庙中接受祭祀、供养，怎能只是享受麦饭豚蹄，不至于成为饿鬼罢了呢。如果有人妄言另立后嗣，我与父亲即使在九泉之下也决不饶恕这个顽固愚蠢之人。

　　兵戎相见，未有归期，我死之后，亦是如此。两位母亲请好好保重玉体，不要再挂念我。二十年之后，我跟父亲将要扫平北方边境！不要悲伤，也没有什么悲伤的！我所嘱托的话，千万不要违背。武功甥会是未来大有成就的人物，家里的事都交托他。寒食节和七月十五，用一杯清酒，一盏寒灯来陪伴我，让我不至于沦落为无人祭祀的饿鬼，我的心愿就完成了。

　　妻子与我成婚两年以来，贤德孝顺一向为人所深知，武功甥替我好好地对待她，这也是我们甥舅之间的情谊啊！

　　说话都没有条理了，将死之时说些肺腑之言也好，痛苦，真是太

痛苦了！但是，人必有一死，贵在死得其所。父亲能成为忠臣，儿子能成为孝子。完成我的分内之事，方能含笑归天。从佛教的原理来说，一切事物本都不曾生存，我把自己的身体看得像破旧的鞋子一样可以随时丢弃。我只是被刚正之气激发，机缘巧合而懂得了天人之理。十七年来只是一场恶梦，只能在来世报仇了。我的神魂将（无拘无束地）遨游于天地之间，了无遗憾了。

【作者简介】

夏完淳（1631—1647），明松江府华亭（今上海松江区）人，原名复，字存古。夏允彝子。七岁能诗文，十四岁从父及陈子龙参加抗清活动。鲁王监国，授中书舍人。事败被捕下狱，赋绝命诗，遗母与妻，临刑神色不变。著有《南冠草》《续幸存录》等。

夏允彝、夏完淳父子像

【探微索迹】

① 见背：指父母或者长辈去世。出自李密《陈情表》："生孩六月，慈父见背。"

② 恤：抚恤。

③ 钟：聚集。

④ 菽水：指所食唯豆和水，形容生活清苦。出自《礼记·檀弓下》："啜菽饮水尽其欢，斯之谓孝。"后常以"菽水"指晚辈对长辈的供养。

⑤ 溘然：突然，一般与长逝搭配表示突然去世。

⑥ 祚：福分。

⑦ 推干就湿：把干的地方让给幼儿，自己睡在湿的地方。形容抚育孩子的辛劳。

⑧ 馁鬼：指不能享受祭祀的鬼，饿死鬼。

⑨ 诛殛顽嚚：诛杀顽固奸诈之人。殛（jí），诛杀。嚚（yín），奸诈。

⑩ 若敖之鬼：《左传·宣公四年》载，楚国令尹子文是若敖氏后裔，其弟子良生子越椒，子文认为越椒状如熊虎，声似豺狼，若不杀之，必使若敖氏绝后。子良不肯杀死越椒，子文深以为虑，临死时遂聚集族人说："鬼犹求食，若敖氏之鬼，不其馁而！"后用以比喻人绝嗣。

【品读感悟】

读《狱中上母书》有感

羊以跪乳感母恩，乌鸦反哺以饲亲。孝文化屹立于中华文化千年，别与异族；矗立为世界文明丰碑，闪烁光辉。《围炉夜话》也曾有言："百善孝为先，万恶淫为首。"可见，孝文化纵横交错，相连辅成，搭建出中华文化的骨架。清初的一封绝笔家书，又振聋发聩般唤醒人们的孝心。

纵览全文，孝义二字伴随夏完淳的一生。他的孝义伴随内敛和深沉，不同于封建社会推崇的愚孝，而是青涩又周虑的，很难想象这是一位和我同龄的先辈所书。信件所言可谓字字珠玉，情深意切，令人钦佩。让我不禁想到明末清初，少年勇士扛起家国大旗奋发拼搏之情景。

历史的滚滚车轮不是一个少年单薄的身躯可抵的，夏完淳最终被捕入狱。令我所感深切的，是他自知时日无多的悲伤。他不悲年华大好，英年早逝；不悲朱玉金块，家族衰微。他悲父死母独，再难尽孝；他悲国破家亡，理想难成；他悲家族无人挑大梁，家国无人整山河。但他悔吗？答案很显然：悲伤但不后悔，为父为国捐躯献身，遨游神魂于天际，此生无憾。

我们与他都是青年，是中华不同时代的未来。这便是他的十六岁，古往今来。新时代的我们在爱里成长，很多人却遗失了孝的本心。读了《狱中上母书》，我很庆幸，在我的脑海里，有一位青年将军用他的

血肉和精神告诫我们孝的含义。而我们也必将贯彻孝义，孝顺父母，爱戴老者，报效祖国，赴汤蹈火，让孝义在一代又一代的传承中焕发出光辉！

（杨硕　2023 级）

读《狱中上母书》有感

　　读了夏完淳的《狱中上母书》后，我深深地感受到了他"男儿到死心如铁，看试手，补天裂"的坚定，以及"风萧萧兮易水寒，壮士一去兮不复还"的视死如归。

　　他在信中说"不孝完淳……不得以身报母"，可以看出他面对着家与国的矛盾心情，而当他处在忠孝两难全的处境时，他义无反顾选择了国家，舍生取义。回想他两年来前仆后继的抗清经历"冤酷日深，艰辛历经"，"自分必死"的决心让我看到了这位英雄视死如归的豪情。"奈天不佑我，钟虐明朝，一旅才兴，便成齑粉"，字里行间透露着满满的爱国之志，以及大仇未报的遗恨。"不孝之罪，上通于天"让我看到了一个有血有肉的青年，为国从容赴死的同时也为家魂牵梦萦。"淳一死不足惜，哀哀八口，何以为生？"他为亲人日后的生活担心焦虑，他不能再孝敬慈母，也不能再照顾妻子，唯有交代了后事才能无愧于心地"为父为君而死"。

　　在当时反清复明的斗争中，我对他有了更深入的了解。他大仇未报不能心安理得地承欢于母亲的膝下，忠于前朝注定不能做厮守在母亲身边碌碌无为的家雀。他要做到真正的"报母"，就必须到反抗压迫的斗争当中一展宏图。读完这篇书信，我记住了他那舍小家为国家的情怀，记住了他那精忠报国的精神，也记住了他长存于天地的孝义！

（凡雯昕　2023 级）

铁骨铮铮赴伊犁　丹心不改系家国：
本来皇上还想照顾我[1]

【荐读理由】

道光二十年（1840），林则徐在广东禁烟抗英，结果受到一些投降派的陷害和弹劾，道光皇帝将其贬至伊犁"戍边赎罪"。就在去伊犁的路上，林则徐给妻子写下了这封信。

在这封写给妻子郑淑卿的家书中，林则徐将谪戍缘由详细道来，安抚为己担忧的妻子，感恩相助的友人，没有对迢迢千里赴远征的不满，道不尽的是忠君爱国的拳拳之心。林则徐不畏权贵、正气凛然的为人让王鼎、汤金钊等位高权重的大臣愿意为他向皇帝力争，离家的这封家书更是他对家人的牵挂与责任。家书虽短，其中的情感精神却打动着每一位读者。

林则徐奋力抗英，却惨遭诬陷，内心本应是痛苦的，但他竟然能够洒脱一笑，将内心的悲怆变成了旷达，可以说是泪中带笑，但也正因为这样的坚韧乐观才更让人动容。在流放时，林则徐仍忧心国家禁烟之事，以国家利益为重，在乱世不计较个人得失，他那一份为国为民的责任与担当，应流进我们每一位中国青年的血液中。

"苟利国家生死以，岂因祸福避趋之"的林则徐远赴伊犁后，更是为边疆的建设鞠躬尽瘁，垦荒修水，湟渠之水至今仍灌溉着伊犁的土地，养育着伊犁的人民。在这片土地上生长的我们，更应了解这位民族英雄，了解那一段历史。这封家书中不改的丹心，为我们继续建设这片土地的增添了力量。

（荐读人：苏悦[2]）

1　林则徐全集编辑委员会. 林则徐全集 ［M］. 福州：海峡文艺出版社，2002. 题目为编者添加。
2　苏悦，可克达拉市镇江高级中学语文教师，二级教师。

【书信原文】

与妻书之一

英逆窜扰浙境，攻占定海①，疆臣②都归咎我禁烟操之过激，并③不当断绝英夷④之贸易，致启夷衅。职责所在，余固不敢诿罪⑤，虽顶踵捐縻⑥，亦不敢自惜⑦，已自请从严治罪，并乞天恩暂宽一线，准予戴罪赴浙省，随营效力，以图克复⑧，而赎前愆⑨。即知在事者畏夷如虎，将与议和，恐我走⑩浙，必梗⑪和议而主御侮。遂⑫附片密呈，谓英夷和议均堪⑬迁就，所恨者林某一人耳⑭。本则天恩高厚，命我以⑮四品卿衔，赴镇海军营效力赎罪，忽览此密奏，立颁谕旨，追回前命，改为谪戍⑯伊犁。

当时降职之命，适⑰在文华殿王相国⑱案头，忽又接到谪戍之命，相国爽然若失⑲，旋⑳语汤协揆㉑曰：余不为林某惜，而为天下后世忧。若听林某谪戍，从此鸦片流毒内地，永无肃清之日矣。我辈身居宰辅，当为万民留一线生计，恳请圣上收为谪戍之命，准予赴浙立功。汤公甚韪㉒其言，合辞而奏。圣上谓林某本属㉓能办事人，现在已为众矢之的㉔，还是让他伊犁去，将塞外荒地整顿一番。他时仍可唤他回来，未为晚也。

二公竟为我以去就力争，终未能挽回天意。余入京待罪时，请谒㉕王相国，相国以此事见告，使余愈觉感激圣恩高厚，虽肝脑涂地，不足以报万一也。盖圣主知余戆㉖直成性，现在嫉之者众，难保不被人中伤，远戍伊犁，可避人指摘㉗。如此用心，虽父母之慈爱子女，亦无如是之体贴入微也。

余已于初八日出京赴伊犁。当时有门生辈来送行，咸㉘为余代抱不平。见我喜笑自若，绝无斯些懊丧气，都切㉙疑讶。殊不知余此行出自天恩，从此可免被人交章责难，能无乐乎！夫人因怕酬应，不愿居京寓，而归乡里，诚然㉚与身心较为有益。余远去矣，暌违㉛数

千里，竹报②须经月始达。诸宜自珍，幸③勿以成人③为念。

【译文】

英国逆贼打到了浙江境内，攻占了定海，负责守卫边疆的大臣们都将此归罪于我禁烟过于激烈，也不该断绝了与英国的贸易，结果招致洋人挑衅闹事。这是我的职务所在，责任所在，我本来就不敢把罪责推给别人，即便是死了，也不会为自己辩护。我已经主动请求从严治罪，并乞求皇上能暂时网开一面，允许我戴罪前往浙江，跟随军营效力，希望能够收复失地，弥补我之前的过错。后来我听说主管这件事的人害怕洋人如同害怕老虎，将要与英国人议和，怕我去了浙江，必然会阻止议和并且主张抵抗外侮。于是寄密报给皇上，说英国人想议和，什么条件都好说，最恨的只是林则徐一人罢了。本来皇上还想照顾我，只降我到四品官阶，让我去镇海军营效力赎罪，忽然看到这封密奏，立即颁发了新的谕旨，追回之前的任命，改成让我去伊犁戍边了。

当时降职的文件，正好在文华殿王相国的案头。忽然又接到让我去谪戍的命令，王相国怅然若失，转头对汤大人说："我不是为林则徐感到可惜，而是为天下后世担忧。如果听任林则徐戍边伊犁，从此鸦片流毒内地，就永远没有肃清的那一天了。我辈身为相国，应当为万民保留一线生计，恳请圣上收回让林则徐戍边的决定，批准他去浙江立功。"汤大人理解了相国的意思，整理言辞写了折子上奏皇上。皇上说，林则徐是一个能干大事的人，现在他已经成了众矢之的，还是让他去伊犁吧，把塞外荒地好好整顿一番，往后有机会还可以叫他回来，到时也不晚。

两位大人竟然为了我的去留跟皇上力争，最终也没能改变圣上的决定。我到北京等着发落的时候，请求去拜见了王相国。相国把这事跟我说了，让我更觉皇恩浩荡，即使肝脑涂地，不足以报万分之一。皇上深知我憨直成性，现在嫉恨我的人太多，难免被人中伤。远戍伊犁，可以躲开这些指责。皇上如此用心良苦，就算是父母慈爱子女，也没有比这更体贴入微的了。

我已于初八日出京赶赴伊犁。当时有门生辈来为我送行，都为我打抱不平。看见我喜笑自若，一点也没有懊丧的样子，都十分疑惑和惊讶。殊不知我此行出自皇上的恩赐，从此可免被人交章责难，我高兴还来不及呢。夫人你因为怕应酬，不愿意住在北京而回到老家，这真是对身心都有益处。我出远门了，你我相隔数千里，写信也得一个月才能送到。请大家多多保重，千万别老是为我担心。

【作者简介】

林则徐（1785—1850），字少穆，一字元抚，晚号俟村老人。嘉庆十六年（1811）进士，授编修。历任江苏按察使、东河总督、江苏巡抚、湖广总督等职。著有《林文忠公政书》《荷戈纪程》《信及录》《云左山房诗文钞》等。

1838年，英国殖民者大肆向中国走私鸦片，毒害中国人的身体和精神。清政府派林则徐为钦差大臣，前往广东禁烟。1839年6月3日起，林则徐在虎门销毁没收的鸦片烟237万多斤，取得禁烟运动的胜利，这一维护国

林则徐雕像

家利益和民族尊严的正义行动，却成为英国政府发动侵略战争的借口。为平息英国怒火，道光皇帝在惊恐中求和。于是1841年5月初，令林则徐以四品卿衔去浙江海关防守。后因遭同僚陷害，林则徐被道光皇帝革除四品卿衔，遣往伊犁驻守边关。

来到伊犁的林则徐考察当地情况，垦荒屯田，兴修水利，使万亩

荒田变为良田，如今"林公渠"里的水依然流淌着。伊犁惠远古城将军府和伊宁市林则徐纪念馆对外开放，那里展示着林则徐一生的功绩，供人们回顾与了解那一段历史。

【探微索迹】

① 定海：今属浙江舟山市。清道光二十年（1840），英国发动了鸦片战争，7月5日攻陷定海。1841年9月26日，英国东方远征军第二次北上舟山群岛，发动第二次定海战役。

② 疆臣：负镇守一方重责的高级地方官吏。清代称总督、巡抚为封疆大吏，省称疆吏或疆臣。

③ 并：也。

④ 夷：旧时泛指外国或外国人。

⑤ 诿（wěi）罪：把罪责推给别人。

⑥ 顶踵捐糜：指捐躯，牺牲。

⑦ 自惜：自我珍惜，这里指为自己辩护。

⑧ 克复：用武力收复失地。

⑨ 愆：罪过，过失。

⑩ 走：去。

⑪ 梗：阻止。

⑫ 遂：于是。

⑬ 堪：能够，可以。

⑭ 耳：罢了。

⑮ 以：凭借。

⑯ 谪戍：因罪而被遣送至边远地方，担任守卫。

⑰ 适：恰好。

⑱ 王相国：王鼎（1768—1842），清朝道光年间的军机大臣兼大学士。生前支持林则徐禁烟运动，道光二十二年（1842）4月30日，王鼎留下遗折数千言后悬梁自缢，以身殉国，企图以死来感动和唤醒道光帝，纠正其错误的对外方针，史称"王鼎尸谏"。

⑲ 爽然若失：茫茫然，好像丢失了什么东西一样。形容神思恍惚，

内心不踏实。

⑳ 旋：转头。

㉑ 汤协揆：指汤金钊（1772—1856），清浙江萧山人，字敦甫，一字勖兹。嘉庆四年（1799）进士，授编修。道光时官至协办大学士、吏部尚书。鸦片战争时，不附和议，力荐林则徐可任粤事。旋因故降官，既而又授光禄寺卿。卒谥文端。著有《寸心知室存稿》。协揆，清代对协办大学士的称呼，意谓协助百揆。

㉒ 韪：本义指是，对。这里指明白。

㉓ 属：是。

㉔ 众矢之的：众箭所射的靶子。比喻大家群起攻之的对象。矢：箭；的：箭靶中心。

㉕ 谒：进见地位或辈分高的人，拜见。

㉖ 戆（zhuàng）：憨厚而刚直。

㉗ 指摘：指责。

㉘ 咸：都。

㉙ 切：深也。

㉚ 诚然：确实，实在。

㉛ 暌违：分隔，离别。

㉜ 竹报：古时对信件的别称。

㉝ 幸：希望。

㉞ 戍人：古代守边官兵的通称。这里是林则徐的自称。

【品读感悟】

读《本来皇上还想照顾我》有感

初看此信，并无过多之情感，只为林公打抱不平。为此，我特意去了一趟惠远古城的将军府，去感受，去领悟林则徐为我们留下的浩然正气。回后，有感而发，才学疏浅，望多包涵。

"苟利国家生死以，岂因祸福避趋之"的林则徐坦然面对危险，以义为先，意气风发的他，反将谪戍边疆视为自己的荣誉。纵然禁毒之

路为奸人所断，但他仍旧初心不改，愿为国家赴汤蹈火，在所不辞。这是林则徐的为官之道。当他处于水深火热之中时，仍有好友出来为他护道，说明林则徐结交的皆为正人君子、良师益友，在危难中愿肝胆相照、同舟共济，前途荆棘，仍志同道合，这是林则徐的君子之交。远行途中的林则徐，还在为自己的家人和朋友担心，林则徐心系天下的胸怀，正是中华民族五千多年来不变的优秀精神传统。这种浓浓的家国情怀，将中华民族紧紧地联系在一起。源于血脉，系于精神，让后世在民族危难之际愿意站出来为国家富强而不懈努力奋斗，纵然身死道消，亦有不悔之意。

林公开眼看世界，对禁毒、海防都有贡献，社稷为先，不辱使命，上不负高厚，下不污祖宗。直至今日，林公戍疆的故事与精神仍在我们青年一代的心中传承。吾辈青年，理应接过先辈的接力棒，以豪情之姿，扬帆起航!

愿林公之魂不灭，望中国青少年奋斗强国。

（雷东兴　2020 级）

读《本来皇上还想照顾我》有感

这封信的题目叫"本来皇上还想照顾我"，读后不禁感慨，禁毒大英雄林则徐并不是心冷如铁的人，反而有着一腔柔情。正如《清史稿》所说："公（林则徐）善辞章，尤笃于情。"可见，林则徐不仅善于写诗作文，还是一个满怀柔情的人。他向夫人解释谪戍的前因后果，娓娓道来，言语中无不透露着对国、对家的深深爱恋。他永远是那么的乐观，着想着家人，即使清政府胆小怕事大臣参他，也绝不抱怨。他喜笑自若的模样下，又有什么样的苦与难? 想罢，他的苦与乐大概都在这一封写给夫人郑淑卿的信中……

他在信中写道："使余愈觉感激圣恩高厚，虽肝脑涂地，不足以报万一也……如此用心，虽父母之慈爱子女，亦无如是之体贴入微也。"即使他面临朝堂发难，陷入困境，仍然是那么的乐观。他认为皇恩浩荡，给了他远离京城这是是非非之地的恩惠。在伊犁戍边的林则徐继续施展自己的才干，为国家、为民族肝脑涂地，呕心沥血，民族大义始终了然于心。

那么清政府的其他一些官僚呢？他们在侵略者的压力下选择妥协，为求己安，不顾百姓，置人民于水火，将忠心耿耿的大臣逼迫到伊犁戍边，这是近代史的悲剧，是华夏土地的噩梦，使中国遭到欺凌与剥削。

但正是在如此对比之下，我们真正看到了什么是中华儿女的丹心，林则徐的禁烟运动不仅烧毁了侵略者的阴谋，也点燃了中国人心中的热血，他的精神影响了一代代中国人。正是有无数个如他一般的人，中国才走在了前进道路上，中国才能日渐繁荣昌盛。

（崔婷婷　2020 级）

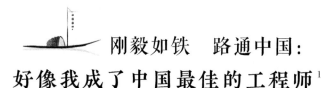

刚毅如铁　路通中国：
好像我成了中国最佳的工程师[1]

【荐读理由】

复兴路上风笛扬，新时代里奏凯歌。时间是变化的标尺，空间是更迭的参照，时空见证了中国铁路的飞跃向前。如今，中国成为世界上唯一的高铁成网运行的国家，营业里程世界第一，高铁已经成为一张走向世界的中国名片。在我们祖国广袤的大地上面，铁路编织了一张流动的巨网，打破着时空的格局。"一日看尽江南景"不再是梦，车窗外江山多娇、风景如画，车厢内宾至如归、其乐融融。速度与温度，已是中国铁路均衡发展的并行维度。

坐在宽敞明亮的车厢内，我们不能忘记他。他，为国尽忠，穿越在崇山峻岭间，不断勘测；他，果敢无畏，在侵略者的嘲笑和讥讽下，为国争光。他是我国近代科学与工程技术史上的先驱，是京张铁路的负责人，他就是被誉为"中国首位铁路总工程师""中国近代工程之父""中国铁路之父"的詹天佑。一百多年前，以詹天佑为代表的中国第一代铁路建设者，为中国人自行设计和施工的第一条铁路干线的伸展，付出了难以想象的艰辛与努力。正是这些前仆后继的先驱者，铸就起了中国坚实的钢铁脊梁，奠定了中国科学技术迅猛发展的基石。

今天再读《好像我成了中国最佳的工程师》，我们热血澎湃，对铁路在中国的发展史有了更多的认识。这封书信值得推荐给所有的人看看。

1　詹同济. 新编詹天佑书信选集［M］. 广州：华南理工大学出版社，2006.

国家意识，国家认同。在詹天佑的信中，我们看到了中国工程师在任命之初受到的质疑和嘲笑，许多外国人宣称，中国工程师绝不可能担当如此艰巨的重任。面对这些，他们没有退缩，没有放弃，能自觉捍卫国家主权、尊严和利益。他们为实现中华民族伟大复兴中国梦而不懈奋斗，开山凿路，披荆斩棘，他们成功了。

自信坚毅，履职尽责。19世纪，我国急需铁路，中国人要自给自足，修建自己的铁路。面临技术、资金不足还有外界的质疑和否定，詹天佑及其团队的铁路建设工作被全体中国人和外国人密切注视。从书信中我们看到詹天佑有绝不失败的勇气，他认为如果失败，不仅是个人的不幸，仅是工程师乃至国家的不幸。读到这里，我们仿佛看到，一群人在巨山大石面前，坚毅的面庞与毫不退缩的身影。

孝亲敬长，有感恩之心。诺索布夫人是对詹天佑一生影响最大的人，他在她家生活了九年，分别后，二人继续保持通信。从这封信中可以看出他们没有地域和文化隔阂。詹天佑感恩之情溢于言表，"在你的监护下的一位中国幼童，现在已完成和将来继续要完成的任务。他早期的教育完全受惠于你！"他对慈母般的诺索布夫人充满信任。

（荐读人：李海丽[1]、赵静[2]）

【书信原文】

詹天佑致诺索布夫人信札之一

亲爱的诺索布夫人[①]：

六月三日及九月九日来信均收到。

对了！那贴两分钱邮票的信，也平安到达。最近忙于我的工作，因而忘却我的老朋友，敬请原谅！

诚然，我很幸运被任命现在的工作。中国已渐觉醒，而且急需铁路。现在全国各地，都征求中国工程师。中国要用自己的资金，

---

1 李海丽，可克达拉市镇江高级中学语文教师，高级教师。
2 赵静，可克达拉市镇江高级中学语文教师，一级教师。

来建筑中国自己的铁路。

好像我成了中国最佳的工程师，因此全体中国人和外国人都密切注视着我的工作。如果我失败，不仅是我个人的不幸，也为全体中国工程师和所有中国人的不幸，因为中国的工程师们将不会再被人们信赖！

在我受命此工作前，即使出任之后，许多外国人公开宣称中国工程师绝不可能担当如此艰巨的重任。因为要开山凿石，并且修建极长的隧道！

但我全力以赴。如今已修成一段。特附上剪报一份，使你知道当年在威士海汶在你的监护下的一位中国幼童，现在已完成和将来继续要完成的任务。他早期的教育完全受惠于你！

过去几年，我协助学部考选由美国、欧洲及日本回来的学生。共有四十二名应考，录取三十二名，其中最佳榜首是陈锦涛[2]，他是一九〇六年在耶鲁得的博士。我很抱歉欧阳庚[3]的兄弟欧阳启没有考取。

这是开中国考试的先河，过去注重的八股文终于是废除了。此次考取者，一律均授予中国学位。按照各生所学，考外国语文和学识，也是中国有史以来的创举。各生依其留学国语文作答，例如德文、英文及日文等，使各生都有公平的机会展示所学。这次我担任副试官，也深感荣幸！

据我所知，罗国瑞[4]已离开或即将离开他在浙江铁路的总工程师职位。他未与主管官署相处得好。希望你身体健康，并祝福苏菲和威利[5]。

您最忠实的

詹天佑

【作者简介】

詹天佑像

詹天佑（1861—1919），号眷诚，字达朝。祖籍徽州婺源（今属江西上饶），广东南海人。1878年，考入耶鲁大学土木工程系，主修铁路工程。他是中国近代铁路工程专家，被誉为"中国首位铁路总工程师"，有"中国铁路之父""中国近代工程之父"的称号。1905—1909年，主持修建我国自主设计并建造的第一条铁路——京张铁路；创设"竖井施工法"和"之"字形线路，震惊中外；筹划修建沪嘉、洛潼、津芦、锦州、萍醴、新易、潮汕、粤汉等铁路，成绩斐然。

【探微索迹】

① 诺索布夫人：是对詹天佑一生影响最大的人。11岁的詹天佑以清朝第一批留学幼童的身份远赴美国学习，寄宿在老师诺索布夫人的家中。诺索布夫人对詹天佑关怀备至，悉心养育，并指导他考上了耶鲁大学土木工程系。诺索布夫人在"海宾男生学校"教数学，她的丈夫诺索布先生在这个学校当校长。詹天佑在诺索布夫人家里生活了9年，直到1881年回国。在此间，诺索布夫人给了詹天佑等中国幼童以慈母般的恩爱。

② 陈锦涛：陈锦涛（1871—1939），广东南海人，中华民国时期著名政客，幼年就读于香港皇仁书院，后任北洋大学堂教习。1901年赴美，入哥伦比亚大学、耶鲁大学攻读，获博士学位。

③ 欧阳庚：欧阳庚（1858—1941），字兆庭，号少伯，广东香山（今中山市）人，清末民初中国早期驻外外交官员。

④ 罗国瑞：罗国瑞（1861—?），是中国早期的土木工程师，广东惠州博罗人。1872年，他被清廷派往美国留学，成为我国第一批留美幼童之一。他曾任浙江铁路总工程师，为我国早期的铁路工程和矿冶事业做出了卓越贡献。

⑤ 苏菲和威利：诺索布夫人的家人。

【品读感悟】

纸短情更长

"嵩云秦树久离居，双鲤迢迢一纸书"，一封笔札舒展开来，情露其间。循着詹天佑的笔触，越过山川湖海，与诺索布夫人相连，跨过时间之轮，与他们相拥。纸短情长，确若如此，而今摊开，这带着心跳与呼吸的字眼所裹挟的情一次次碰撞着我的心灵。

信初，詹天佑向诺索布夫人感慨着自己的职务、中国的觉醒。面对风起云涌、变革在即的中国，他深知建设中国人自己的铁路已迫在眉睫，被赋予众望的他焦急过、惶恐过、紧张过，但于暴风雨间自强不息的中国精神贯穿始终。常言道，"一日为师，终身为父"，面对他的老师——诺索布夫人，他聆听教诲，将所学系于心。成长过后，那个曾经对知识如饥似渴的孩童，也学着老师的模样拿起笔绘着图，开山凿石，一步步诠释着知识的魅力，与老师共享铁路雏形初起的喜悦。此外，他对祖国深深的期许，也在信末八股文废除、考试公平化中得以实现，那种喜悦之情跃然纸上。那刻起，他自己的心声得到了回应，与祖国命运紧紧相连。

言已至此，感慨系心，信虽短，情绕梁。诚愿在纷杂世间，腾出点时间，缓缓展开这封跨越时空的信，循着詹天佑的字眼，慢慢品读其间的深情。待你览完，也许之中的自强不息、师恩如海、同频共振的百感，正悄无声息地震撼着你的精神世界。

（刘奕斐　2023 届）

走最前，担最重，情最深

11 岁那年，您远跨重洋赴美留学，身后那正处于历史转折点的祖国前途晦暗，不知所向；毕业后，您带着知识与热忱回到祖国，擎起京张铁路总工程师的大旗，以先驱之身筑就大国钢铁长城。走最前，担最重，情至深，是詹天佑先生一生光辉的写照。

正如信中所写："中国已渐觉醒，而且急需铁路。"20世纪初的中国，正处在政治经济社会变革的时期，关乎国力的工程界更是亟待一个又一个从零到一的突破，而中国铁路建设长期被列强垄断，既要打破他国控制，又要彰显中国人的实力与胆魄，于是拥有一条中国人自己设计建造的铁路便显得尤为重要。詹先生走在最先，担起了这个重担——过程之艰难，可以想象：实地探测、开山凿石、修建隧道，遇山则破山，遇水就断水，这已不只是中国人向外国人的证明，更是人类对自然的不屈。詹先生做到了，中国的先驱者从来都能做到，中国的儿女也一定可以做到。

一封书信纸短情长，道不尽詹先生筑京张铁路之艰辛，亦说不完他对诺索布夫人的满心感恩，以及对祖国的一腔热忱。情至深者才可成世间奇事，正是詹先生的感恩之心和爱国之心，为他赢得了后世的敬仰，也助他完成了一份伟业。现如今，祖国更加强大，每年数以万计的中国学子赴海外留学，高等教育惠及越来越多的个人与家庭，然而时代虽变，吾心不能更改，我们的祖国需要我们转身，需要我们走上高山之巅，再携光芒万丈走入烟尘人间，润泽更辽阔的山川河海，正如詹先生一样，走到祖国最需要的地方，担起时代最重要的使命。

1906年，詹天佑先生写下"好像我成了中国最佳的工程师"，愿同为中华儿女的我们，沿先辈足迹，各倾所学，各尽所知，接力奋进，在我们的时代，成为"最好的我们"。

（郭子义　2020级）

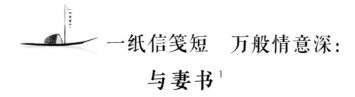

一纸信笺短　万般情意深：
与妻书[1]

【荐读理由】

一纸《与妻书》，亘古家国情。

这是一封感人肺腑的情书。读此信，你能读到一个丈夫对妻子的款款深情："并肩携手，低低切切，何事不语，何情不诉。"情投意合，相濡以沫，这是爱情最好的模样。

这也是一封跨越百年的家书。读此信，你能看到一位父亲对子女的深沉期盼："亦教其以父志为志，则吾死后尚有二意洞在也。"血脉延续，薪火相传，这是父亲未竟之志的延续。

这更是一封深情悲壮的绝命书。读此信，你能感受到一名战士对国家的拳拳赤诚："以天下人为念，当以牺牲吾身与汝之福利，为天下人谋永福也。"以爱汝之心，兼爱天下人，这是爱国的最高境界。

他舍衾裯之情，而赴家国之难，在小我与大我的选择中，让英雄成了永远的英雄。他用血泪和全部生命，完成了属于他的时代使命，成为我们新一代青年为实现中华民族伟大复兴中国梦而不懈奋斗的信念和行动的标杆！

（荐读人：毛宪雪[2]）

1　黄明，黄珅. 近代诗文 [M]. 上海：上海人民出版社，2017. 内容有改动。

2　毛宪雪，可克达拉市镇江高级中学语文教师，二级教师。曾获第二届"中语杯"全国中学语文教师优秀论文教学设计一等奖，第六届"语文报杯"全国语文微课大赛微课课件类国家级一等奖，"创新杯""叶圣陶杯"等全国作文大赛指导教师一等奖。

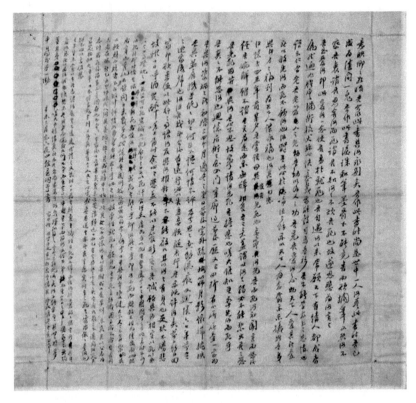

林觉民《与妻书》原件照片

【书信原文】

与　妻　书

意映卿卿如晤[①]：吾今以此书与汝永别矣！吾作此书时，尚是世中一人[②]；汝看此书时，吾已成为阴间一鬼。吾作此书，泪珠和笔墨齐下，不能竟[③]书而欲搁笔，又恐汝不察吾衷[④]，谓吾忍舍汝而死，谓吾不知汝之不欲吾死也，故遂忍悲为汝言之。

吾至爱汝，即此爱汝一念，使吾勇于就死也。吾自遇汝以来，常愿天下有情人都成眷属[⑤]；然遍地腥云，满街狼犬，称心快意，几家能彀[⑥]？司马青衫[⑦]，吾不能学太上之忘情也[⑧]。语云：仁者"老吾老，以及人之老；幼吾幼，以及人之幼[⑨]"。吾充吾爱汝之心，助

天下人爱其所爱，所以敢先汝而死，不顾汝也。汝体吾此心，于啼泣之余，亦以天下人为念，当亦乐牺牲吾身与汝身之福利，为天下人谋永福也。汝其勿悲！

汝忆否？四五年前某夕，吾尝语曰："与使吾先死也⑩，无宁汝先吾而死⑪。"汝初闻言而怒，后经吾婉解，虽不谓吾言为是，而亦无词相答。吾之意盖谓以汝之弱，必不能禁失吾之悲⑫，吾先死，留苦与汝，吾心不忍，故宁请汝先死，吾担悲也。嗟夫！谁知吾卒先汝而死乎？

吾真真不能忘汝也⑬！回忆后街之屋，入门穿廊，过前后厅，又三四折，有小厅，厅旁一室，为吾与汝双栖之所。初婚三四个月，适冬之望日前后⑭，窗外疏梅筛月影⑮，依稀掩映⑯；吾与汝并肩携手，低低切切，何事不语？何情不诉？及今思之，空余泪痕。又回忆六七年前，吾之逃家复归也，汝泣告我："望今后有远行，必以告妾，妾愿随君行。"吾亦既许汝矣。前十余日回家，即欲乘便以此行之事语汝，及与汝相对，又不能启口，且以汝之有身也⑰，更恐不胜悲⑱，故惟日日呼酒买醉。嗟夫！当时余心之悲，盖不能以寸管形容之⑲。

吾诚愿与汝相守以死，第以今日事势观之⑳，天灾可以死，盗贼可以死，瓜分之日可以死，奸官污吏虐民可以死，吾辈处今日之中国，国中无地无时不可以死。到那时使吾眼睁睁看汝死，或使汝眼睁睁看吾死，吾能之乎？抑汝能之乎㉑？即可不死，而离散不相见，徒使两地眼成穿而骨化石㉒，试问古来几曾见破镜能重圆㉓？则较死为苦也，将奈之何？今日吾与汝幸双健。天下人不当死而死与不愿离而离者㉔，不可数计，钟情如我辈者㉕，能忍之乎？此吾所以敢率性就死不顾汝也㉖。吾今死无余憾，国事成不成自有同志者在。依新已五岁㉗，转眼成人，汝其善抚之，使之肖我㉘。汝腹中之物，吾疑其女也，女必像汝，吾心甚慰。或又是男，则亦教其以父志为志，则吾死后尚有二意洞在也㉙。甚幸，甚幸！吾家后日当甚贫，贫无所苦，清静过日而已。

吾今与汝无言矣。吾居九泉之下，遥闻汝哭声，当哭相和也。吾平日不信有鬼，今则又望其真有。今是人又言心电感应有道㉚，吾亦望其言是实，则吾之死，吾灵尚依依旁汝也㉛，汝不必以无侣悲。

吾平生未尝以吾所志语汝，是吾不是处；然语之，又恐汝日日为吾担忧。吾牺牲百死而不辞，而使汝担忧，的的非吾所忍㉜。吾爱汝至，所以为汝谋者惟恐未尽。汝幸而偶我㉝，又何不幸而生今日之中国！吾幸而得汝，又何不幸而生今日之中国！卒不忍独善其身。嗟夫！巾短情长㉞，所未尽者，尚有万千，汝可以模拟得之㉟。吾今不能见汝矣！汝不能舍吾，其时时于梦中得我乎？一恸㊱。辛未三月廿六夜四鼓㊲，意洞手书。

家中诸母皆通文㊳，有不解处，望请其指教，当尽吾意为幸。

【译文】

意映爱妻如见：我现在用这封信跟你永远告别了！我写这封信时，还是人世间的一个人；你看这封信时，我已经成为阴间一鬼。我写这封信，泪珠和笔墨一起洒落下来，不忍写完而想搁笔，又担心你不能体察我的衷情，以为我忍心抛弃你而去死，以为我不了解你是多么希望我活下去，所以就强忍着悲痛给你写下去。

我非常爱你，也就是爱你的这一意念，促使我勇敢地去死呀。我自从结识你以来，常希望天下的有情人都能结为夫妇；然而遍地血腥阴云，满街凶狼恶犬，有几家能称心如意呢？江州司马白居易同情琵琶女的遭遇而泪湿青衫，我不能学习那种思想境界高的圣人而忘掉感情啊。古语说：仁爱的人"尊敬自己的老人，从而推及尊敬别人的老人；爱护自己的儿女，从而推及爱护别人的儿女。"我扩充我爱你的心情，帮助天下人爱他们所爱的人，所以我才敢在你之前死而不顾你呀。你能体谅我的这种心情，在哭泣之后，也把天下的人作为自己思念的人，应该也乐意牺牲我一生和你一生的福利，替天下人谋求永久的幸

福了。你不要悲伤！

你还记得吗？四五年前的一个晚上，我曾经对你说："与其让我先死，不如让你先死。"你刚听这话时很生气，后来经过我委婉的解释，你虽然不说我的话是对的，但也无话可答。我的意思是说凭你的瘦弱身体，一定经受不住失去我的悲痛，我先死，把痛苦留给你，我内心不忍，所以宁愿希望你先死，让我来承担悲痛吧。唉！谁知道我终究比你先死呢？

我实在是不能忘记你啊！回忆后街我们的家，进入大门，穿过走廊，经过前厅和后厅，又转三四个弯，有一个小厅，小厅旁有一间房，那是我和你共同居住的地方。刚结婚三四个月，正赶上冬月十五日前后，窗外稀疏的梅枝筛下月影遮掩映衬；我和你并肩携手，低声私语，什么事不说？什么感情不倾诉呢？到现在回想起当时的情景，只剩下泪痕。又回忆起六七年前，我背着家里人出走又回到家时，你小声哭着告诉我："希望今后（如果）要远走，一定把这事告诉我，我愿随着你远行。"我也已经答应你了。十几天前回家，就想顺便把这次远行的事告诉你，等到跟你面对时，又开不了口，况且因你怀孕了，更怕你不能承受悲伤，所以只天天要酒求得一醉。唉！当时我内心的悲痛，是不能用笔墨来形容的。

我确实是希望跟你共同生活到老，但拿今天的形势看来，天灾能够造成死亡，盗贼能够造成死亡，国家从被列强瓜分那天起能够造成死亡，贪官污吏虐待平民百姓能够造成死亡，我们这代人身处今天的中国，国内每个地方，每时每刻，都可能造成死亡，到那个时候使我眼睁睁看你死，或者让你眼睁睁看我死，我能这样做吗？还是你能这样做吗？即使能够不死，而我们夫妻离散不能相会，白白地使两人望眼欲穿，化骨为石，试问，自古以来有几对夫妻离散而又能重新团聚？生离是比死别更为痛苦的，该怎么办呢？今天我跟你有幸健在。全国人民中不当死而死、不愿分离而被迫分离的，多得不能用数字来计算。像我们这样感情浓挚的人，能忍看这种惨状吗？这就是我断然干脆地为革命而死、舍你不顾的原因。我现在为革命死毫无遗恨，国家大事成与不成自有同志们在。咱儿子依新现已五岁，转眼就要成人，你可要好好抚育他，使他像我一样（也以天下国家为念）。你腹中怀着的孩子，我猜是个女孩，女孩一定像你，（如果那样）我的内心感到非常宽慰。或许又是个男孩，那么也要教育他，以父亲的志向为志向，那么，我死了以后还有两个我呢。幸运极了，幸运极了！我家以后的生活肯定非常贫困；贫困不要紧，清静些过日子罢了。

我现在跟你再没有什么话说了。我在九泉之下远远地听到你的哭声，应当也用哭声相应和。我平时不相信有鬼，现在却又希望它真有。现在又有人说心电感应有道，我也希望这话是真的。那么我死了，我的灵魂还能依依不舍地伴着你，你不必因为失去伴侣而悲伤了。

我平素不曾把我的志向告诉你，这是我的不对的地方；可是告诉你，又怕你天天为我担忧。我为国牺牲，死一百次也不推辞，可是让你担忧，的确不是我能忍受的。我爱你到了极点，所以替你打算的事情只怕不周全。你有幸嫁给了我，可又如此不幸生在今天的中国！我有幸娶到你，可又如此不幸生在今天的中国！我终究不忍心只顾全自己。唉！方巾短小，情义深长，没有写完的心里话，还有成千上万，你可以凭此书领会没写完的话。我现在不能见到你了，你又不能忘掉我，大概你会在梦中见到我吧，写到这里太悲痛了！辛亥年三月二十六日深夜四更，意洞亲笔。

家中各位伯母、叔母都通晓文字，有不理解的地方，希望请她们指教。一定要完全理解我的意思，这是我最后的希望。

【作者简介】

林觉民（1887—1911），字意洞，号抖飞，又号天外生，福建闽县（今福州）人。中国民主革命先驱，黄花岗七十二烈士之一。

【探微索迹】

① 意映卿卿：意映，林觉民的妻子。卿卿，旧时夫妻间的爱称，多用于丈夫称呼妻子。如晤：如同见面，旧时书信用语。

② 世中：人世间。

③ 书竟：写完信。

④ 衷：内心。

⑤ 有情人都成眷属：语出王实甫《西厢记》。眷属，家眷亲属，此处为夫妻。

⑥ 彀（gòu）：同"够"。

⑦ 司马青衫：唐代诗人白居易曾被贬为江州司马，其长诗《琵琶行》中有"座中泣下谁最多？江州司马青衫湿"的诗句。后用"司马青衫"比喻极度悲伤。

⑧ 太上：圣人。忘情：不为情感所动。

⑨ "仁者"两句：语出《孟子·梁惠王上》。前"老"字作动词用，尊敬之义；前"幼"字也作动词用，爱护之义。

⑩ 与使：与其。

⑪ 无宁：不如。

⑫ 禁：忍受得住。

⑬ 真真：的确。

⑭ 望日：农历每月十五日。

⑮ 疏梅筛月影：月光透过稀疏的梅树照进房间里，像被筛子筛过一样，变成散碎的影子。

⑯ 依稀掩映：指月光梅影朦胧相映，看不清楚。

⑰ 有身：怀孕。

⑱ 胜：承受得住。

⑲ 寸管：毛笔的代称。

⑳ 第：但。

㉑ 抑：还是。

㉒ 骨化石：又称望夫石。传说有一男子外出未归，其妻天天登山远望，最后变成一块石头，后人称之为望夫石。

㉓ 破镜能重圆：南北朝时，徐德言夫妻，国亡时，破镜各执一半为信，后得重聚。后世即以破镜重圆比喻夫妻失散后又重新团圆。

㉔ 天下人不当死而死与不愿离而离者：天下该死而死去与不愿分离而离开的人。

㉕ 钟情如我辈者：像我们这样感情浓挚的人。

㉖ 率性：任性。

㉗ 依新：林觉民长子。

㉘ 肖：像。

㉙ 意洞：作者自指，林觉民字。

㉚ 心电感应有道：唯心主义者认为人死后心灵尚有知觉，能和生人交相感应。

㉛ 依依：依恋的样子。

㉜ 的的：的确，确实。

㉝ 偶我：以我为配偶。

㉞ 巾：指作者写这封信时所用的白布方巾。

㉟ 模拟：琢磨，猜测。

㊱ 一恸：大恸，恸指极度悲哀；大哭。

㊲ 辛未：应是"辛亥"，当是作者笔误。此书作于黄花岗起义前三天的 1911 年 4 月 24 日，即农历辛亥年三月廿六日深夜。广州黄花岗起义爆发于 1911 年 4 月 27 日，与辛亥革命在武昌取得成功在同一年。四鼓：四更天。

㊳ 诸母：各位伯母、叔母。

【品读感悟】

不负华夏不负卿
——读林觉民《与妻书》有感

《与妻书》是一封写在绢帛上的诀别信。绢帛虽横竖都是"丝"念，但绢帛太小，道不尽爱人衷肠。一千多字，字字儿女情长，句句家国大义。

自古以来，家国大义与儿女情长的碰撞最为触动人心。在我看来，爱情与爱国并不矛盾，而是纠缠交织在一起，互相衬托。对国之忠与对人之爱皆为人类心底最质朴纯真的情感，只是对象不同，时代不同，两种情感爆发的程度不同而已。

落笔无悔

世上安得两全法，不负华夏不负卿。我想，林觉民在写下这封绝笔书的时候，心里一定是这么想的。若不是生于这乱世之中，他一定会"执子之手，与子偕老"。但是人生没有如果，做出这样的选择他无怨无悔，妻子不能没有丈夫，但是满目疮痍的祖国更不能没有敢于牺牲的英雄。于是他毅然决然写下这篇绝笔，踏上一条拯救国家的不归路。

落棋有情

人有悲欢离合，月有阴晴圆缺。总有难全之事，也总有难平之意。林觉民为大爱舍小爱，不负国家唯负家庭。他愿做一切，只愿国好；而她愿做一切，只为他好。热烈的爱支撑着炽热的赤子之心，情长与大义的棋子落于棋盘之上，终究是家国之情战胜了爱情，但内心深处的爱永不磨灭。人人都说古人的爱情浪漫，这种浪漫正存在于离散团聚之间。

落笔无悔，落棋有情。愿将儿女情长作船，驶过家国大义的海，抢在月亮前，点亮黑夜里的第一束光。

（关子杰　2023 级）

泪中情，最不可止

"吾作此书时，尚为世中一人；汝看此书时，吾已成为阴间一鬼"，正是因为爱你，我才有了面对死亡的勇气。读《与妻书》，让我仿佛置身于一个交织着浓烈家国情怀与夫妻深情的时空之中。

读完《与妻书》，我发现这不仅是丈夫林觉民留给妻子陈意映的一封令人动容的情书，也是林觉民这位英勇烈士赴死之际留下的一封家书，更是一个时代的心声与绝笔。

我被林觉民与妻子之间的深情打动。书信的字里行间，流露出林觉民对妻子的深深眷恋与不舍。他们的爱是那么纯粹，那么坚定，即使面临生死离别，也依然无法割舍。这种爱，是对彼此的承诺，是对未来的期盼，更是对生活的热爱。

我更被林觉民对家国的大爱震撼。他们本是一对恩爱的夫妻,但因时局动荡,家国危在旦夕,林觉民义无反顾地投身到革命之中,用自己的生命去捍卫国家和民族的尊严。在那个风雨飘摇的年代,无数像林觉民这样的英雄挺身而出,为了国家的独立和民族的解放,不惜付出生命的代价。他们的爱是那么深沉,那么无私,仿佛可以穿越时空,激励着我们这一代人。

我的内心久久不能平静,他爱他的妻子,也爱他的国家,他可以从容面对死亡,却无法割舍挚爱的妻子。"吾作此书,泪珠与笔墨齐下……"他爱她胜过自己,可他没得选,面对国破家亡,没了国何来家?纵肝脑涂地,也要斗争到底!

林觉民说:"汝体吾此心,于悲啼之余,亦以天下人为念,当亦乐牺牲吾身与汝身之福利,为天下人谋永福也。"这是一名壮士的豪气,更是一个民族的骨气,他们面对至暗的时刻都没有任何抱怨,用自己的行动去改变世界,哪怕付出生命,壮士虽已矣,而浩气永存,更时刻激荡我们的心灵。

泪眼读罢《与妻书》,模糊的林觉民形象,让我久久不能平息,不能平息……

(苏乐启 2023级)

播种忠诚　绽放友谊：
相知之言，荣于华衮[1]

【荐读理由】

这封通信是 1976 年所作。信中叶圣陶先生向俞伯平先生敞开心扉，真诚交流。字里行间，字字句句流露出朴实又忠诚的情感，"非虚假的大话、套话"，没有阿谀奉承，只有一腔真挚，令人神往。中华传统文化中，朋友居五伦之一。《诗经》云："嘤其鸣矣，求其友声。相彼鸟矣，犹求友声。"人的生活需要"友谊"彼此滋养，人的发展需要携带"友谊"这片良药。

82 岁的叶圣陶与 76 岁的俞平伯通信

马克思有言："友谊就像清晨的雾一样纯洁，奉承并不能得到友谊，友谊只能用忠实去巩

1　夏宗禹. 叶圣陶遗墨 [M]. 北京：华夏出版社，1993. 题目为编者添加。

固。"纯粹的真诚与忠实能破开他人内心的寒冰，如春水般滋润心田。可见友谊之花需要热切的真诚、忠实来浇灌，方能永开不败。

读完叶圣陶先生写给俞平伯先生的这封信，我深有感触，以下几点值得阅读品鉴：

人文情怀。当今社会面临价值观困惑和信任感缺乏，叶圣陶先生写给俞平伯先生的信让我们重新审视人生的温暖关系——友谊，这是两位先生对美好美德与忠诚友谊的共同维护与坚守。现代社会人际交往中，友谊已成为我们生活中不可或缺的一部分。无论在学习还是在工作中，我们都渴望忠诚的友谊。如果你有一位叶圣陶先生这样的忠实挚友，请你善待与珍藏，他将是你此生一笔宝贵的财富。

责任担当。叶圣陶先生真诚友善，宽和待人，能主动"重省当时主观之我"，他通过此信向俞平伯先生敞开心扉，忠诚地讲述"当时所言所做所想"，二人彼此怀着一颗忠诚之心，播种友谊之种，用热情去浇灌，演绎了一曲超越《高山流水》的动人乐章。

忠诚是友谊的源泉。没有忠诚，友谊就不会长久。对待朋友要以诚相待，以真心换真心，这样才能在朋友之间架起心灵之桥，友谊才会历久弥香。

（荐读人：李贵荣[1]）

【书信原文】

叶圣陶致俞平伯信札之一

平伯兄[①]赐鉴：

今日孙媳休假，一早与游天坛公园。回来开桌上之手书，欢悦乃无可言状。计有八页之多，其四页言及弟之蜀中书简，诵之数遍，

---

1 李贵荣，可克达拉市镇江高级中学教师，一级教师，2021年辅导学生参加全国学生作文新奥赛并取得优异成绩，荣获辅导一等奖。

感极欲涕。因兄之指示与评品，俾[②]弟以今日客观之我重省当时主观之我，一若当时所言所做所想似还可以也者。非由受奖而感，乃缘相知而感。得相知之言，真可袭用"荣于华衮"[③]之套语而不嫌其泛矣。现在思之，当时信笔而言，有啥说啥，盖以受书者皆极熟极相知之亲友故。苟受书者为泛泛之交，新识朋友，则必然客套一番而已。再者，当时蜀居虽交游不少，而心境总感寂寥。此仅于寿伯翁诗[④]中说了两句，"新交亲亦疏，故交独拳拳"。惟于上海诸亲友最为拳拳，故纤屑无不告，忧喜悉俱陈也。当时非但写信勤，盼信亦甚殷。此仅于《浣溪沙》词中说了一句，"音书日日望遥青"[⑤]。音书盖由飞机带到乐山，而机非天天有，所以望也。因读兄之四五页书，自觉非说几句不可，而说来殊平平，盖未抓住所要说者，值得如此已。惟殷胜而鉴其意，然后一笑置之耳。

关于《国策》两种版本之比较一表[⑥]，读之深佩。尊记《附说》之切当。近时出土之竹木简册，文物出版社皆有两种本子，小者看不青（清），大者嫌其贵。湜华[⑦]画报上之《国策》想亦不甚大。至于识其文字，恐非仅稍习《说文》[⑧]者所能辨。古器与竹木简越多出土，越觉《说文》之穿凿。而近时文字属次简化形变，又见文字决不能执一而通之。因兄书言及弟识古文，弟实不识，而略言此方面之感想如上。

尊示关于《闻思引》[⑨]之点点滴滴，皆已重行抄录，按页次行次编排，贴成若干页。自来所谓"公自注"之作品，大概可以说其丰富详悉，殆莫过于此者矣。据此"公自注"通观全篇，其了解似有稍进，而犹不敢云"通晓"。所以然者，或者由于尊作大都言简而意丰，言在此而意在彼，据"公自注"观之则可晓，脱离"公自注"则仍难明。说得合否，甚不敢必。数次开示，兄不自记，已有重复，如瞿唐贾[⑩]，如北大旧人[⑪]归来。总之，殷勤导引，欲使其识解胜于佩公之厚意，别感之无极矣。

书止于此。敬请

大安。

弟圣陶拜上

四月十六日灯下

【作者简介】

叶圣陶（1894—1988），原名绍钧，字秉臣。江苏苏州人。作家、教育家、出版家。曾任教育部副部长、人民教育出版社社长、中央文史研究馆馆长。有《叶圣陶文集》《叶圣陶小说集》等。

【探微索迹】

① 平伯兄：即俞平伯（1900—1990），原名僧保，字铭衡、直民，笔名一公、屈斋。浙江德清人，出生于苏州。晚清大学者俞樾曾孙。1919年毕业于北京大学。先后任燕京大学、清华大学、北京大学、北平大学、中国学院等院校教授。新文学运动初期重要诗人，白话诗创作先驱。著有《红楼梦研究》《燕郊集》《俞平伯诗全编》等。

② 俾：使。

③ 荣于华衮：出自《幼学琼林》："一字之褒，荣于华衮；一字之贬，严于斧钺。"意思是得到一个字的表扬，比身披华服贵衣还要荣耀；得到一个字的贬斥，比刀斧砍伤身体还要难受。

④ 寿伯翁诗：伯翁即王伯祥（1890—1975），长叶圣陶四岁，故称伯翁。本名锺麒，字伯祥，五十岁后以字行。1920年任北京大学中文系预科国文讲师。1921年至1932年经胡适介绍供职于商务印书馆，任史地部编辑，其间加入文学研究会。1932年到开明书店任职，编纂《二十五史补编》。1950年，为协商开明书店与中国青年出版社合并事，伯祥先生专程到京，任开明书店秘书长。1952年，辞去开明书店工作，应郑振铎之邀，到北京大学文学研究所任研究员。1953年初，

任职中国科学院文学研究所，学术成果《史记选》，还为编选《唐诗选》而点读《全唐诗》，选注《李白诗》，后又编撰了《增订李太白年谱》。1939年7月，抗战正艰难，远在四川叶圣陶给沦陷区上海的王伯祥写了一首五言长诗，来恭贺其50岁生日。叶圣陶与王伯祥两人不仅同乡，而且一同任职开明书店编辑与北京大学教授，两人为莫逆之交。诗中追述两人的友谊，有"新交亲亦疏，故交独拳拳"一句。叶圣陶与俞平伯此通信作于1976年4月，时王伯祥刚去世四个月。

⑤音书日日望遥青：出自叶圣陶所作《浣溪沙》（四首其二）："野菊芦花共瓦瓶，萧然秋意透疏棂，粉墙三两欲僵蝇。章句年年销壮思，音书日日望遥青，可堪暝色压眉棱。"

⑥《国策》两种版本：疑为俞平伯将1973年在马王堆汉墓出土的帛书本《战国纵横家书》（《战国策》原型），与《竹书纪年》进行比较研究。

⑦湜华：王湜华（1935—2018），字正甫，号音谷，王伯祥之子，江苏苏州人。1958年毕业于北京大学。曾任中国艺术研究院《红楼梦》研究所研究员。

⑧《说文》：《说文解字》的简称。东汉许慎撰，共计30卷，为中国第一部有系统分析字形及考究字源的字书。每字下的解释先说字义，次及形体构造及读音，依据六书解说文字。清代学者王鸣盛说："读遍天下书，不读《说文》，犹不读也。但能通《说文》，余书皆未读，不可谓非通儒也"。

⑨《闺思引》：俞平伯所写的五言长诗《遥夜闺思引》。此诗始作于1942年至1943年间，此时，燕、冀沦陷已久。俞平伯"寄迹危邦，避人荒径"，独写"聊忏幽忧"的长诗，以述十年徒掷之悔。

⑩瞿唐贾：也作"瞿塘贾"，旧谓入蜀经商的人，亦借指追求盈利、甘冒风险的商人。唐李益《江南曲》云："嫁得瞿塘贾，朝朝误妾期。"

⑪北大旧人：旧人，相识已久的朋友。与叶圣陶、俞平伯一起在北京大学共事的故友，如王伯祥等。

【品读感悟】

友谊真情，为真则实

在读完叶圣陶先生写给俞平伯先生的信后，我明白了什么叫真情友谊，为真则实。

友谊如同一条奔流不息的大海，有深度、有包容力。如文中所写"开桌上之手书，欢悦乃无可言状，计有八页之多……因兄之指示与评品"，这里写出了作为知己的俞平伯先生愿为叶圣陶先生评品"且带有真情""计有八页之多"，而最让我为之佩服的是"客观之我重省当时主观之我"。作为朋友的愈平伯并未一味夸赞叶圣陶，而是站在客观角度去评价。这也是令叶圣陶"感极欲涕"的原因。视为知己，他们有"花下之交"；作为好友，他们有着长达几十年之交。由此观之，真正的友谊不会被虚情假意包围，友谊如三千明灯，繁于夜空之上，照亮前方之路。

君可见，知友之错，指之方为正解；知友之困，解之，方为正策；知友之喜，乐之，方为正道。真正的友谊不需要浮华的外表，也不需要精美的文字，更不需要物质的追求。只需忠诚相待，方可绽异彩。

（刘霏颖　2024级）

读叶圣陶《相知之言，荣于华衮》书信有感

读罢叶圣陶先生与俞伯平先生的书信，我们不禁为这份真挚的友谊所感动。它让我们明白，在这个纷繁复杂的世界中，能够拥有一份跨越时空、心灵相通、相互支持、共同成长的真挚友谊，是何等的幸运与珍贵。因此，让我们珍惜每一份真挚的相遇与相知，用心呵护这份宝贵的情感财富，让它成为我们人生旅途中最璀璨的星辰，照亮我们前行的道路。

在叶圣陶先生与俞伯平先生的交往中，我们不难想象，他们通过书信交流思想、探讨学术，不仅增进了彼此的了解与友谊，还在相互

的启发与激励中，拓宽了视野，提升了自我，这种共同成长与追求卓越的精神，正是真挚友谊最为动人的魅力所在。

真挚友谊能跨越时空，心灵相通，历久弥香。正如那些流传千古的文学作品，虽然历经岁月的洗礼，却依然能够触动人心，激发共鸣。叶圣陶先生与俞伯平先生的友谊，便是这样一份超越时间与空间的情感纽带。他们的书信中，充满了对彼此的关怀与理解，即使身处不同的时空和环境，那份深厚的情感依然能够跨越千山万水，紧密相连。这种心灵上的契合与共鸣，让他们的友谊如同陈年老酒，越品越醇，历久弥香。

（朱仕杰 2024 级）

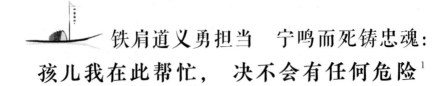

铁肩道义勇担当　宁鸣而死铸忠魂：
孩儿我在此帮忙，决不会有任何危险[1]

【荐读理由】

1919 年，巴黎和会召开，北洋政府签署了"将德国在山东的特权全部转让给日本"的《凡尔赛条约》。消息传出，北京一部分学生群情激奋，上街游行，爆发了五四运动。就读于清华大学的闻一多担任领袖之一，极为活跃。家乡的父母亲挂念远在北京的儿子，迫于地缘闭

闻一多家书原件照片

1　孙党伯，袁謇正．闻一多全集［M］．武汉：湖北人民出版社，2020．

塞无法了解真实情况，希望他可以返乡。为此，闻一多给父母亲写了这封长信进行解释，并希望父母亲理解和支持。为免父母担心，他只好在家书中撒谎：孩儿在此帮忙，绝不会有任何危险，请父母务必放心。一只萤火虫有多大价值，闻一多以"微薄"力量诠释着。

闻一多在这封信中围绕回乡还是留校、尽孝还是尽忠所袒露的情怀，可以说是五四青年最突出的时代特征。从家书中可以看出，当时的社会环境非常糟糕，国家衰败，政府无能，民众沉睡，唯有学生敢冒天下之大不韪为国抗争。他们也懂得"倒悬之危"，却坚持前行，犹如暗夜中孤独的萤火虫，明知力量微弱，仍奋力发出微光，企盼多照亮一寸土地。

责任担当是伟大民族精神的重要内容，立大志、明大德、成大才、担大任是我们青少年的责任和担当。闻一多先生为我们生动地诠释了中华民族勇于担当责任的精神，国家的命运及前途使他在革命的道路上一往直前，勇担国家兴亡的重责。他曾在给弟弟闻家驷的家书中写道："我辈得良好机会，受高等教育，当有责任心。我辈对于家庭、社会、国家当多担一分责任。"闻一多先生是五四运动的亲历者，这时的闻一多年仅21岁，国家和民族的根本利益与个人的一切相比，他毫不犹豫地选择了前者。及至1925年后，闻一多仍说："五四时代我受到的思想影响是爱国的、民主的，觉得我们中国人应该如何团结起来救国。"这句话无疑言简意赅地概括了五四青年的精神世界。

爱国主义是中华民族精神的核心，根植于中国人民心中，是中华民族的精神基因。"爱国诗人"用在闻一多身上恰如其分。闻一多先生用生命诠释了什么是不畏强暴、威武不屈的民族气节，什么是舍生取义、视死如归的文人风骨。闻一多先生在写给父母的家书中说道："今日无人作爱国之事，亦无人出爱国之言，相习成风，至不知爱国为何物，有人稍言爱国，比私相惊异，以为不落实或狂妄，岂不可悲！"在那苍黄翻覆、陵谷变迁的大时代，在那风云变幻、波澜壮阔的动荡岁月里，历史的浪潮将有志之士推上了风口浪尖，他们在改变中国命运的同时，也改变了自己的人生轨迹。闻一多是一位卓越的爱国者，是一位知识渊博的学者和充满激情的诗人。他传奇的奋斗史，以及为革命而牺牲的精神，对今天的青年朋友仍有教育之义。

（荐读人：袁宏[1]）

【书信原文】

闻一多家书之一

父母亲大人膝下：

近年来内清吉否？念念。连接二哥、五哥①来函，人事俱好，祈念垂虑。

山东交涉及北京学界之举动，迪纯兄归来，当知原委。殴国贼时，清华不在内，三十二人被捕后，始加入北京学界联合会，要求释放被捕学生。此事目的达到后，各校仍逐日讨论进行，各省团体来电响应者纷纷不绝，目下声势甚盛。但傅总长②、蔡校长③之去亦颇受影响。现每日有游行演讲，有救国日刊，各举动积极进行，但取不越轨范以外，以稳健二字为宗旨。此次北京二十七中，大学虽为首领，而一切进行之完密敏捷，终推清华，国家至此地步，神人交怨，有强权，无公理，全国薔然如梦，或则敢怨而不敢言。卖国贼罪大恶极、横行无忌，国人明知其恶，而视若无睹，独一般学生敢冒不韪，起而抗之。虽于事无大济，然而其心可悲，其志可嘉，其勇可佩。所以北京学界为全国所景仰，不亦宜乎？清华作事，有秩序，有精神，此次成效卓著，亦素所习练使然也。现校内办事机关学生代表团，分外务、推行、秘书、会计、干事、纠察六部。现定代表团暑假留校办事。男④与八哥均在秘书部，而男责任尤重，万难分身，又新剧社拟于假中编辑新剧，亦男之职务。该社并可津贴膳费十余元，今年暑假可以留堂住宿，费用二十六元，新剧社大约可出半数（前校中拟办暑假补习学校仅中等科，男拟谋一教习，于经费颇有补助。现此事未经外交部批准，所以作罢论），尚须洋十余

元。男拟如二哥、五哥可以接济更好，不能，可在友人处通挪，不知两位大人以为如何？本年又拟稍有著作，校中图书馆可以参览，亦一便也。男每年辄有此意，非有他故，无非欲多读书，多作事，且得与朋友共处，稍得切磋之益也。一年未归家，且此年中家内又多变故，二哥久在外，非独二大人愿男等回家一聚，即在男等亦何尝不愿回家稍尽温省之责。远客思家，人之情也，虽曰求学求名，特不得已耳。此年中与八哥共处，时谈家务，未尝不太息悲哽。不知忧来何自也。又男每岁回家一次，必得一番感想，因平日在学校与在家中景况大不同，在校中间或失于惰逸，一回想家中景况，必警心惕虑，益自发愤。故每归家，实无一日敢懈怠，非仅为家计问题，即乡村生计之难，风俗之坏，自治之不发达，何莫非作学生者之责任哉？今年不幸有国家大事，责任所在，势有难逃，不得已也。五哥回家，在不待言，二哥如有福建之行，亦可回家。男在此多暇时时奉禀述叙情况，又时时作诗歌奉上，以娱尊怀，两大人虽不见男犹见男也。男在此为国作事，非谓有男国即不亡，乃国家育养学生，岁糜巨万⑤，一旦有事，学生尚不出力，更待谁人？忠孝二途，本非相悖，尽忠即所以尽孝也。且男在校中，颇称明大义，仅遇此事，犹不能牺牲，岂足以谈爱国？男昧于世故人情，不善与俗人交接，独知读书，每志古人忠义之事，辄为神往，尝自诩吕端大事不糊涂⑥，不在此乎？或者人以为男此议论为大言空谈，如俗语曰"不落实"，或则曰"狂妄"，此诚不然。今日无人作爱国之事，亦无人出爱国之言，相习成风，至不知爱国为何物，有人稍言爱国，比私相惊异，以为不落实或狂妄，岂不可悲！此番议论，原为驷弟发。感于日寇欺诈中国，愤懑填膺，不觉累牍。驷弟年少，当知二十世纪少年当有二十世纪人之思想，即爱国思想也。前托十哥转禀两大人，新剧社富含演戏，男或可乘机回家，现存问题已打消，男必不能回家也。或者下年经济充足，寒假可回家一看。寒假正在阴历年，难为在家度岁已六七年，时常思想团年乐趣，下年必设法回家，即请假在家多住数日，亦不惜也。区区苦衷，务祈鉴宥⑦，不胜惶恐之至！

　　肃此

敬请福安。

　　此次各界佩服北京学生者，以其作事稳健。男在此帮忙，决不至有何危险，两大人务放心！

男骅叩
五月十七日下午

【作者简介】

闻一多像

　　闻一多（1899—1946），本名闻家骅，字友三，生于湖北省浠水，伟大的爱国主义诗人、学者，坚定的民主战士，中国民主同盟早期领导人之一，中国共产党的挚友，新月派代表诗人。1912 年考入清华大学留美预备学校。1916 年开始在《清华周刊》上发表系列读书笔记。1925 年 3 月在美国留学期间创作《七子之歌》。1928 年 1 月出版第二部诗集《死水》。1932 年，闻一多离开青岛齐鲁大学，回到母校清华大学任教。1946 年 7 月 15 日，闻一多在云南昆明被国民党特务暗杀。

【探微索迹】

　　① 二哥、五哥：闻一多本名闻家骅，其兄弟的谱名均与中国古代的名马有关，大哥为闻家骥（展民）、二哥为闻家騘（藜青）、三哥为闻家骃（巡周）、五弟为闻家驷。

　　② 傅总长：即傅增湘（1872—1949），字沅叔，号藏园居士，四川江安人。清光绪二十四年（1898）进士，选庶吉士，光绪三十一年（1905）任直隶提学使，1917 年至 1919 年在北洋政府任教育总长，倡

导开放式教育。

③ 蔡校长：即蔡元培（1868—1940），字鹤卿，又字子民，浙江绍兴人。中华民国首任教育总长，1916 年至 1927 年任北京大学校长，开"学术"与"自由"之风。

④ 男：闻一多的自称。

⑤ 岁糜巨万：每年耗费巨额资金。

⑥ 吕端大事不糊涂：喻指办事坚持原则。亦指在大是大非面前保持清醒的头脑。明代思想家李贽的自题联语："诸葛一生唯谨慎，吕端大事不糊涂。"意在借诸葛亮和吕端的为人行事之风以自勉。

⑦ 鉴宥：敬辞，用以感激对方对自己的关照之词。

【品读感悟】

品读闻一多家书有感

在那个动荡不安的年代，一位又一位爱国人士如雨后春笋般涌现。

曾几何时，为了民族稳定和祖国大业，放弃锦衣玉食的霍去病抱着"匈奴未破，何以家归"的信念携大军毅然北上；文天祥拒绝高官厚禄的诱降，高吟着"人生自古谁无死，留取丹心照汗青"慷慨以就；少年时期的周恩来立下了"为中华之崛起而读书"的誓言；抗日英雄方振武面对强敌发出了"宁为战死鬼，不为亡国奴"的怒吼……闻一多毅然加入了爱国者的行列，成为千千万万爱国英雄中的一名。

1919 年五四运动后的第十三天，5 月 17 日，闻一多修家书一封，信中内容大致为：当今国家危难，生灵有倒悬之急，苍生饱受涂炭之苦，自己要去救国救民，望父母不要担心……自古忠孝难两全，闻一多毅然放弃尽孝，选择了救国这条路。每个人都很爱国，每个人都在为自己的事业奋斗着，可是有多少人能够像闻一多先生那样为了爱国把自己的生命置之度外呢？

正是这样的一封封的书信，感动着我们，激励着我们。家书最容易流露真挚的感情，闻一多的这封家书所流露出的情怀，可以说是五四青年最突出的时代特征。不难看出，信中流露出闻一多对民族危亡的忧虑，对投身革命的热忱，以及对家人亲友的眷念。国难当头，他选择了民族大义，肩负起历史使命与担当。

（韩知非　2022 级）

品读闻一多家书有感

革命动荡年代，家人的书信无疑是最好的牵挂寄托。一封爱国家书，一段革命记忆，一段峥嵘岁月。

正如闻一多先生所说："我留在这里为国家做事，不是说非得有我在国家才可以不亡，而是国家育养了这么多学生，每年花费巨万，一旦有事，学生如果不出力，更待谁人呢？"我们的烈士并不是超人，他们同我们一样也是血肉之躯，而且他们也明白，国家的兴衰存亡并不是由哪一个人决定的，但是他们依然不退缩，勇于承担起历史赋予自己的责任，哪怕最后在这个历史的合力中只是发挥一丁点的作用。但我们知道，人民群众是历史的创造者，正是因为有千万个如闻一多先生一样的先进人士，我们的革命才能取得最终的成功！

很多人羞于表达爱国之情，在市场经济时代，部分人或许更多被物质牵引，所谓爱国也不过是"键盘侠"所喊的口号。"仁义礼智信，温良恭俭让"，无论何时，无论处于哪个年代，都需要我们继承发展。爱国，都需要我们铭记并且践行！就像闻一多先生对弟弟嘱托的那样："应当知道二十世纪的少年要有二十世纪的思想，就是爱国的思想。"无论是二十世纪还是二十一世纪，乃至任何一个世纪，爱国永远是经久不变的话题，永远是值得骄傲、值得歌颂的佳话！

岁月静好，是因为有人替你负重前行。层层的枷锁，锁不住你这颗炽热的爱国心。而眼前的一切，是万千革命烈士负重前行换来的，他们的责任担当、奉献付出，为我们祖国的发展奠定了坚实基础。我们当代青少年应当以闻一多先生为榜样，把国家的荣辱兴衰当成自身的责任，勇于为实现中华民族的伟大复兴而奋斗！

（何宇翔　2022 级）

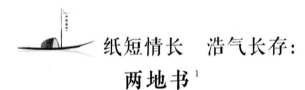

纸短情长　浩气长存：
两地书[1]

【荐读理由】

　　《两地书》是鲁迅在1925年3月至1929年6月间和许广平的书信合集，共收信135封。本文选自《两地书》第一集（1925年3月11日至7月30日），是鲁迅对许广平的回信。也许一直以来，人们都认为鲁迅是一个刚毅的战士，但是读完《两地书》，我眼前的鲁迅不再只是一个被黑暗笼罩着的斗士，而变成了一位温情的导师。许广平是一位新式女性，作为学生和寻路者，许广平向鲁迅询问人生经验和写作经验，她追求新思想、新文化，努力

鲁迅致许广平信札

1　鲁迅. 鲁迅全集 [M]. 北京：人民文学出版社，1987.

学习知识，想要成为一个独立自主的新时代女性。鲁迅告诉许广平，跟旧社会战斗宜进行"堑壕战"，而不应赤膊上阵，即使身处"黑暗与虚无"的处境，也要进行绝望的抗争，"有不平而不悲观，常抗战而亦自卫"。自此，命运的齿轮开始转动，但是由于各自事业的发展，二人无法经常见面，于是就有了"纸短情长"的《两地书》。

见信读诵，展信舒颜，信最能抒情。鲁迅的回答不仅对许广平有指导意义，对当代读者也有普遍的启示意义，应当成为当前道德建设的重要参考。书信是温暖浪漫的代表，也是文化的承载与精神的寄托。21世纪的青少年当以家国为己任，奋发向上！

（荐读人：郑毅[1]）

【书信原文】

鲁迅与许广平《两地书》通信之一

广平兄：

今天收到来信，有些问题恐怕我答不出，姑且写下去看。

学风如何，我以为和政治状态及社会情形相关的，倘在山林中，该可以比城市好一点，只要办事人员好。但若政治昏暗，好的人也不能做办事人员，学生在学校中，只是少听到一些可厌的新闻，待到出校和社会接触，仍然要苦痛，仍然要堕落，无非略有迟早之分。所以我的意思，倒不如在都市中，要堕落的从速堕落罢，要苦痛的速速苦痛罢，否则从较为宁静的地方突到闹处，也须意外地吃惊受苦，其苦痛之总量，与本在都市者略同。

学校的情形，向来如此，但一二十年前，看去仿佛较好者，因为足够办学资格的人们不很多，因而竞争也不猛烈的缘故。现在可多了，竞争也猛烈了，于是坏脾气也就彻底显出。教育界的清高，本是粉饰之谈，其实和别的什么界都一样，人的气质不大容易改变，

1　郑毅，可克达拉市镇江高级中学语文教师，二级教师，获第六届全国微课大赛特等奖。

近几年大学是无甚效力的，况且又有这样的环境，正如人身的血液一坏，体中的一部分决不能独保健康一样，教育界也不会在这样的民国里特别清高的。

所以，学校之不甚高明，其实由来已久，加以金钱的魔力，本是非常之大，而中国又是向来善于运用金钱诱惑法术的地方，于是自然就成了这现象。听说现在是中学校也有这样的了，间有例外者，大概即因年龄太小，还未感到经济困难或花费的必要之故罢。至于传入女校，当是近来的事，大概其起因，当在女性已经自觉到经济独立的必要，所以获得这独立的方法，不外两途，一是力争，一是取巧，前一法很费力，于是就堕入后一手段去，就是略一清醒，又复昏睡了。可是这不独女界，男人也都如此，所不同者巧取之外，还有豪夺而已。

我其实那里会"立地成佛"，许多烟卷，不过是麻醉药，烟雾中也没有见过极乐世界。假使我真有指导青年的本领——无论指导得错不错——我决不藏匿起来，但可惜我连自己也没有指南针，到现在还是乱闯，倘若闯入深坑，自己有自己负责，领着别人又怎么好呢，我之怕上讲台讲空话者就为此。记得有一种小说里攻击牧师，说有一个乡下女人，向牧师历诉困苦的半生，请他救助，牧师听毕答道："忍着罢，上帝使你在生前受苦，死后定当赐福的。"其实古今的圣贤以及哲人学者所说，何尝能比这高明些，他们之所谓"将来"，不就是牧师之所谓"死后"么？我所知道的话就是这样，我不相信，但自己也并无更好解释。章锡琛①的答话是一定要胡涂的，听说他自己在书铺子里做伙计，就时常叫苦连天。

我想，苦痛是总与人生联带的，但也有离开的时候，就是当睡熟之际。醒的时候要免去若干苦痛，中国的老法子是"骄傲"与"玩世不恭"，我自己觉得我就有这毛病，不大好。苦茶加"糖"，其苦之量如故，只是聊胜于无"糖"，但这糖就不容易找到，我不知道在那里，只好交白卷了。

　　以上许多话，仍等于章锡琛，我再说我自己如何在世上混过去的方法，以供参考罢——

　　一、走"人生"的长途，最易遇到的有两大难关。其一是"歧路"，倘若墨翟先生，相传是恸哭②而返的。但我不哭也不返，先在歧路头坐下，歇一会，或者睡一觉，于是选一条似乎可走的路再走，倘遇见老实人，也许夺他食物充饥，但是不问路，因为我知道他并不知道的。如果遇见老虎，我就爬上树去，等它饿得走去了再下来，倘它竟不走，我就自己饿死在树上，而且先用带子缠住，连死尸也决不给它吃。但倘若没有树呢？那么，没有法子，只好请它吃了，但也不妨也咬它一口。其二便是"穷途"了，听说阮籍③先生也大哭而回，我却也像歧路上的办法一样，还是跨进去，在刺丛里姑且走走，但我也并未遇到全是荆棘毫无可走的地方过，不知道是否世上本无所谓穷途，还是我幸而没有遇着。

　　二、对于社会的战斗，我是并不挺身而出的，我不劝别人牺牲什么之类者就为此。欧战的时候，最重"壕堑战"，战士伏在壕中，有时吸烟，也唱歌，打纸牌，喝酒，也在壕内开美术展览会，但有时忽向敌人开他几枪。中国多暗箭，挺身而出的勇士容易丧命，这种战法是必要的罢。但恐怕也有时会迫到非短兵相接不可的，这时候，没有法子，就短兵相接。

　　总结起来，我自己对于苦闷的办法，是专与苦痛捣乱，将无赖手段当作胜利，硬唱凯歌，其是乐趣，这或者就是糖罢。但临末也还是归结到"没有法子"，这真是没有法子！

　　以上，我自己的办法说完了，就是不过如此，而且近于游戏，不像步步走在人生的正轨上（人生或者有正轨罢，但我不知道），我相信写了出来，未必于你有用，但我也只能写出这些罢了。

鲁迅
三月十一日

【作者简介】

鲁迅（1881—1936），原名周樟寿，字豫山，改名周树人，字豫才，浙江绍兴人。著名文学家、思想家、革命家、民主战士，新文化运动的重要参与者，中国现代文学的奠基人之一，中国翻译文学的开拓者，"二十世纪东亚文化地图上占最大领土的作家"。著有《鲁迅全集》。

鲁迅、许广平、海婴一家

【探微索迹】

① 章锡琛：（1889—1969），浙江绍兴人，民国著名出版家，曾长期编辑《东方杂志》《妇女杂志》《时事新报》《民国日报》副刊，并创办开明书店。

② 恸哭：悲痛欲绝地哭。

③ 阮籍：三国时期魏国诗人，竹林七贤之一。

【品读感悟】

读《两地书》有感

见信读诵，展信舒颜，"情书"最能抒情。先生千古不朽，其信万古流传，其中真情流露最多的便是鲁迅先生从多方面解答许广平人生困惑的回信，信中无一不体现了鲁迅对社会和人生的看法，也一如既往地批判了一些社会问题。我印象中的鲁迅先生只是一个严肃、公正、冷漠的革命学者，但就是在这一封信中，鲁迅先生以老师的口吻向广平谈论对人生的看法：他由衷地希望广平能够正确面对人生，苦中作乐。这让我对鲁迅先生有了更加全面的认识。

鲁迅先生对于如何实现自身价值有着独特见解——关于学风如何，

先生认为和政治状态、社会情况相关。当我读到这一内容时，我深感不解，若这样相关，在民国那个荒唐社会，又怎会出现佼佼学者？这样岂不是断送了青年的未来？一口否定中国的未来，这恰恰违背了鲁迅先生的意愿。再次细细品味其中的意蕴，就幡然明白了，鲁迅先生的这段文字旨在嘲讽那些抱怨环境、以物喜以己悲的青年人。这道理放在今日又怎不合理？如今一些年轻人，怨天尤人，不思进取，总觉得自己的一事无成是别人的问题，而不知晓自己恰恰是鲁迅先生所摒弃的那一类人。时过境迁，如今我们也应当同鲁迅那般摒弃这些人。

青年应当有所作为，在信中鲁迅先生写了自己混迹社会的方法，那便是与苦痛捣乱，用无赖手段当作苦茶中的糖，所谓苦中作乐，即是如此。苦中作乐是一种何其悲壮的人生态度啊。苦是长久，乐却是渺茫而短暂的，这是教育我们应"苦中作乐"，而不应"及时行乐"，一字之差，却失千厘，倘若用不同的态度面对人生，人生的景色又大有不同了。在信中对许广平的谆谆教诲，便是先生用一生来诠释的理念。

青年应当有所作为，鲁迅先生面对人生中的"歧路"和"穷途"，有着自己坚定的想法：穷途虽穷，但未有断路；"歧路"虽畅，但步步惊心，而后结局未卜。鲁迅教育许广平勇走"穷途"、不走"歧路"。放在今日来说，这依旧值得我们去品鉴。你因去往穷途而庆幸未走那"歧路"，但"歧路"结局未定，你我怎敢随意践踏。

为青年铺路是鲁迅先生晚年最常做的事情。先生将人生历练通过书信方式写出，无不表现出对许广平的勉励和期望，这也恰恰表现出先生的师德厚重。此信写于1925年那暗无天日的年代，但时代的昏暗依旧挡不住鲁迅先生的光和热，正如他所说的："此后如竟没有炬火，我便是唯一的光。"如今再次拿起这封富集着鲁迅先生沉甸甸智慧的信，却发现值得我们借鉴和思考的内容数不胜数。鲁迅先生的人生境界，还将影响一代又一代青年人，继续在这世尘中发光发热！

（任崇坤　2021级）

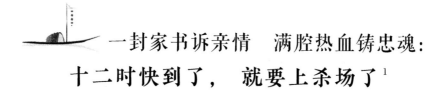

一封家书诉亲情　满腔热血铸忠魂：
十二时快到了，　就要上杀场了[1]

【荐读理由】

　　生与义的选择，自古便有讨论。孟子认为君子当舍生而取义。可当生与义真正摆在眼前时，又该如何抉择？《刘伯坚写给家属至亲的信》这一封信让我看到了一个真正的革命家在大义面前做出的选择。我对信里面这样一句话颇有感触："我准备牺牲了。弟弟生是为中国，死是为中国，一切听之任之而已。"这是怎样的一份爱国之心！我也明白了中华民族之所以能够传承五千年的原因。

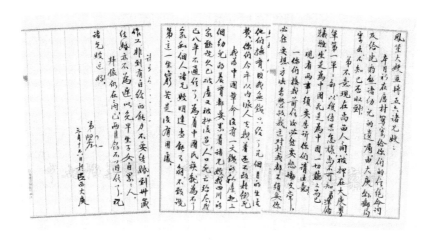

刘伯坚遗书

　　1935年的这篇文章所带来的震撼远远不是语言文字所能够表达的，

1　顾之川.我是朗读者［M］.济南：济南出版社，2018.

同时我也透过这一封信看到了那个时代里无数家庭的分散离群，看到了无数革命先辈做出选择的那一份坚毅与决绝！这份精神需要当代青少年去领悟、去学习！

我将这份精神解读为中华民族的血脉亲情文化传承与爱国主义精神。中华民族一直以血脉亲情文化为传承纽带。不管是刘伯坚对兄嫂的嘱托，还是对他三个儿子的不舍，青少年在阅读的过程中都能够感受到这一条纽带凝聚的力量，这就是血脉亲情文化。但是在这不舍的情感中，更透露出刘伯坚格外的坚毅，这份坚毅的背后就是爱国主义精神的支持。青少年能在这字里行间里感受到爱国主义精神带来了一种强大的力量。看似在对亲人舍与不舍之间的矛盾，实际上爱国主义精神是一种统一的力量，它不存在矛盾，因为没有国，何以家为？在不断挖掘这份情感的过程中，我相信阅读者会对爱国主义精神有一种全新的认知。

（荐读人：蒲凯文[1]）

【书信原文】

刘伯坚写给家属至亲的信

凤笙大嫂①并转五六诸兄嫂：

本月初在唐村寄给你们的信、绝命词，以及写给虎、豹、熊诸幼儿②的遗嘱，由大庾县邮局寄出，不知是否已经收到？

弟不意现在尚留人间，被押在大庾粤军第一军部，以后结果怎样，尚不可知，弟准备牺牲，生是为中国，死是为中国，一切听之任之而已。

有两件事，需要告诉你们：

第一，你们接我前信后必然要悲恸失常，必然要想方法来营救我。这对于我都不须要，你们千万不要去找于先生③及邓宝珊兄④来

1　蒲凯文，可克达拉市镇江高级中学语文教师，二级教师。

营救我。于、邓虽然同我个人感情虽好，我在国外，叔振⑤在沪时还承他们殷殷照顾，并关注我不要在革命中犯危险，但我为中国民族争生存、争解放，与他们走的道路不同。在沪晤面时邓对我表同情，于说我所做的事情太早。我为救中国而犯危险，遭损害，不须要找他们来营救我，帮助我，使他们为难。我自己甘心忍受，尤其须要把我这件小事秘密起来，不要在北方张扬……这对于我丝毫没有好处，而只是对我增加无限的侮辱，丧失革命者的人格。至要至嘱（知道的人多了就非常不好了）。

第二，熊儿生后一月，即寄养福建新泉芷溪的黄荫胡家。豹儿今年寄养在往来瑞金、会昌、雩都、赣州⑥这条河的一只往来商船上，有一吉安人罗高廿余岁，裁缝出身，携带豹儿。船老板是瑞金武阳围人，叫赖宏达。五十多岁，撑了几十年的船，人很老实，赣州的商人多半认识他。老板娘叫郭贱姑，他的儿子好像叫赖连章（记不清楚了），媳妇叫做梁照娣。他们一家都很爱豹儿，故我寄交给他们抚育。因我无钱，只给了几个月的生活费。你们今年以内派人去找着，还不致于饿死。

我为中国革命，没有一文钱的私产，三个幼儿的养育都要累着诸位兄嫂。我四川的家听说久已破产，又被抄没过，人口死亡殆尽，我已八年不通信了。为着中国民族就为不了家和个人。诸位兄嫂明达当能了解，不致于说弟这一生穷苦，是没有用处。

叔振同志：

我的绝命书及遗嘱你必能见着，我直寄陕西凤笙及五六诸兄嫂。

你不要伤心。望你无论如何要为中国革命努力，不要脱离革命战线，并要用尽一切的力量教养虎、豹、熊三幼儿成人，继续我的光荣革命事业。

我葬在大庾梅关附近。

十二时快到了，就要上杀场了，不能再写了。致以最后的革命敬礼。

刘伯坚

三月二十日

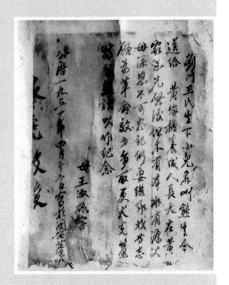

附　王叔振托孤书

刘门王氏生下小儿名叫熊生，今送给黄家抚养成人，长大在黄家承先启后。但木有本，水有源，父母深情不可忘记，仍要继承我等志愿，为革命效力，争取更大光荣。特留数语，以作纪念。

母　王叔振字

公历一九三一年四月十六日写于闽西芷溪

王叔振托孤书照片

【作者简介】

刘伯坚（1895—1935），革命烈士。1921年与周恩来等发起组织中国青少年共产党，1922年加入中国共产党，后被派往苏联学习军事。到中央苏区后，任苏区工农红军学校政治部主任、军委总政治部宣传副部长。中央红军长征后，留在苏区坚持斗争。1935年3月率部队突围时不幸负伤被捕杀害。

刘伯坚与王叔振合照

【探微索迹】

① 凤笙大嫂：是刘伯坚的妻子王叔振的嫂子。刘伯坚在监狱中共写了四份家书，其中三份写给兄嫂，最后一份写给妻子王叔振。但王叔振并没有看到刘伯坚的绝命书，因为在不久后她也牺牲了。

② 虎、豹、熊诸幼子：虎，原名刘虎生，刘伯坚长子，高级工程师，先后在五机部、科技部等单位工作。1936 年西安事变后，周恩来赴西安参加谈判期间派人找到，送往延安。1948 年被派往苏联学习科学技术。1955 年从莫斯科包曼高等工学院毕业回国。1956 年获得"全国劳动模范"称号。豹，原名刘豹生，刘伯坚次子，由郭贱姑收养，改名为邹发生，1949 年，中央接其入京学习，后考入哈尔滨军事工程学院，毕业后分配到航空工业研究所工作。幼子刘熊生，在黄荫胡家历经了极为艰难的成长之路。为抚养烈士遗孤，黄家甚至卖掉了自己的亲骨肉。1953 年 8 月，已上到高中一年级的熊生才被党组织找到。他在知道自己身世后，再也没有离开过哺育他的那一方土地。刘熊生从没因为自己是革命烈士的后代而对工作和生活提出什么特别的要求，他当了一辈子的山村农民，于 1999 年去世。

③ 于先生：指于右任。于右任（1879—1964），原名伯循，字诱人，被尊称为"右老"。陕西三原人，祖籍泾阳斗口于村，中国近现代教育家、书法家、诗人。

④ 邓宝珊：邓宝珊（1894—1968），名瑜，字宝珊，甘肃天水人，早年参加中国同盟会，中华人民共和国成立后，加入民革，曾任国防委员会委员、西北军政委员会委员、甘肃省人民政府主席、甘肃省省长；全国政协第一届委员、全国人大代表、民革中央副主席和全国政协常委。

⑤ 叔振：即王叔振（1906—1935），陕西三原人。原名淑贞，在西安女子师范学校学习期间经常到西北军营宣传革命，因此与刘伯坚结识，两人互生爱慕之情，后与刘伯坚结婚，加入中国共产党。1930年，她和刘伯坚一起进入中央苏区。她先后担任中央苏维埃政府秘书、中共苏区中央局秘书科长。1935 年春，在刘伯坚被敌人杀害之前，已

被杀害，年仅 30 岁。

⑥ 瑞金、会昌、雩都、赣州：现都属于江西省赣州市所辖。瑞金，今瑞金市，江西省辖县级市，由赣州市代管，位于江西省南部，武夷山脉南段西麓，赣江东源，贡水上游。会昌县，隶属江西省赣州市。地处江西省东南部，东邻福建、南靠广东，为赣粤闽"三省通衢"，会昌县是革命老区，存有会（昌）、寻（乌）、安（远）中央县委旧址、中共粤赣省委旧址等红色革命遗址。雩都，今作于都县，江西省赣州市辖县，位于江西省南部，赣州市东部，贡水中游。东邻瑞金市、会昌县，南连会昌县、安远县。于都县是中央苏区时期中共赣南省委、赣南省苏维埃政府所在地，是中央红军长征集结出发地、中央苏区最后一块根据地、南方三年游击战争起源地、长征精神的发源地、中央苏区全红县之一和苏区精神的形成地之一，诞生了 16 位共和国将军。赣州，1932 年，江西省划为 13 个行政督察区，赣南各县分属第九、十一、十二、十三督察行政区。

【品读感悟】

读《刘伯坚写给家属至亲的信》有感

　　读完刘伯坚烈士的这封家书，我久久不能平息，我在想，到底是多么强大的力量才能支撑起这无私的精神。文字里没有为生命的即将结束而感到惋惜，只是用平平淡淡地交代了关于孩子的安排。或许，在他眼中，牺牲不过是用自己的热血去沃这片他爱得深沉的热土罢了。自己倒下了，还有孩子带着情怀继续奔赴中国红色的山海。

　　倘若生逢盛世，试问，谁又愿意舍弃妻儿老小？可是，那个连阳光都照不进的时代需要他，身处水深火热的民族需要他，站在希望之光中的新中国也需要他。面对敌人的战书，他不可不接，不得不接！也正是因为刘伯坚烈士和他的战友们义无反顾地前仆后继，新中国才迎来了胜利的曙光。中国红，是革命先烈们用热血挥洒出来的，他们唱着战歌，吹响号角，向战场奔跑，也向黎明奔跑，骋而不息。他们不怕牺牲，因为深知自己的身后还有着千千万万的后继者。

刘伯坚烈士在牺牲前，嘱托亲人将孩子们培养成革命的种子，可见其信念的坚定、情怀的纯粹。孩子们长大后定会和自己的父亲一样担当起革命大任，继续奔跑。他们的父亲牺牲了，却留下了自己的火种，是足以燎原的星星之火，是代代相传的革命之火。前辈们心甘情愿将自己的一切交付祖国，只求自己的民族永远屹立于世界民族之林，只求这穿越千年的历史永垂不朽。

百年后，我们生活在一个和平的国家，身处一个前所未有的伟大时代。在红色光芒照耀下的我们，每一个人都不能忘记那些为革命事业、为民族大义而献身的先烈。祖国如今的繁荣昌盛是他们的丰功伟业，那些他们曾经渴望的幸福和光明我们看到了——国泰民安，太平盛世。

吾辈青年，当续写时代华章，传承革命精神。20世纪那场革命的胜利来之不易，今天这场意识的斗争、灵魂的革命也同样要经过拼搏和奋斗才能取得胜利。革命或许不再需要流血牺牲，但革命者的精神我们要永远地传承和发扬。请烈士们放心，你们的忠魂由我们来守护，你们留下来的历史遗产我们将倍加珍惜。我们将不辱使命，在广阔的海域和浩荡的苍穹中继续奔跑，奔向下一场山海。

（袁馨蕊　2023届）

读《刘伯坚写给家属至亲的信》有感

刘伯坚在1935年3月20日写给家人的信给人留下了深刻的印象。这封信展现了他的真诚和坚定的信念，文字中透露出他内心深处对于家庭及国家的关怀之情。这封信不仅仅是一封简单的书信，更是一段历史的见证，读后让人不禁感慨万分。

信中，他表达了对自家孩子的挂念及对叔嫂的愧疚，这种柔软情感在他坚毅的外表下体现得淋漓尽致。他用真诚的文字向家人表达了下一代在他心中的重要性，展现出一个父亲对孩子真挚的情感和深深期许。他没有忘记自己离家已久的孤独，也没有忘记在历史节点上的厚重使命。这种关怀不仅仅体现了他作为一位兄弟和一位父亲的责任感，也体现了他作为一位志士仁人的家国情怀。

信中，他还表达了对国家和社会的深切关注。他关注着国家的发展和民众的生活，对社会问题充满忧虑。他在信中多次表达自己对革命事业坚定的态度，提出了不让家人前来营救的请求，并且殷切地希望自己的孩子也能走上这条道路。这样的关注和思考展现了他作为一位知识分子的责任感和担当精神。他没有局限于自己的小家庭，而是真正关心着国家和社会的繁荣与进步。

回望这个时代，作为新时代青年的我们需要学习那份坚毅与奉献。点点星火方能汇聚时代的火焰。我们需要刘伯坚的奉献精神，让这份赓续传承。我们需要那一份坚毅的精神，只有这份坚韧才能让我们在一次次挫折中勇敢面对。挑战从不是独属于那个时代人的标签。放眼如今，到处是危机，只有将刘伯坚话语中的那份精神深深铭记，我们才能像《义勇军进行曲》里唱的那样，不断向前进！

刘伯坚在1935年3月20日写的信，是一份珍贵的遗产，它凝聚了时代的记忆和人们的期许，也让后世阅读的人们进行反思与学习，从里面找到那个时代坚韧的精神。

（张长进　2023届）

烈士家书颂英勇　再现峥嵘凝初心：
希望不要忘记你的母亲是为国而牺牲的[1]

【荐读理由】

　　有这样一封信，是一位母亲在战火纷飞的年代，冒着生命危险给予儿子最后的嘱托。有这样一封信，跨越百年，仍让人敬佩不已。这封信包含着伟大的母爱，更充满了为了国家甘愿抛头颅洒热血的伟大精神。

　　赵一曼是一位勇敢的战士，在与日军的战斗中受伤被俘。她遭受了酷刑，但坚决保持沉默。在预感生命即将结束的时刻，她牵挂着自己的儿子，但与普通母亲不同的是，她没有哭泣，也没有流露出悲伤，而是展现出坚毅果敢的态度。她深知"无以为国，何以为家"，希望儿子能够继承她的革命精神，茁壮成长，并用自己的力量来安慰他在九泉之下的母亲。儿子是她最后的希望，她期待他能够努力学习，担负起祖国的重任。她深信儿子有能力继承她的革命遗志，为中国的抗日事业贡献自己的力量。

　　这封家书让人感受到母爱的伟大，也让人感动于作为一名抗日英雄的崇高品质。赵一曼展现了柔情与坚毅并存的特质，她和其他革命斗士一样，用鲜血和泪水铺就了中华民族的辉煌道路。我们应该铭记这些烈士，学习他们的精神，珍惜当下。同时，我们也应该以他们为榜样，肩负起家国情怀，承担起自己的责任和义务，为祖国的繁荣昌盛贡献自己的力量。

（荐读人：郭雅琪[2]）

1　恽代英，邓中夏，赵一曼，等著. 红色家书［M］. 海口：南方出版社，2021.
2　郭雅琪，可克达拉市镇江高级中学语文教师，二级教师。曾获师市级教师基本功大赛二等奖，指导学生参加全国学生作文新奥赛荣获一等奖。

【书信原文】

赵一曼致子书两封

宁儿①：

母亲对于你没有能尽到教育的责任，实在是遗憾的事情。母亲因为坚决地做了反满②抗日的斗争，今天已经到了牺牲的前夕了。母亲和你在生前是永久没有再见的机会了。希望你，宁儿啊！赶快成人，来安慰你地下的母亲！我最亲爱的孩子啊！母亲不用千言万语来教育你，就用实行来教育你。

在你长大成人之后，希望不要忘记你的母亲是为国而牺牲的！

一九三六年八月二日

你的母亲赵一曼于车③中

宁儿：

母亲到东北来找职业，今天这样不幸的最后，谁又能知道呢？

母亲的死不足惜，可怜的是我的孩子，没有能给我担任教育的人。母亲死后，我的孩子要代替母亲继续斗争，自己壮大成长，来安慰九泉之下的母亲！你的父亲④到东北来死在东北，母亲也步着他的后尘。我的孩子，亲爱的可怜的我的孩子啊！

母亲也没有可说的话了，我的孩子要好好学习，就是母亲最后的一线希望。

一九三六年八月二日

在临死前的你的母亲

【作者简介】

赵一曼（1905—1936），原名李坤泰，又名李一超，人称李姐。四川省宜宾县白花镇（今属宜宾市翠屏区）人。中国共产党党员，抗日民族英雄，曾就读于莫斯科中山大学，毕业于黄埔军校六期。1935 年

担任东北抗日联军第三军二团政委，1936 年 8 月，在与日寇的斗争中被俘壮烈牺牲于珠河县小北门外，年仅 31 岁。赵一曼留有诗篇《滨江述怀》，其故里宜宾有赵一曼纪念馆，相关电影有《赵一曼》《我的母亲赵一曼》等。2010 年被评为"100 位为新中国成立作出突出贡献的英雄模范人物"之一。

【探微索迹】

赵一曼像

① 宁儿：原名陈掖贤，赵一曼与陈达邦之子，出生于 1929 年 1 月 21 日，恰逢列宁逝世五周年纪念日，因以宁名。1931 年"九一八"事变后，赵一曼离开年幼的他前往东北，奋力投入抗日战争中。直到 1950 年赵一曼的英雄事迹在国内宣传后的某一天，他才得知那个英勇女侠、那个誓死不屈的抗日女英雄，人们口中的赵一曼竟是自己的母亲。

② 反满：指的是反对伪"满州国"的统治。在抗日战争时期，"满"指的是伪"满州国"，而不是指"满族"。伪"满州国"是日本侵略中国东北后建立的傀儡政权，"反满"运动是为了反抗这个政权的统治。1934 年 7 月间赵一曼根据中共满洲省委的决定，来到哈尔滨东南山区的珠河县抗日游击区，担任中共珠河中心县县委委员、县委特派员和县妇女会负责人。她在发动群众、建立和保卫珠河根据地、支援游击队、打击敌人等方面做了大量工作。1935 年，她被任命为东北人民革命军第三军第一师第二团政委，率部活动于哈尔滨以东地区，给日伪以沉重的打击。

③ 车：囚车。1936 年 8 月 2 日，日军用囚车将赵一曼押往珠河并"游街示众"。赵一曼在囚车中留下这封家书后，被日军残忍杀害。

④ 你的父亲：即赵一曼丈夫陈达邦，湖南长沙人。

【品读感悟】

国在则家安

——读赵一曼留信有感

一张信纸，让我在混沌中仿佛看到了那个"未惜头颅新故国，甘将热血沃中华"的奇女子，跨越几十载春秋，隔着光晕像是仍能看到她伏案提笔、悲痛而又坚定的模样。

她爱她的孩子，可是"欲安其家，必先安其国"，在国家"山河破碎风飘絮"之际，谁又能逃过战乱飘零、火光纷飞。我隔着时间的长河，看到她与同志们共同起义，看着他们在昏黄的灯火下谈着"敢教日月换青天"的壮志，流露着"路有冻死骨"的愤怒，发出国泰民安的誓言。他们的眼睛亮晶晶的，映出莹莹的星河。她加入反抗日军的战争，左腿骨被子弹打穿，血液在雪地上绽放出红色的花。她在狱中抱着必死的决心，忍受下那些惨无人道的酷刑，血混着泥土在她的脸上。她头发散乱着，新旧疤痕交错，甚至露出森森白骨，与旁边碳化的血肉形成强烈的对比，她仍然笑着与旁人打趣"白山黑水除敌寇，笑看旌旗红似花"。在即将奔赴刑场之际，她将无法陪伴孩子的遗憾，和对孩子浓浓的爱与这崇高的革命理想凝在一封信中，一张纸上，泪水滴落在信上，又被她轻轻拭去。最后的画面定格在刑场上，她对侵略者的轻蔑一笑。

赵一曼用自己的行动去冲击那个时代强加在女性身上的枷锁，三从四德、怀刑自爱、贤良淑德、贤妻良母……每一个都是那个时代对女性思想的束缚。她却诠释女性绽放光彩不需要依靠男人，她超越了那个时代的许多男人，在家国危难之际挺身而出。她也舍不得孩子，也许她犹豫过、胆怯过，为了可爱的儿子心软过，可是她依旧站出来了，成为众多革命战士中的一员，在历史上留下浓墨重彩的一笔。

赵一曼，她是觉醒的新时代女性，她在那个动荡的年代挺身而出。她似水温柔，却又铁骨不屈，她"生为人民干部，死为革命英雄。临敌大节不辱，永记人民心中"！

（张娴雅　2022 级）

生如逆旅，一苇以航

　　生命是个永恒的话题，人们不断讨论生的意义。当夜幕席卷了整个天空，我看到那尘封的信，风吹过，疏影摇曳间，我看到了赵一曼，一位坚毅而伟大的母亲。

　　那天，她站在孩子和坟墓中间，进行着生与死的对话，对儿子的爱最疼痛的部分是牵挂。可赵一曼一生忠于党，于是这个同样是血肉之躯但不普通的人写下了那封最沉痛的爱。她用短短的一生告诉儿子："生如逆旅，一苇以航。"

　　1935 年，赵一曼为掩护部队被俘，日军为此兴奋至极。为了通过赵一曼得到想要的情报，日军在她伤口上撒盐，用鞭杆戳到骨头里搅动，二十多块碎骨头散落在肉里，十根手指没有一片指甲……就是在这样惨无人道的严刑逼供下，赵一曼依然没有说出任何情报，她用生命演绎了"玉可碎而不可改其白，竹可焚不可毁其节"的烈士风骨。被日军残忍杀害的那一年，赵一曼仅仅 31 岁。

　　赵一曼的一生短暂而绚烂，而她的生命是有光的。这光微而不弱，在熄灭之前，足以充塞天地，烛照人间！于是她照亮了一片天，却只留下一抹光辉给儿子。她在信中写着"母亲死后，我的孩子要代替母亲继续斗争"，这不禁让我为英雄掩泪。赵一曼生在满是泥泞的时代，她的生命属于党，她的信仰光芒万丈。我想，可能那个一腔孤勇、从不逊儿郎的奇女子，或许想化身一条长长的路，无论她的宁儿走到哪里，她都伴随；化身为山，无论宁儿多么高大的身躯，她都愿意为儿子遮风挡雨，让儿子心安神怡……可她深深记得自己先是为国奋斗的共产党员，而后才是一个牵挂孩子的母亲。在她何其短暂的一生，她用实际行动告诉了儿子生命的意义——"生如逆旅，一苇以航"，这也是我读到那封抵万金的家书最动容的原因之一。是赵一曼，是千千万万个革命者，演绎着"生"的意义，不屈服，压不垮，即使是一叶扁舟，也在逆境中探索前进，印证着那句"风起于青萍之末，浪成于微澜之间"。他们用生命和鲜血点燃了青春，诠释了生命何其伟，唤醒了迷茫，昭示了未来。

　　与革命先辈们相比，我们所处的时代更加稳定，国家也更加富强。身处当下的中国青年，虽无须焦虑如何救国救民，但这并不意味着可以抛却"挽狂澜于既倒，扶大厦之将倾"的强烈责任感，不意味着可以忘却"白眼观天下，丹心报国家"的拳拳爱国之心，而是要勤学本领广增见识，摆脱"冷气戾气"和"暮气邪气"，经营好自己的一片天地。

　　昔日，华夏火炬在先辈手中重燃，先辈不惧年少，以青春提火驱逐黑暗，照亮祖国前行。"宣父犹能畏后生，丈夫未可轻年少"，当今青年，也当以天地立心，为生民立命，为万世开太平为指引，做祖国灯火的守护者。接过先辈手中的火炬，以坚守对待坚守，让华夏之火经久不灭。行走于这片沃土上，感受无数先辈共同创建的今日盛世，感叹人生在世，繁华依旧。若生命之路磕磕绊绊，请带着华夏文明延续的火种，继续向前，映照前人，"生如逆旅，一苇以航"！

（杨金萍　2022级）

薄信笺忆叙深情　亲姐弟共望山河：
有你们，中国是不会亡的[1]

【荐读理由】

这是萧红写给弟弟张秀珂的一篇书信体回忆散文，她于漫漫时光中回忆了自己与弟弟1931年至1941年十年间的往来经历，信中语言简练真实、朴素优雅，如同一条缓缓流淌的河水，流淌着对弟弟点点滴滴的记忆与思念，那些曾短暂相逢相处的画面历历在目，还有那些马不停蹄奔波中的错过又充满遗憾和落寞。

她不曾想过，那个在家门口玩耍的懵懂少年可弟竟然成长为一名小战士，还会说出一些颇为深奥的话语；她不曾想过，那个单薄的身影、瘦弱的肩膀如今也能扛着枪冲上抗战的前线。当她看到好多跟弟弟年纪相仿的年轻人"内心充满了力量，都怀着万分的勇敢，只有向前，没有回头"，她就相信胜利一定属于这一群快乐的小战士："有你们，中国是不会亡的。"她眼中的这群年轻人，是力量，是希望，是未来。生命的过程，也许就是逐渐寻见信仰并奋力守护信仰的过程。不论是与封建家庭最先割裂的姐姐萧红，还是后来离开家乡参军抗日的弟弟，在那个动荡破败的岁月里，为了理想和信仰都无怨无悔，他们无所畏惧地争取着，奋斗着。

萧红的一生是柔弱飘零的，但又是具有强大生命力的。她对"爱与自由"的强烈追逐反噬了她生命的余量，但同时让她观照到更多生命的"爱与自由"。在这封最后发表的公开信中，她把对弟弟的爱、对

1　林贤治. 萧红全集［M］. 北京：人民文学出版社，2020.

家乡的爱、对国家民族的爱全部融合在自己生命的尽头，深情致敬那些跟弟弟一样的抗战青年；她把对"爱与自由"最后的祈望寄寓在了中国革命胜利后的第一轮红日，让我们看到了一个爱国女作家深广的心灵和深厚的情怀。

在这个故事中，时代的旷远与历史的更迭能更加深刻地引发学生对"自我生命价值和意义"的思考和回答。生命教育是一个永恒的话题，通过萧红与弟弟的故事，我们不仅能看到生命的渺小和短暂，更能感受到生命的坚韧和力量。学生在面对生活学习中的挫折与困难时，能够有更坚强的意志、更强大的内心去面对现实，去接受自己和他人的不完满，成全生命的起伏常态并积极接续生命的延伸。

对生命的信仰、对爱的信任能给予人类无穷的力量。人们往往由此可以主动观照更多的生命体态，在摇晃的人间和摆动的成长中学会责任与担当，学会付出和牺牲。而这正是我们对学生进行社会主义核心价值观培养的重要内容。我们无比地期望这些朝气蓬勃的孩子，就像萧红眼中那些同弟弟一样快乐的"小战士"，带着涌动的、乐观的、坚强的生命节律迎接最美的朝阳。

（荐读人：赵荣[1]）

【书信原文】

"九一八"致弟弟书

可弟[①]：

小战士，你也做了战士了，这是我想不到的。

世事恍恍惚惚的就过了[②]。记得这十年中只有那么一个短促的时间是与你相处的，那时间短到如何程度，现在想起就像连你的面孔还没有来得及记住，而你就去了。

记得当我们都是小孩子的时候，当我离开家的时候，那一天的

1　赵荣，可克达拉市镇江高级中学语文教师，一级教师。

早晨，你还在大门外和一群孩子们玩着，那时你才是十三四岁的孩子，你什么也不懂，你看着我离开家向南大道上奔去，向着那白银似的满铺着雪的无边的大地奔去。你连招呼都不招呼，你恋着玩，对于我的出走，你连看我也不看。

而事隔六七年，你也就长大了，有时写信给我，因为我的漂流不定，信有时收到，有时收不到，但在收到信中我读了之后，竟看不见你，不是因为那信不是你写的，而是在那信里边你所说的话，都不像是你说的。这个不怪你，都只怪我的记忆力顽强，我就总记着，那顽皮的孩子是你，会写了这样的信的，会说了这样的话的，那能够是你③。比方说——生活在这边，前途是没有希望，等等。

这是什么人给我的信，我看了非常的生疏，又非常的新鲜，但心里边都不表示什么同情，因为我总有一个印象，你晓得什么，你小孩子，所以我回你的信的时候，总是愿意说一些空话，问一问家里的樱桃树这几年结樱桃多少？红玫瑰依旧开花否？或者是看门的大白狗怎样了？关于你的回信，说祖父的坟头上长了一棵小树。在这样的话里，我才体味到这信是弟弟写给我的。

但是没有读过你的几封这样的信，我又走了。越走越离得你远了，从前是离着你千百里远，那以后就是几千里了。

而后你追到我最先住的那地方，去找我，看门的人说，我已不在了。

而后婉转的你又来了信，说为着我在那地方，才转学也到那地方来念书。可是你扑空了。我已经从海上走了。

可弟，我们都是自幼没有见过海的孩子，可是要沿着海往南下去了，海是生疏的，我们怕，但是也就上了海船，飘飘荡荡的，前边没有什么一定的目的，也就往前走了。

那时到海上来的，还没有你们，而我是最初的。我想起来一个笑话，我们小的时候，祖父常讲给我们听，我们本是山东人，我们的曾祖，担着担子逃荒到关东的。而我们又将是那个未来的曾祖了，我们的后代也许会在那里说着，从前他们也有一个曾祖，坐着渔船，逃荒到南方的。

我来到南方，你就不再有信来。一年多又不知道你那方面的情形了。

不知多久，忽然又有信来，是来自东京的，说你是在那边念书了。恰巧那年我也要到东京去看看。立刻我写了一封信给你，你说暑假要回家的，我写信问你，是不是想看看我，我大概七月下旬可到。

我想这一次可以看到你了。这是多么出奇的一个奇遇。因为想也想不到，会在这样一个地方相遇的。

我一到东京就写信给你，你住的是神田町，多少多少番④。本来你那地方是很近的，我可以请朋友带了我去找你。但是因为我们已经不是一个国度的人了，姐姐是另一国的人，弟弟又是另一国的人。直接的找你，怕与你有什么不便。信写去了，约的是第三天的下午六点在某某饭馆等我。

那天，我特别穿了一件红衣裳，使你很容易的可以看见我。我五点钟就等在那里，因为我在猜想，你如果来，你一定要早来的。我想你看到了我，你多么喜欢。而我也想到了，假如到了六点钟不来，那大概就是已经不在了。

一直到了六点钟没有人来，我又多等了一刻钟，我又多等了半点钟，我想或者你有事情会来晚了的。到最后的几分钟，竟想到，大概你来过了，或者已经不认识我，因为始终看不见你。第二天，我想还是到你住的地方看一趟，你那小房是很小的。有一个老婆婆，穿着灰色大袖子衣裳，她说你已经在月初走了，离开了东京了，但你那房子里还下着竹帘子呢。帘子里头静悄悄的，好像你在里边睡午觉的。

半年之后，我还没有回上海，不知怎么的，你又来了信，这信是来自上海的，说你已经到了上海，是到上海找我的。

我想这可糟了，又来了一个小吉卜西⑤。

这流浪的生活，怕你过不惯，也怕你受不住。

但你说："你可以过得惯，为什么我过不惯。"

于是你就在上海住下了。

等我一回到上海，你每天到我的住处来，有时我不在家，你就在楼廊等着，你就睡在楼廊的椅子上，我看见了你的黑黑的人影，我的心里充满了慌乱。我想这些流浪的年轻人，都将流浪到那里去，常常在街上碰到你们的一伙，你们都是年轻的，都是北方的粗直的青年。内心充满了力量，你们是被逼着来到这人地生疏的地方，你们都怀着万分的勇敢，只有向前，没有回头。但是你们都充满了饥饿，所以每天到处找工作。你们是可怕的一群，在街上落叶似的被秋风卷着，寒冷来的时候，只有弯着腰，抱着膀，打着寒战⑥。肚里饿着的时候，我猜得到，你们彼此的乱跑，到处看看，谁有可吃的东西。

在这种情形之下，从家跑来的人，还是一天一天的增加，这自然都说是以往，而并非是现在。现在我们已经抗战四年了。在世界上还有谁不知我们中国的英勇，自然而今你们都是战士了。

不过在那时候，因此我就有许多不安。我想将来你到什么地方去，并且做什么？

那时你不知我心里的忧郁，你总是早上来笑着，晚上来笑着。似乎不知道为什么你已经得到了无限的安慰了。似乎是你所存在的地方，已经绝对的安然了，进到我屋子来，看到可吃的就吃，看到书就翻，累了，躺在床上就休息。

你那种傻里傻气的样子，我看了，有的时候觉得讨厌，有的时候也觉得喜欢，虽是欢喜了，但还是心口不一地说："快起来吧，看这么懒。"

不多时就"七七"事变，很快你就决定了，到西北去，做抗日军去。

你走的那天晚上，满天都是星，就像幼年我们在黄瓜架下捉着虫子的那样的夜，那样黑黑的夜，那样飞着萤虫的夜。

你走了，你的眼睛不大看我，我也没有同你讲什么话。我送你到了台阶上，到了院里，你就走了。那时我心里不知道想什么，不知道愿意让你走，还是不愿意。只觉得恍恍惚惚的，把过去的许多年的生活都翻了一个新，事事都显得特别真切，又都显得特别的模糊，真所谓有如梦寐了。

可弟，你从小就苍白，不健康，而今虽然长得很高了，仍旧是苍白不健康，看你的读书，行路，一切都是勉强支持。精神是好的，体力是坏的，我很怕你走到别的地方去，支持不住，可是我又不能劝你回家，因为你的心里充满了诱惑，你的眼里充满了禁果。

恰巧在抗战不久，我也到山西去，有人告诉我你在洪洞⑦的前线，离着我很近，我转给你一封信，我想没有两天就可以看到你了。那时我心里可开心极了，因为我看到不少和你那样年轻的孩子，他们快乐而活泼，他们跑着跑着，当工作的时候嘴里唱着歌。这一群快乐的小战士，胜利一定属于你们的，你们也拿枪，你们也担水，中国有你们，中国是不会亡的。因为我的心里充满了微笑。虽然我给你的信，你没有收到，我也没能看见你，但我不知为什么竟很放心，就像见到了你的一样。因为你也是他们之中的一个，于是我就把你忘了。

但是从那以后，你的音信一点也没有的。而至今已经四年了，你到底没有信来。

我本来不常想你，不过现在想起你来了，你为什么不来信。

于是我想，这都是我的不好，我在前边引诱了你。

今天又快到"九一八"了，写了以上这些，以遣胸中的忧闷。

愿你在远方快乐和健康。

萧红

【作者简介】

萧红（1911—1942），原名张乃莹，祖籍山东，黑龙江呼兰县人，中国近现代女作家，"民国四大才女"之一，被誉为"20世纪30年代的文学洛神"。1930年，为了躲避包办婚姻，萧红第一次离开自己的家庭和故乡。1934年，萧红因作品《跋涉》中大部分作品揭露了日伪统治下社会的黑暗，引起特务机关怀疑而逃离哈尔滨。抗日战争全面爆发后，弟弟张秀珂选择去西北参军，而萧红辗转多处，至此她与弟弟完全失联。

1941年9月，身患重病的萧红在病榻上写了给弟弟的信，因无处投寄，在《大公报》以《"九一八"致弟弟书》为名发表。1942年1月，萧红病逝，年仅31岁。她至死也没能收到弟弟的任何消息。数月之隔的1942年夏天，张秀珂无意间从报纸上读到一篇悼念萧红的文章，这才得知自己在人间仅有的姐姐，已于战乱与贫病的困厄中殒命南国……

萧红短短31年的人生，却有9年的文学创作生涯。她的文字、她的情感、她的生命都与那个时代背景深刻紧密地交缠在一起。尽管命运不济，但她用坚强、鲜明的笔触写下了诸多优秀的文学作品，很多作品紧扣抗日主题，表达了对中国底层弱势群体的观照。曾有人评价道："她的文学作品中大多歌颂了人民的觉醒、抗争，带有鲜明的现实主义进步色彩。"

【探微索迹】

① 可弟：张秀珂（1916—1956），萧红胞弟。1935年夏留学日本，入早稻田大学预科。1936年秋，因受日本警察的监视被迫中断学业回国。同年12月到上海，追随姐姐的脚步。1937年11月至1938年3月，张秀珂随部队转战于山西昌梁山区、洪洞、赵城、孝义、汾阳、蒲县、隰县等地。

② 的：应为"地"，"恍恍惚惚地过"。当时"的地得底"不分，通用。下文同，不出校勘记。

③ 那："哪"的意思。下文同，不出校勘记。

④ 番：日语中有"序号、门牌编号"的意思。

⑤ 吉卜西：也译作吉卜赛、吉普赛。吉卜赛人以流浪为生。

⑥ 寒战：寒颤。

⑦ 洪洞（tóng）：今属山西省临汾市。

【品读感悟】

读《"九一八"致弟弟书》有感

低头阴霾，抬首阳光，我摆脱不了所有的阴霾，故只追寻黑暗中的一缕阳光。我们要相信，黑暗的尽头会有光。在曾经那个黑暗的时代有一个热爱光明，追求光明的人，她从不畏惧对抗黑暗的苦难，而是以光明为信仰，永远奔波在追求自由的路上。

读了这封书信之后，从那字里行间我看到了萧红对知识及自由的渴望，即便舍不得亲情也要勇敢追求未来，以至于在后来与弟弟的书信来往中也略显生疏。但信中又透露着她对弟弟血浓于水的想念与疼爱。她总是不希望弟弟有太多的烦恼，常常和他聊一些院中的花草树木，可当弟弟来到她面前时，她才意识到弟弟长大了，他也同自己一样在寻找一个光明而自由的未来。

后来得知弟弟毅然决然地参加抗日成为一名小战士时，她的心中纵有万般不舍与担心，但也没有阻拦。因为她明白，弟弟也同她一样，有着一腔的爱国热血。再后来她看到了同弟弟一般的一群热血青年正轻哼着歌，活泼地奔跑着。萧红仿佛看到了自己的弟弟，她的心中坚信胜利一定属于这群爱国青年。

萧红和她弟弟用自己的一腔热血为国家献出了一份力，正是因为有他们这样的千千万万个热血青年托举起祖国的太阳，我们才能享有现在的美好时光，在幸福安宁的岁月中自由成长，而我们也必定能汇聚成坚不可摧的前进力量，推动中国号巨轮驶向更开阔的水域、扬帆万里航程。

（巴音巴特·格丽　2022级）

年华易逝，亲情不朽

亲情是什么？我认为，亲情是朱自清文中父亲的背影；亲情是孟郊《游子吟》中慈母手中的根根针线；亲情是苏轼"但愿人长久，千里共婵娟"的千里祝愿。我想，它更是萧红写给弟弟的那封跨越时间长河，充满深重家国情怀的家书。小小家书，写出的是浓浓亲情；大大情怀，表现的是浓浓的爱国情。

萧红因肺结核和恶性气管扩张病逝于香港。远在异乡缠绵病榻的她，临死都在思念的苦海中眺望着，奈何没有收到弟弟的任何回音。

这封家书中几处都提到萧红对弟弟童年的回忆：

"记得当我们都是小孩子的时候，当我离开家的时候，那一天的早晨你还在大门外和一群孩子玩着，那时你才是十三四岁的孩子，你什么也不懂，你看着我离开家向南大道上奔去……"读到此处，我从这些平实絮叨的文字中体会到了那份阳光下的温情与惬意，恍惚之间，我仿佛置身于属于萧红的"呼兰河"中那一方小小的天地，那儿有她视若珍宝的童年时光，那儿是她对生命中爱与自由热望的起源。

萧红最后在信中说："愿你在远方快乐和健康。"这是一位姐姐对弟弟最真挚的祝福，她多么希望能再见一见自己的胞弟呀！然而日军的侵略战火的阻隔，让她最终都未能如愿。漫漫生死长河，终究挡不住脉脉姐弟深情。1956年，早已因病无法执笔的张秀珂，在病床之上口述了一篇《回忆我的姐姐萧红》，来纪念他的姐姐。这一种可以跨越时空的力量，即使他们身处两地，阴阳两隔，即使是如今在屏幕前阅读的我们，也能感受到那份温暖的姐弟情。萧红和她的弟弟用笔、用生命，毅然走在革命的道路上，感动着无数有志青年，激励着他们投身伟大的革命事业。同时也告诉现在的我们：珍惜世间深挚的亲情，永远怀有对祖国和人民不变的热爱！

（陈小倩　2022级）

读《“九一八”致弟弟书》有感

　　这封家书是一个姐姐对弟弟的殷切期盼，对弟弟的谆谆教诲，饱含着爱与深情；这是一个久陷黑暗的人对光明来临的渴望，以及对胜利光辉必将到来的坚定。萧红写下这封《“九一八”致弟弟书》时正伏卧病榻，在生命的尽头她用回忆顾念时光，叙说着对弟弟无尽的思念和牵挂。

　　开篇一句“小战士，你也做了战士了，这是我想不到的”，一下拉开了记忆的洪闸。她想到自己离开家时，弟弟青涩的模样，一时竟不敢相信那个只顾贪玩、不顾招呼的弟弟如今成长为一个独当一面的男子汉，作为姐姐的萧红不禁感慨万千。

　　一别经年，奔忙中萧红与弟弟多次错过，那些遗憾和落寞终掩饰不住。在与弟弟碰面时又是欣喜又带着些埋怨“快起来吧，看这么懒”。含蓄内敛的姐姐心口不一，用别样的方式表达对弟弟的思念和关爱。弟弟也以姐姐为榜样，冲破束缚寻找着自己的人生信仰，一路追随着姐姐，为中国谋求出路。

　　在信的末尾，萧红鼓励弟弟和他的战友要勇于斗争，“中国有你们，中国不会亡”，这是萧红对抗日必胜的火热坚定，是对抗日青年的绝对赞美，同时她也对弟弟寄予殷切期盼，祝福他在远方能够健康快乐。

　　这篇文章文字简洁朴实，仅仅数笔就将一个质朴的爱国青年的成长动态呈现出来。她以简单的语言表达着深刻而复杂的感情，朴实的文字传递着普通的道理，自然且真挚。尽管姐弟俩聚少离多，一路坎坷，但他们彼此之间的情谊却愈加深厚。他们用一封封不知能否寄到对方手里的书信相互联系，相互鼓励，在有限的生命中接续对爱与自由的无限追求，共同展望民族与国家的未来。

（查汗别力克·叶尔登塔娜　2022 级）

跨越天山南北　书写新疆大美：
见证新疆和平解放之初新气象[1]

【荐读理由】

写一封信需要花费几天的时间，它里面有怎样的情深意长？一封普通的家书历经半个多世纪后具有了"史料"价值，它里面有怎样的曲折故事？一个翻越千山万水车行一个多月才到达的地方，又有怎样的魔力让这个名叫关群的 20 岁姑娘抛洒青春终生无悔？

新中国成立之初，一群群热血青年响应党的号召，到农村去，到边疆去，到祖国最需要的地方去，由此成为新中国的第一批建设者，这封信就是在这样的背景下写成的。关群刚刚高中毕业，就从家乡长沙不远万里来新疆参军，这是她来新疆一个多月后给家人的一封家书。她当时写了很多家书，但是保留下来的就这一封，由于它的史料价值，这封信被中国历史博物馆（现中国国家博物馆）收藏。这封信虽然信纸已经发黄变脆，字迹褪色模糊，但其中描述的从西安到迪化（今乌鲁木齐）的一段曲折而有趣的经历，见证了新疆和平解放初期的新气象。

这封家书的文字朴实，清新动人，充满了乐观的青春气息。读这封信，如同欣赏卷轴画，每到一处就像打开了一幅画面，各地的风土民俗展现在眼前；又如同在读一部个人"西行漫记"：你可以清晰地看到作者从西安出发，途经永寿、平凉、静宁，翻越华达岭到达甘肃兰州，经过武威、张掖、酒泉、嘉峪关到达安西，从玉门关进入新疆哈

1　郝磊，董长洪. 家书 [M]. 乌鲁木齐：新疆青少年出版社，2009. 内容有改动。

密，历鄯善、吐鲁番后终于到达迪化。这段路途地形复杂，爬雪山、经风沙、过火焰山，自然条件恶劣，物质十分匮乏，但你丝毫看不到作者的畏难情绪，反倒时时感受到革命乐观主义精神：甘肃酒泉的灰和当地的石油一样有名，安西的风可以吹起人，哈密瓜把头都甜晕了，吐鲁番葡萄甜得可以把人的嘴上下粘住……这些让人身临其境的记录有没有打动到你？

人民解放军无论走到哪里，从不拿群众的一针一线，即使是群众主动给的，也想办法让对方收下等同当地物价的钱。他们不仅有战天斗地不怕吃苦的艰苦奋斗精神，还有廉洁自律的品格，以及与当地群众主动融合的胸怀和智慧。

关群所写即所见，她身上的不畏艰难的探索精神，自信坚韧的乐观精神，把小我融入革命事业的大局意识……无一不是当代青年学习的榜样。正如关群儿子所说，母亲的家书在亲人们之间"是希望，是安慰，是鼓励，是生活的动力和信心"。

更多的精彩等你来发现……

（荐读人：陈秀凤[1]）

【书信原文】

关群家书一封

亲爱的大姐、哥哥：

我们到迪化①，又有一个多月了，在这长串的日子里，我蛮想接到你们的信，好容易在八日早晨收到大姐的信。在未接到信前，我总这样猜想，你们忙吧！或是信在途中吧！我只有用这些来安慰自己，但是我始终没有接到哥哥的信。现在让我将从西安一直到迪化的情形向你们报道一番。

我们在西安住了二十多天，九月十四号下午三时，继续西去，四十几部崭新的苏联汽车，装载着我们三百多同志，大家都感到很

---

1 陈秀凤，句容市实验高级中学语文教师，高级教师，援疆教师。

兴奋，因为我们都想很快能够到达目的地。

第一晚，住永寿县②，因为地方小，没有这么多东西给我们吃，当地的青年团便发动老百姓送饭给我们吃。我们住在一个中学内，老乡们提着篮子，举着灯，从几里以外的地方送大饼及面片来，这种场面非常感人。我们当然还是照价付钱。我们的伙食是每人每天人民币5000元③

平凉是一个较大城市，这里有大米吃，我们在一个湖北人开的馆子吃饭，掌柜的说："你们革命为我们服务，我们价钱应该公道。"并且我们又是同乡，所以每餐大米饭只要1500元，这种情形在西北是很难得的。

静宁的大饼是全国四大饼之一，饼子有一寸多厚，直径有一尺多长，不同于一般的黑面，每个仅卖1400元，领导要我们买些在路上作为干粮，这种饼可以留一个月还不坏，最大的好处就在这里。

过华达岭时，天气很冷，平日穿两件衣服就足够了，但在山上，非穿棉衣不可，我没有带棉衣，只好躲在被子里。

华达岭从山脚到山顶有百多公里，在白雾朦胧的山上转了大半天。华达岭市镇的毛线是很多的，各种各样的帽子、裤子、衣服都有，据说价钱比兰州、迪化都低些。

十八日晚上到达兰州。兰州城市没有西安大，但小巧玲珑，比西安显得热闹。马车非常讲究，和湖南的花轿一样花，又新，恐怕还有胜过于花轿的，据说和北京的马车很相似。

这里水果特别多，湖南桃子老早就下市了，这里却是桃子最好吃的时候，梨子、西瓜、苹果也都相当多，还有一种华莱士瓜④，据说是华氏来中国西北"观察"带来的瓜种，味道甘甜我们到兰州大学参观过，这是西北的一个大学府，校舍很大，而且还正在建设新房子，每栋房子都以西北的山名命之，什么"昆仑堂"、"祁连堂"……

兰大后面就是黄河大铁桥，黄河里面的皮筏子最使我们感到惊奇，由六七只到二十几只不等的羊皮拼起来的，像杀完了的猪吹气

一样，把羊皮筏吹起，上面放板子，大的可坐十几人，小的可坐数人。

苏联的友人在兰州很多，白俄也多，他们每天早上拿着扫帚，结队站在街口，男男女女，准备替别人刷墙和工作的。

二十二号离开兰州。

武威的猪肉在西北是有名的，又多又便宜。香肠只要2500元人民币一斤，吃惯大肉的湖南老乡都买了一些作为路上吃用（因为西北多吃牛羊肉）。

张掖的大米也是有名的，队上买了好几石，因为过酒泉后的地方连大饼也买不到，到了酒泉后，我们自设锅灶可以解决今后的民生问题了。

酒泉的灰尘和当地的石油一样有名，平均地上有一寸多厚，不刮风则已，一刮风就天昏地暗。我们在酒泉的街上看见藏族的女人，身上花花绿绿，头上小指头粗的辫子怕莫有百把个⑤。十月一日上午八时到玉门关，玉门是产石油的地方，可惜油场太远，我们不能去参观。这伟大的国庆日，我们不会因为旅途的疲劳而对它的重要性有所忽视，所以在玉门就与汽车八连的驾驶员同志联合举行庆祝，仪式虽然简单，但是意义是非常重要的。

我们经过长城的终点嘉峪关，被称为中国几大工程之一的万里长城坍塌了许多，它已失掉了它在历史上的重要性，陡然成了挡住我们视线的障碍物。

安西——这是我们经过甘肃省的最后一个镇，这里的风是有名的，人站着不动，它可以吹起你走。

"河西走廊"走完了，这是一个狭形的地区，我们经过了一片走了四五个小时都没有人的沙漠，汽车在沙漠上笔直地奔驰着，我们的风镜和口罩上都沾满了黄色的沙土。祁连山上连草也没一根，这种几十、百把公里没有人烟的地方，我还是第一次看到呢！

　　进关了……到星星峡大家都感到兴奋轻松，因为到了新疆境内了。十月三日到哈密，这里是西域风俗，本地人的语言、服装、习惯和我们都不同，妇女、小女孩都喜欢穿着大红的洋服，头上则不论男女都有一顶绣满了花的小帽，女的辫子长长的。

　　民族军尤其神气，服装和苏联陆军差不多，质料是呢子的，肩章是绿色红边，也是革命队伍，因为受不住反动派的迫害，他们自己组织起来了。在解放军没有到新疆的时候，新疆就已经解放了两个城市，这都是自觉自发的民族军的功劳。

　　还没有到哈密，我们对哈密瓜就已经垂涎三尺了。到哈密一下车，街上就布满了招聘团的同志们，尤其是哈密瓜摊前人最多。

　　哈密瓜与西瓜不同，是橄榄形，上面有很美丽的突出花纹，里面的瓜子与湖南的黄瓜子一样都集中在瓜的中间，有红瓤、白瓤两种，红瓤的瓜最吃香。因为本地人是最爱红色的，口味大致相同，我们常买来吃，有的同志尝了一口就不敢吃了，据他说"太甜了，头都甜晕了，我宁肯吃西瓜"，后来一调查这种情况很多，你们看，瓜甜到什么程度？但是酷爱它的却仍然不少，我就是其中一个，因为如果它仅仅是甜，那倒不足为奇，偏偏它又有着浓厚的香蕉及菠萝味，而且是冰凉的。说到水分之多，也可以引一位同志的话："怪不得西北缺少水，原来水都跑到水果里面来了。"话虽然未免过火，瓜里面水多也是事实。

　　我们特地到城外几里路的地方观光哈密王墓。在西北，这种建筑总算是雄伟，有五六丈高，外面是砌的瓷砖⑥，听说这些瓷砖是用驴子从别处驮来的。我们到里面去看过，有回王、王后、王子的坟，用泥做成多种不同的标志，本地人民很喜欢我们去看，认为这是他们的光荣。

　　这里的屋顶都是平的，一方面冬天好铲雪，一方面好晒瓜，哈密瓜是越晒得久越好吃的，他们对于自己的瓜并不吝啬，谈得好的话他就爬到屋顶选个瓜送你。

我们游哈密王墓回来就碰见这么回事，我们坚持不收，但他也坚持送给我们。因为我们是解放军，为了不犯三大纪律八项注意，我们收下了，并付了钱。

在哈密我们休息了三天。

十月八日我们到达了后汉时班超声震四方平定西域的一个大国鄯善国，现已改名为鄯善县。

我们住在县政府隔壁，当地正在召开全县第二次人民代表大会，我们特地跑去献花，县长对于我们的献花感到非常高兴，他代表代表们同我们讲话（有翻译）。

他说："……献花在鄯善是一件空前未有的事，我们非常感谢你们，这就充分说明了我们民族大团结……让我们来高呼民族大团结万岁！毛主席万岁！"虽然听不懂，但是我们彼此能领略对方的心声，他们的热情使我们非常激动。

晚上，他们派代表捧来了五十个大瓜（本地出产，与哈密瓜相似）送给我们，九点钟的时候请我们去看他们的歌舞会，我们也参加了节目。他们不论老小都会跳舞，据专门研究舞蹈的同志说，他们的舞蹈艺术价值是很高的，我还下了决心，有机会将新疆舞学好。

因为天冷，我们走的是天山南路。

十月九日下午一时，在吐鲁番吃的早饭，我们为了行军的方便，经常下午一二时吃早饭，晚饭总是八九时。

吐鲁番的葡萄的确是名不虚传。有长的、圆的两种，长的有小指头那么粗长，圆的比平日玩的弹子大得多，颜色有一种白的，还有一种深红的，大概就是平日说的紫葡萄。还有一种小葡萄最好吃，没有籽，它是用来晒葡萄干的，这里的葡萄像浏阳卖豆豉般的用大盘子盛，用麻布袋装。

葡萄不管大小，都是甜得不亦乐乎，糖质多得可以使上下嘴粘住，同志们开玩笑说："没有葡萄吃的时候，舔舔嘴唇也够甜了。"

天气很冷，一来到吐鲁番就感到暖洋洋的，因为它是全国最低的地方。说来你也很难相信，它有渤海七个那么深，等于深到太平洋的底，但我们到了吐鲁番时，却不感到它是低洼之池，四面都有山围着，形成了吐鲁番盆地。

唐朝玄奘去取经的时候的确经过这里，西游记上指的"火焰山"也就是这里，后来也有人称之为"火洲"，顾名思义，就晓得这个地方的确很热。我们四十几部车在这里走着连着爆了二十多个轮胎，这个时候才是十月间呢！

在夏天吐鲁番街上可热死人啦，本地人白天都跑到山洞去住，晚上再回来点起灯做生意。《西游记》上的形容是有些近乎神话，说什么寸草不生……其实吐鲁番的棉花是很有名的。在吐鲁番我们只停留了一个钟头。

十月十日，我们到了迪化。做梦也没有想到迪化有这么繁荣，建筑雄伟，马路比长沙宽大。我们这一路所经过的地方除汉口外都比不上迪化，虽然迪化的货物是由西安运来。

一、二、三中队分批住了下来，一中队住在通讯团。在休息的时间，我们到街上逛了几次。

王震司令员①和我们谈了几次话，又看了几次电影。

我们参观了"新疆省军民生产展览会"，他们的生产成绩很可观，南瓜一株长十四颗，每颗平均约四十余斤，白菜一株约十八斤四两，包菜一株二十五斤，西瓜多为四五十斤重一个，最大的南瓜有七十余斤，茄子长一尺多直径三四寸，糖萝卜重十四斤，展览台上全布满了大南瓜、西瓜，还有其他各种生产品。看了之后，我有这样的感觉，解放军真伟大，不但是一支战斗军，还是一支有力的生产军。

新疆驻军有二十多万（最近又大量增加），本地解放有一年多，但解放军的一切费用都是自己供给，没有在人民政府处拿过一文钱，这和过去盛世才对少数民族的压迫，苛捐杂税，恰好成了一个对比。

最使人感到兴奋的是，迪化有一种欣欣向荣之气，不像长沙那

么沉寂。到处在从事新的建设，这些砌房子的"匠人"就是伟大的人民解放军。过去盛世才时代，一栋大厦三年内没建设好，解放军两个月不到就完成了，你们说伟大不？

新疆在三年中预算要开垦五千万亩地。在草原上解放军的开荒情况是这样的，草原上的蚊子特别多，又大，如果一个人迷失了路途，在草原里呆得时间太长，那这个人可能会被蚊子咬死。解放军要在这些地方开荒，他们自制手套、头套，头套一直拉下来把颈子也包住，全身仅两个眼睛露在外面，休息的时候，大家围拢来烧一堆火并不是因为冷，而是要把蚊子熏开。

西北的气候是大陆性的，寒暑的温度相差很远，热天他们也不能睡在地面上，因为温度太高，湿气又重，他们就挖洞，晚上睡在洞里。

除水利、工程、农林这些同志安排了工作以外，其他的都参加学习，分成两队（技工队、文艺队）学习革命人生观，学习情绪很高。

组织上对我们照顾得很周到，发了皮大衣、毡靴、皮鞋，中国人民解放军符号及八一帽花，是照相后发的，不然你们可看看我这正式的"八路"了。

我们文艺队有一百二十多人，共分十二个小组，三个小组成立一个区队，我是第二区队队长，陆懋龄是第四区队队长，这也是学习的好机会。

我们布置了一个图书室，书籍杂志很多，我经常在这里面自学，总期望自己空空如也的思想箱子能添一些货物和财富。我想你们都乐于帮助我，希望你们多来信，多写些，也免得枉费了人民给我们的八百元邮票费。总要在写信中互相报告情况，交换意见、知识。

十一月五日早上星期四，我们从今天就正式编队了，文艺队大多是女同志，仅二十几位是干文艺写作及艺术工作的男同志，有八十多位同志编进了文工团，一部分学会计，学护士、开拖拉机及学俄文等。

　　我因为工作上的需要分配到军区政治部直属部队工作部宣传科工作（简称直工部）。虽然我想参加俄文学习，但决不愿因个人的兴趣和打算不服从分配。

　　不过，我现在到了工作岗位上很安心，一切很好，在这里与老干部一起工作，进步是无可限量的，他们刻苦耐劳的精神及革命的经验是值得我们学习的。我决心将自己锻炼成无产阶级的思想及作风。

　　在这里，每天我们早上可以学俄文及维吾尔文，因为目前维吾尔文需要又实际，在工作上又方便，所接触的都是维吾尔族人，所以我在这学维吾尔文，晚上两小时的学习。

　　近日长沙情况怎样？全国都在掀起反美帝援朝的运动，民心振奋，都痛恨美帝的无耻行为，愿献出力量，一泄几十年来的血海深仇。我们这里有很多志愿参军的。你们的心情如何？请告诉我。

　　西藏快要解放了⑧，我人民解放军已解放西康西部通藏孔道昌都县，藏民十分欢迎，这样西藏的解放已在眼前了，虽然美英帝企图阻碍，但是他们都是无理的。工作忙，下次再写，这封信也写了好几天才完成。

　　希望你们多来信，多写信可寄平信。

　　致

布礼⑨！

关群

一九五〇年十一月二十五日　于迪化

【作者简介】

　　关群（1931—　　），女，祖籍云南，出生于湖南长沙，少年时代在福湘女中上学，1950 年参加中国人民解放军，进军新疆，在新疆军区政治部报社、宣传科任职。1952 年与杨大彬结婚，后调入一军坦克团任政治干事，随一军入朝作战。1953 年加入中国共产党，1955 年转业

到北京市昌平县委办公室任干事秘书，1957 年任北京市拖拉机修配厂办公室主任。1971 年随丈夫调湖北省咸宁地区图书馆工作，1974 起任咸宁地区科学技术委员会科长、副处长，1990 年退休。

关群与杨大彬结婚照

【探微索迹】

① 迪化：今乌鲁木齐。1954 年 2 月 1 日，由迪化改名乌鲁木齐。

② 永寿县：1950 年时隶属宝鸡分区行政督察专员公署。今隶属于陕西省咸阳市。位于陕西省中部偏西，渭北高原南缘。东隔泾河与淳化县、旬邑县相望，东南与礼泉县接壤，南邻乾县，西接麟游县，北连彬县（今彬州市）；店头、仪井二乡镇被乾县关头、吴店隔为飞地。飞地东、南、西与乾县、宝鸡扶风县相接。

③ 5000 元：新中国成立初期，人民币改革前，100 元相当于后来的一分钱，800 元邮票就是后来的 8 分钱邮票。

④ 华莱士瓜：华莱士，美国第 33 任副总统；华莱士瓜，现称白南瓜，据说是 1944 年华莱士出访中国时路经兰州留下的瓜种。

⑤ 百把个：也许说得太过火，不过的确是一下数不清。

⑥ 瓷砖：瓷器在西北是不可多得的，一个盘子都要卖 200 元新币，当时新疆币 1 元等于人民币 450 元。

⑦ 王震司令员：王震（1908—1993），湖南浏阳人，1924 年参加工作，1927 年加入共青团，同年转入中国共产党。1929 年参加中国工农红军，上将军衔。新中国成立后，王震同志历任中共中央西北局委员，新疆分局第一书记，新疆军区第一副司令员、代司令员等职。他认真贯彻党的民族政策，创造性地执行毛泽东同志提出的人民解放军既是战斗队又是工作队和生产队的任务，领导剿灭土匪、土地改革等工作，医治战争创伤，培养民族干部，改造和团结起义部队，建立地

方各级政权和党的组织，迅速稳定了新疆的社会秩序，实现了新疆财政经济状况的好转。他率领人民解放军驻疆部队开展大规模生产运动，以勇敢而勤劳的精神，屯垦戍边，发展生产，在两年多的时间里，天山南北掀起生产热潮，兴修大批水利工程，开荒百万亩，在北疆首次成功种植棉花和甜菜并获高产，结束了"自古北疆不种棉"的历史。他提倡节省军费开支，筹集资金，兴办工业，建立起钢铁、纺织、发电、农机、水泥、煤矿等一批工矿企业。到1953年，新疆的工业生产总值约为1949年的36倍。王震同志为促进各族人民团结，巩固西北边疆，呕心沥血，东奔西走，倾注全部精力，为新疆现代化工农业的发展奠定了重要基础。新疆军区生产建设兵团，就是在他的积极建议下创建的。他的辛勤付出，使新疆的长期稳定和后来的全面发展有了良好的开端。他对新疆各族人民饱含无限热爱，对这片热土怀有深沉眷念，受到各族人民真诚爱戴。

⑧ 西藏快要解放了：1949年，中国人民解放战争取得了决定性胜利，中华人民共和国成立。中央人民政府根据西藏的历史和现实情况，决定采取和平解放的方针，多次通知西藏地方政府派代表来北京商谈和平解放西藏事宜。1950年1月，中央政府正式通知西藏地方当局"派出代表到北京谈判西藏和平解放"。当时控制西藏地方政府的摄政大扎·阿旺松饶等人，在某些外国势力的支持下，在西藏东部昌都一线调集军队，布兵设防，企图以武力对抗。中央政府于1950年10月命令人民解放军渡过金沙江，作者写信时间是11月25日，时昌都已经解放，马上要解放西藏。

⑨ 布礼：这封信是按照当时革命军人的写信习惯，在末尾写了"致布礼"，就是"致布尔什维克礼"的意思。

【品读感悟】

三品关群家书

初读关群的家书，映入我眼帘的是一个鲜活的女性形象，感觉她的身上充满了积极乐观的精神。她向家人们分享一路的见闻，更多的

是人与人之间的互帮互助。老乡的和蔼，食物的可口，让我感觉她并不是来支援新疆的，更像是来新疆旅游和家人分享生活的。细细读来，从家书中我感受到了她的青春热血和对祖国的热爱，就是"祖国哪里需要我，我就去哪里"的那份真挚之情。

初读信时，觉得一切都很好。再三品读这封信后，才发现他们的艰辛：地上有土一寸多厚，不刮风则已，一刮风就天昏地暗，什么都看不清。她却说"你们（家人们）比我更可怜，一次也没看过，我希望你们将来有这种机会"，"我们祖国多么辽阔广大"！再读时我对她的乐观有了更高的敬佩！我想，或许是因为她不想让家人担心，所以报喜不报忧吧。

了解了背景后，我对这位女性的形象有了更深的认识，天寒地冻，没有菜吃，她觉得不苦；对老乡的真情付出，她无怨无悔。我想，她内心深处一定有一份对祖国深深的爱！爱之深，爱之切，对每一寸土地都有满腔热忱，真正让我体会到了什么叫"吾辈青年与时代同呼吸"。她永远是积极乐观的，立志扎根于最苦的地方，再大的风也吹不灭她心中的火，再冷的天也冰不了她热忱的心！关群，请接受我的致敬！

（张嘉颖　2021 级）

读关群的家书有感

读了关群的家书后，我仿佛跟随关群的足迹看到了她刚来到新疆时祖国大西北的模样，更感受到了一颗年轻的心是怎样奔向理想之地的。

在信中，她无时无刻不以乐观的态度歌颂新疆、歌颂祖国，正应了那句："西北的风总是很粗犷，玫瑰从未在这片土地生长，如果喜欢，这里并非一片荒凉。"关群用自己的双手和青春在这片大戈壁上种出一朵"玫瑰"，只因热爱，所以坚持。离开新疆后的关群，依旧保持着这份热爱，她说："新疆是我的第二故乡。"她在这片土地上书写了一段兵团佳话，她种出的一朵朵"玫瑰"，是一份份援疆的情谊，激励着更多的青年支援新疆，建设新疆。

　　读着读着我便想到了我的父母，他们经常说："吃水不忘挖井人。"面对开垦新疆的前辈，我总是怀揣着一种敬意。在我对父亲为什么移民到新疆这一问题打破砂锅问到底的时候，我才知道父母也是来援建新疆的，但父亲说："我们算是来的晚的，这块土地到我们手上的时候已经有了星星点点的绿色。"

　　如今，一辈辈援疆人用汗水和青春镌刻大地，使新疆绿树成荫，这不由让我更加敬佩关群，更加敬佩像关群一样来援建新疆的老师、医生、干部……他们是新一代的开垦者、建设者，更是我们学习的榜样。

（毕晶春　2021 级）

 真情寄墨笔　伉俪传佳话：
人生做好五件事[1]

【荐读理由】

　　家书，通过文字形式将不同时间和空间的信息和写作人的个人思想相连接。首先，其最本质的属性就是"真"。家书真诚地表达着对于家人的情感和书写者本人的思想认知。其次，家书具有"杂"的特征。家书涉猎的范围较为广泛，一般内容会涵盖修身、持家、教子、交友、处事等多个方面，所以家书又是一部丰富多元的宝典。

　　家书是一个家族鲜活、真实的记录，是对历史资料的补充。家书的内容记录了写作人当时所经历的社会真实的状况、此时彼景的人物心理状态和心理活动，深刻反映了当时社会的经历，是研究家族或者社会的重要的真实史料记载。

　　家书就是一种文字化的家族精神，是历代家族精神的传承的载体之一。而且家书是中国文化的重要组成部分，而中国的家族精神传承，贯穿着文化与历史的积淀，也印刻着不同家族自身特有的特色。所以家书在以往家族传承的过程中功不可没。

　　海福莲的家书给我们诠释了成就一个幸福的家庭，应具有的五个要素。它是家庭成员应该具有的情怀，所要承担的责任。一个家要温馨和睦，每个成员在思想、行动、为人处世、自身修养等方面都要不断地完善提高。家是一个纽带，情系每一个成员。每个人如果都能秉承优秀思想，具备良好的成长条件，才能家和万事兴，家睦万事顺。

（荐读人：李红超[2]）

1　郝磊，董长洪.家书［M］.乌鲁木齐：新疆青少年出版社，2009.内容有改动。
2　李红超，可克达拉市镇江高级中学语文教师，高级教师，四师可克达拉市骨干教师。

【书信原文】

爱人赠语：人生做好五件事

文华：

　　你好！

　　每个人都有个家，家庭应该是和睦的，要做一个真正的人，才能经营好家庭，把这段话赠与你：

　　来世一遭，做事不求甚多，五件足矣。

　　其一，读透一本书。读书可以破万卷，但万卷诗书不可能每一本都精读，能震撼你心灵的好书。

　　其二，长于一技。可以使我们的人生脚踏实地，进可以修为艺术，退可以养家糊口。

　　其三，拥有一个和睦的家庭。古时候读书人讲究"修身、齐家、治国、平天下"①，对于多数人来说，治国、平天下似乎远了一点，而建立一个和睦家庭却力所能及，现实得多。

　　其四，心存一份美好感情。只要我们的心灵是晴朗的，世界便永远充满阳光，而使心灵晴朗的办法只有一个，那就是拥有一颗爱心，心存一份美的情感。

　　其五，做一个好人。勿以善小而不为，勿以恶小而为之②。一点一滴的好事做多了，便可以成为一个好人。

　　只要以平常心，做好这五件事，你的人生便会发出不寻常的光彩，这样的人生不是很圆满吗？

海福莲于长春
1951 年中秋

【作者简介】

　　海福莲（？—1997），吉林长春人，从小多才多艺，曾就读于兴山医科学院（今中国医科大学前身之一），后被分配到长春市工业局。

1952 年，与房文华结婚，后被评为模范家庭。1956 年，海福莲和房文华被调到新疆乌鲁木齐，在新疆建工集团任职，直到退休。

房文华与海福莲书信

【探微索迹】

① 修身、齐家、治国、平天下：原始出处是《礼记·大学》："古之欲明明德于天下者，先治其国；欲治其国者，先齐其家；欲齐其家者，先修其身；欲修其身者，先正其心；欲正其心者，先诚其意；欲诚其意者，先致其知，致知在格物。物格而后知至，知至而后意诚，意诚而后心正，心正而后身修，身修而后家齐，家齐而后国治，国治而后天下平。"其原创者为孔子高徒曾参，后提炼浓缩为："修身齐家治国平天下。"解释："学习各种知识，充实自己，提高个人修养，治理好大夫的封地，再治理好一个诸侯国，进而治理天下，使社会和谐有秩序，人民丰衣足食、安居乐业。"

② 勿以善小而不为，勿以恶小而为之：这句话最早见于《三国志·蜀书》，是刘备去世前给其子刘禅遗诏中的话，原话是："勿以恶小而为之，勿以善小而不为。惟贤惟德，能服于人。"目的是劝勉自己的儿子要进德修业，有所作为，小善积多了就成为利天下的大善，而小恶积多了则"足以乱国家。"

【品读感悟】

家书有感

"以前的车马很慢，书信很远，一辈子只够做一件事，一生只够爱一个人。"爱，是神圣而庄严的事情。房文华和海福莲的故事，体现了爱是一辈子的事。但这爱中也不乏艰难困苦，房文华与妻子听从组织安排支援新疆，两人刚开始不适应当地气候和饮食习惯，在条件艰难与困乏下相守相依。

他们的言语被藏在泛黄的纸上，字里行间传达着炽热纯真的爱意。海福莲婚前给文华写的信便寄托了纯真的爱意。她的信说明了爱一个人不只是此刻的风华，而是长久的相依，是希望你变得更好，是希望你的人生可以更加美满。而房文华也将这文字与自己的一生缠结相伴，时时遵从，时时想念。

爱可以跨越山海抵达遥远的天边。朝暮相伴，风雨相依，任细水长流，岁月沉淀。在被时代所约束的情况下，二人便用书信小心翼翼地传达着对对方的爱意。二人相互确认情感后，在法律的见证下喜结连理。是两人的互相体谅，互相支持，才使他们的小家抵住风雨。他们在生活中依旧尊重彼此，不管是孩子的教育还是鸡毛蒜皮的小事，模范家庭就是如此诞生的。

妻子海福莲去世后，房文华通过帮助他人来感受老伴生命的延续，他的善举一做就是好多年。尽管他只能对着老伴的照片抒发思念，但我相信这声音她一定能听见。这暮色温柔，深邃的夜晚只有星河流淌。这思念成声，翻越了重叠的山川，跨越了交错的河流，随着哒哒的马蹄声响彻云霄，飞向那远方爱人的心扉。

（闫慧欣　2022级）

爱的陪伴，成就一生

海福莲和房文华的故事，是一段充满温情与感动的人生旅程。他们的故事让我深刻地体会到了人与人之间的情感纽带，以及坚持、努力的力量。

海福莲的坚韧令我深感敬佩。她在生活中遭遇了种种困难，但始终没有放弃，而是凭借努力和信念，一步步走出困境。她的故事告诉我们，无论面对怎样的艰难险阻，只要我们拥有坚定的意志和不屈的精神，就一定能够战胜困难，迎接美好的未来。

房文华的善良同样给我留下了深刻的印象。他在海福莲最需要帮助的时候伸出了援手，用自己的行动诠释了什么是真正的关爱和友情。

他的行为让我明白：生活中，我们应该关心他人，乐于助人，用爱去温暖身边每一个人。人与人之间的相助是如此珍贵。有时候，一个小小的善举可能会改变一个人的命运。我们应该珍惜每一次帮助他人的机会，用真诚和善良去对待他人，让世界变得更美好。

此外，海福莲和房文华的故事也让我思考自己的人生。在面对挫折和困难时，我是否能够像海福莲一样坚持不懈？在他人需要帮助时，我是否能够像房文华一样伸出援手？这些问题让我反思自己的行为和态度，激励我努力成为一个更加坚强和善良的人。

海福莲和房文华的故事，如同一股温暖的春风，轻轻拂过我的心灵。他们之间真挚的爱情，让我深受感动。在故事中，我看到了海福莲和房文华相互扶持、互助互爱的身影。他们在困难时刻彼此陪伴，在喜悦时刻共同分享。这种真挚的爱情不仅仅是一种情感的寄托，更是一种强大的力量，支撑着他们走过起伏的人生。

海福莲和房文华的爱情让我明白，真正的爱人是那个能够在你需要时不离不弃，与你共同面对困难的人。他不会因为你的得失而改变对你的态度，而是会一直陪伴在你身边，给予你支持和鼓励。这种情义是无价的，它能够让我们在人生的道路上走得更加坚定和自信。同时，他们的故事也让我意识到，爱情需要双方的共同努力和经营。海福莲和房文华都用心去呵护和珍惜这份爱情，他们相互理解、包容，不断为对方付出。这种努力让他们的感情更加深厚。

此外，海福莲和房文华的爱情也给我带来了关于人生的思考。在现实生活中，我们常常因为各种原因而与朋友分离，或者产生分歧。但是，他们的故事告诉我们，真正的感情是经得起时间和考验的。只要我们用心经营，用真诚去对待，感情就能够长久地延续下去。

海福莲和房文华的故事让我感受到了爱情的美好和力量。我相信，拥有真挚的情感，会让我们的人生更加充实和有意义。

（汤艳　2022 级）

爱得执着

《爱人赠语：人生做好五件事》这封家书以其真挚的情感，让我深受触动。一封妻子写给丈夫的家书，展现了家庭的和谐与人生的真谛。

书信中的五件事，虽然看似简单，却蕴含了深刻的人生哲理。第一，读透一本书，让我认识到知识的力量。在这个信息爆炸的时代，我们应该如何选择并专注于那些能够震撼我们心灵的知识。第二，长于一技，这不仅能帮助我们在社会中立足，还能让我们在追求个人成长的过程中找到方向。第三，拥有一个和睦的家庭，更是人生重要的一部分。家庭是我们心灵的港湾，如何维护家庭的和谐，这是每个人都应该思考的问题。第四，心存一份美好感情，爱是最强大的力量，它能够让我们的心灵更加美好，也能让我们的世界充满阳光。第五，做一个好人，这是人生的最高境界。我们应该时刻提醒自己"勿以善小而不为，勿以恶小而为之"。

这封书信让我深刻体会到，家的和谐与人生的价值是密不可分的。我们应该珍惜家庭，用心经营；同时，也应该不断提升自己，努力成为一个更好的人。在这个过程中，我们可以借鉴文章中的五件事，让它们成为我们人生的指引。在深入阅读了他们的感人故事后，我被他们之间的深情厚谊所打动。海福莲的离世对房文华来说无疑是一次巨大的打击，但他从悲伤中找到了继续前行的力量，那就是通过帮助他人来延续老伴的生命。

这种对爱情的坚守和执着，让我们看到了人性的光辉。房文华与海福莲的故事让我深刻体会到了爱心与善良的力量，也让我重新审视了自己的人生价值观。我们应该珍惜身边的人，用自己的力量去帮助他人，让这个世界充满爱与温暖。同时，我们也应该学会坚守自己的信仰和情感，让生命变得更加有意义。

（姜爽　2022 级）

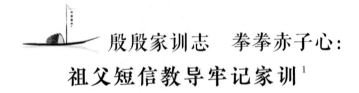

殷殷家训志　拳拳赤子心：
祖父短信教导牢记家训[1]

【荐读理由】

家书是什么？是爱的传递，是心的沟通，更是家人埋藏在心里的琐碎及深沉的爱。刘伟武前辈的两封家书：一封是其祖父的手谕，共102字；一封是他母亲找人代笔的回信，共119字。两封家书十分简短，但其中的深情却能自然而然地流进读者的心田，也可以轻松地"链接"到我们现在的生活场景中来。

"信"字"从言"，落在笔尖是思绪，流到心尖是信仰。两封短信中共有六个"要"字，这六个"要"字的内容凝聚了其祖父和母亲对远在新疆的刘伟武的期望、关切与挂牵。祖父的16字家训中有对孙子时刻不要忘记修身养德的告诫，也有对中华民族伟大精神的深情诠释。这则家训警示着我们：

做人要诚信。诚是心的写照，信是行的准绳。诚信是一种责任，更是一种担当。家训中"诚实守信，办事公道"8个字铿锵有力，掷地有声。人无信不立，业无信不兴，国无信不强。诚实守信，是我们中华民族的传统美德，是我们安身立命之本，也是社会良序的运转基石，更是推动高质量发展的重要保障。

做事要公道。公道是为人之本、做事之准绳，"公道正派"也是我们党选人用人的标准之一。祖父让其牢记于心，可见老人家觉悟之高，实在令人敬佩。

1　郝磊，董长洪．家书［M］．乌鲁木齐：新疆青少年出版社，2009．内容有改动。

热爱祖国，拥护党。母亲不识字，没文化，一句"你在外要听当官的话"其实是对党的热爱与拥护，是在告诫孩子要听党话跟党走。当母亲看到儿子的参军证，她无比地高兴，她把儿子参军当作一种荣耀，为其骄傲和自豪；母亲认同国家实施的土地改革，正是土地改革的实施，百姓才尝到了幸福，才有了富足的生活。

祖父和母亲其声殷殷，其意绵绵，其情拳拳。在他们的信中，可以读到亲长对孩子发自心底的深情思念，可以看到他们有血有肉的生活，可以感受到他们滚烫炽热的政治追求。

（荐读人：刘筱莉[1]）

【书信原文】

刘伟武家书两封

伟武孙：

你当兵了，要好好工作，那里天气冷要多穿衣裤，乡下有了农会一切都好。你在外地要好好生活，不要多想家里，告诉你要记住家训：紫气东来，祖传家训，诚实守信，办事公道。

祖父手谕

常宁洪门庵村①

一九五二年三月初二

武仔：

你到新疆离家里远了，要多照顾自己，你是在军队，寄来的参军证收到了，大家见了很高兴。媳妇胡清待我好，很孝顺，干农活、喂猪、种地也不错。农村土改了，生活也很好，你在外要听当官的话，有了钱寄回来买谷买布。

母字（找人代笔）

一九五一年八月十日

---

1 刘筱莉，可克达拉市镇江中学语文教师，高级教师，四师可克达拉市骨干教师。曾获兵团优质课大赛一等奖，第五届"语文报杯"微课大赛国家级特等奖。

171

【持信人简介】

刘伟武（1924—?），祖籍湖南省衡阳市常宁县洪门庵村，其祖父是当地的秀才，会记账、算账，还在私塾里教过书。刘伟武从 3 岁开始就跟着"孔夫子型"的祖父学习，孩童时期，他便饱览了四书五经及四大名著。1950 年 11 月，刘伟武到新疆

刘伟武家书

招聘团报名参军，后来被分配到新疆军区生产建设兵团农一师工作，这支生产部队的前身就是抗日战争时的 359 旅。因刘伟武写得一手好字，被 359 旅的王震将军推荐给陶峙岳将军当秘书，从此扎根新疆。

【探微索迹】

① 常宁：位于湖南省衡阳市西南部，湘江中游南岸。1996 年 11 月 19 日，经国务院批准，撤销常宁县，设立常宁市。

【品读感悟】

读世纪家书有感

今日有机会一睹世纪书信，荣幸之至。这两封家书可谓是"家信写家训，字里见真情"。寥寥几字，却胜千言万语。泛黄的纸页既是岁月留下的泪痕，亦是心中思念的沉淀。从家书中，我仿佛看到了这位"孔夫子"般满腹学识的人物讲学的样子。祖父对刘伟武的教导不仅让刘伟武凭一手好字被王震将军推荐做了陶峙岳将军的秘书，还为刘伟武优秀品格的养成奠定了基础。祖父"诚实守信，办事公道"的家训时刻警醒刘伟武，也最终成为刘伟武做人做事的标准；母亲碎碎念的嘱托尽显对儿子的挂念与关爱。

家信让刘伟武看到了呷着盖碗茶的祖父和勤恳劳作的母亲，而透过这些朴实的文字，我仿佛看到了我母亲目送我出门求学时殷切的目光，仿佛听到了奶奶"好好吃饭，要听老师话，要好好学习"的嘱托。见字如面，纸短情长，最朴实的话往往最能触动心弦。

（鱼泽贝尔　2021 级）

浓浓深意，纸短情长
——读刘伟武两封家书有感

从前车马很慢，能够收到一封家书便是游子心中最大的安慰。在那个通信不发达的年代，家书是抵得上万金的。家书是相隔两地亲人沟通的桥梁，是阔别已久朋友联络的纽带，是最贴近内心的交流方式。祖父对刘伟武的关心凝聚了相隔万水千山亲人间深沉的爱，母亲对刘伟武的嘱托承载了分隔天涯海角间家人浓浓的情。泛黄的信纸，寥寥的字迹，无限的深情在延展，一撇一捺彰显祖父的期盼与教导，纸短情长，难尽所言。

真情从来不是深切的告白，情到深处可以是"执手相看泪眼，竟无语凝噎"。这两封家书简短而质朴，有着祖父、母亲对刘伟武生活上的叮咛，也有着对刘伟武做人做事上的警醒。从中我感受到了血浓于水的亲情，感受到了长辈对晚辈殷切的期盼，我懂得了中华民族传统美德能够绵延至今的原因，我钦佩那些为国开路、舍己为人、诚实守信、办事公道的民族品性。

尺素已经泛黄斑驳，字迹也在时光流逝中逐渐模糊，但其中深藏的情感永不褪色，时光匆匆，岁月流转，信的这头是青丝，信的那头是白发。

（刘程程　2021 级）

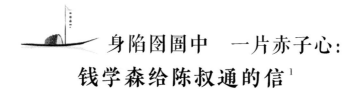

身陷囹圄中　一片赤子心：
钱学森给陈叔通的信[1]

【荐读理由】

五年归国路，十年两弹成。读这封信，让我了解了钱学森回国之路的坎坷，万里归途颇多艰难曲折。漫长屈辱的软禁生活，他无一日、一时、一刻不思归国。这封写在香烟纸上的信，带着一颗赤子之心，跨越千山万水，给我们以心灵的震撼，精神的启迪。这封信，大家可以从以下几点阅读品鉴：

心中时刻有国家。在急需人才的时代，美国政府也深知"千军易得，一将难求"，千方百计不允许钱学森回国。在异国他乡，面对威逼

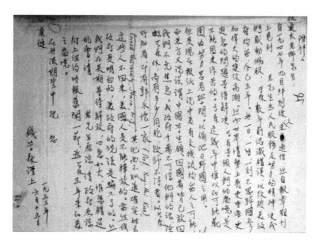

钱学森致陈叔通信札

1　张现民. 羁绊与归来 钱学森的回国历程 1950—1955 [M]. 北京：中共党史出版社，2019. 题目为编者所加，内容有改动。

利诱，钱学森从没忘记自己是一个中国人，"无一日、一时、一刻不思归国"。坚守着有为实现中华民族伟大复兴而不懈奋斗的信念，他殷切期望能归国参加国家建设："学森这几年中惟以在可能范围内努力思考学问，以备他日归国之用。"钱学森曾说："我的一切，属于中国。"正是他对祖国始终如一的爱，他对国家需求的勇敢担当，成就了中国航天事业的不朽篇章。

具有团队意识和互助精神。即使在最困难的日子，钱学森眼中有他人。"除去学森外，尚有多少同胞，欲归不得者"，多么诚挚的心声，既是同胞，就要生死与共。最危急的信，不能只顾个人，他希冀别的被困学子一样能回到祖怀抱。钱学森在为国家科研攻关时，也深谙团队合作的重要性，他曾说："一个人的能力是有限的，但是一个团队的力量是无穷的。"钱学森重视团队建设，倡导团结协作、集思广益。在他带领下，中国航天科技团队取得了举世瞩目的成就。

勇于探究的求知精神。钱学森谦虚好学，在美国学习的日子里，他这样写道"学森这几年中惟以在可能范围内努力思考学问，以备他日归国之用。"勤奋研学，努力探索的他，在美国被软禁的五年里，并没有放弃科研，他潜心苦读，夜以继日，硬是将 1600 斤重的书籍中的重要知识全部记在了脑海里。他一心一意地充实自己，为回国做贡献打下了坚实的基础，终其一生，他勤奋读书，博览群书，广泛涉猎各个学科。钱学森的求知精神，促使他不断更新知识体系，站在科学前沿。

拥有健全人格。彼时的钱学森是美国科学界最明亮的新星之一，当时美国导弹发展规划有一篇著名报告《迈向新高度》，9 卷中就有 5 卷出自钱学森之手，美国怎能放弃这样的人才。因此他的归国之路并不顺利，美国当局使尽手段、威逼利诱，钱学森遭遇了无数艰难险阻。但他具有积极的心理品质，一直坚信自己一定能回到祖国怀抱，五年的漫漫长路，坚韧乐观和极强的抗挫折能力让他终于踏上祖国的土地！

（荐读人：赵静[1]）

1　赵静，可克达拉市镇江高级中学语文教师，二级教师。曾获学生作文辅导大赛国家级一等奖，四师语文课堂教学大赛三等奖。

【书信原文】

钱学森致陈叔通信

叔通太①老师先生：

　　自一九四七年九月拜别后久未通信，然自报章期刊上见到老先生为人民服务及努力的精神，使我们感动佩服！学森数年前认识错误，以致被美政府拘留②，今已五年。无一日、一时、一刻不思归国参加伟大的建设高潮。然而世界情势上有更重要更迫急的问题等待解决，学森等个人们的处境是不能用来诉苦的。学森这几年中惟以在可能范围内努力思考学问，以备他日归国之用。现在报纸上说中美交换被拘留人之可能，而美方又说谎，谓中国学生愿意回国者皆已放回，我们不免焦急。我政府千万不可信他们的话，除去学森外，尚有多少同胞，欲归不得者。以学森所知者，即有郭永怀③一家，其他尚不知道确实姓名。这些人不回来，美国人是不能释放的。当然我政府是明白的，美政府的说谎是骗不了的。然我们在长期等待解放，心急如火，惟恐错过机会，请老先生原谅，请政府原谅。附上纽约时报旧闻一节，为学森五年来在美之处境。在无限期望中祝您康健。

谨上

一九五五年六月十五日

【作者简介】

　　钱学森（1911—2009），出生于上海，祖籍浙江杭州，博士毕业于美国加州理工学院，1959 年加入中国共产党，世界著名科学家，空气动力学家，中国科学院学部委员，中国工程院院士，中国航天科技事业的先驱和杰出代表，被誉为"中国航天之父"与"火箭之王"，曾任全国政协副主席、国防部第五研究院院长等职务。

【探微索迹】

钱学森一家启程回国时，在邮轮甲板上合影

① 太叔通：陈叔通（1876—1966），名敬第，中国政治活动家，爱国民主人士，浙江杭州人，清末翰林。曾经是钱学森爷爷的老师。"太"，尊称，指身份最高或辈分最高的人。

② 拘留：指钱学森被抓进了美国移民及归化局看守所，"罪名"是"参加过主张以武力推翻美国政府的政党"。钱学森于1935年赴美国留学，十年后成为世界一流的火箭专家。1949年10月，新中国成立的消息传来，钱学森深为祖国的新生而高兴，38岁的他辞去所任职务，准备携妻带子回国效力，但美国当局不会放走了解美国导弹工程核心机密的高级人才，将他抓进了看守所。

③ 郭永怀：郭永怀（1909—1968），出生于山东荣成，中共党员，中国力学家、应用数学家、空气动力学家，中国近代力学事业的奠基人之一，中国科学院学部委员。从美国加州理工学院博士毕业后受聘于康奈尔大学，并于1955年7月晋升为终身教授。1956年10月，郭永怀冲破美国政府的阻挠回到中国，郭永怀是唯一一位为中国核弹、导弹和人造地球卫星实验工作均做出重大贡献的科学家。其妻李佩是镇江人。

【品读感悟】

眼中有泪，心中有国

"苟利国家生死以，岂因祸福避趋之"，爱国，是一种当以报国为己任的胸襟；爱国，是一种"天下兴亡，匹夫有责"的情怀；爱国，是一种在国家危难之际与国家同生死共患难的行动。得知中华人民共和国成立的消息后，在美居住的钱学森迫切渴望回国奉献，将毕生所

学，投身科技建设。哪怕所面对的是美国政府长达五年的拘留，哪怕对他进行污蔑与恐吓，哪怕不让他与祖国取得联系，万般刁难都未能动摇他的赤子之心。铁骨铮铮、正气凛然的钱学森，唯恐无法为祖国贡献力量，用写在香烟纸上的信与陈叔通取得联系，顶着风险一波三折，殷切期望能回到祖国的怀抱。

曾经的中国积贫积弱，内忧外患，在那不可为的时代，是钱学森们肩担起责任，燃起可为之火，"世上无难事，只要肯登攀"。事无难为，只要敢为，便可有为。故曰："卧薪尝胆三千越，一朝回首鸣皋月"。今天的我们生长在幸福的环境里，沐浴在社会主义的春风中，理应从自身做起，沿着先辈们指明的方向奋力前行。常言道："物有甘苦，尝之者识；道有夷险，履之者知。"每一条路径都有跋涉的理由，有我们心驰神往的远方。不放弃，不盲从，在自己选择的道路上，哪怕是荆棘满地，险阻万千，也终有沿岸的独特风景，漫野的缤纷鲜花。

（张佳妤　2024级）

一腔热血只为祖国

阅读完这封钱学森写给陈叔通的信后，我大为震惊，先前我所了解且知道的也不过是钱学森回国前，被美国用一个可笑的罪名抓进看守所。而这封信揭开了另一部分事实，我深深地震撼了，即便是一篇短小的书信，我仍能感受到钱学森那种迫切回到祖国的心情，那份急于建设祖国的赤子之心。即便被关押了五年时间，钱学森也并未在信中诉苦，反而更担心现在中国的情形，担心政府被美国当局蒙蔽，担心自己归国太晚，无法为祖国贡献力量。在看守所中，钱学森依然思念着祖国，一刻也不曾停歇。钱学森也为无法回归祖国的同胞们深感惋惜，更渴望能与他们一起归国。

我将这封信读了一遍又一遍，那份对美国做法的痛恨之情，那份为国家之才无法及时归国的悲痛之心，久久不能平静。现如今，有不少人崇尚外国开出的优厚条件，用国家的钱出国深造却再未归国；甚至于在中国，还有人觉得中国不如别的国家那么发达，从而发表一些不利于国家的言论；有人崇洋媚外，吃穿住行只追求洋货；还有人不但贬低中国，还要将自己的国籍更改……身为中国人，不以这些做法为耻，反以为荣。我们应该学习钱学森这般坚毅的精神，更应该以钱学森为榜样，将祖国视为我们心中的偶像，永远为生我养我的祖国的建设贡献力量！

（徐鑫蕾　2024级）

为国家崛起而奋斗

通过阅读这封信，我从中体会到钱学森无时无刻不在思念祖国，想要回到祖国怀抱，为国家的导弹与航天事业做出贡献，却被厚颜无耻的美国以"参加过主张以武力推翻美国政府的政党"为借口，将他拘留了整整五年之久。钱学森没有害怕，他千方百计想要回来，一刻也不曾放弃。钱学森写下了这封信，并成功地寄出了这封意义非凡的信。

这封信也从侧面说明，当时并不只有钱学森一人被拘留，足以看出美国的野心与私利，他们不希望这些技术人员回到中国，使中国强大起来，与他们抗衡，甚至超越他们。

那时的中国积贫积弱，我国的经济和技术条件都非常落后，一切都要从零开始。归国后，钱学森带领科研人员不断探索、创新，终于在极端困难的条件下实现了导弹和核武器的自主研制，为国争光。

现在的我们也要向钱学森学习，要心中有国，心有大任，为中国的崛起而努力。我们绝不能在西方的支配下生存，让我们接续奋斗，我们伟大的祖国终会成为屹立在东方的雄狮。

（李疆鹏　2024级）

满腔热血援家国　责任担当明信仰：
你不要忘记你是干部的女儿[1]

【荐读理由】

活着一千年不死，死后一千年不倒，倒后一千年不朽——胡杨树的神奇存在，凸显着大漠的苍茫辽阔，也让它成为新疆最动人的传说。从 1961 到 1966 年，共计 12.7 万知青陆续从全国各地奔赴新疆，支援国家建设。其中，仅上海知青就有 9.6 万人。他们全身都充满了干劲，努力奋斗只为了更好的生活。上海知青扎根边疆，肩负着历史的使命，留下了无数可歌可泣的感人故事。一句"到边疆去，到祖国最需要的地方去，这是国家的需要"的号召，让蒋永珍不顾家人的强烈反对，带着一腔热血，告别繁华的家乡，把全部青春献给了新疆，献给了兵团，成为新疆生产建设兵团的一名战士。此后的几十年里，她在沙漠里开垦绿洲，从一名柔弱的小姑娘变成了一名坚强健壮的劳动者，激励着无数人坚持梦想、担当使命、实践创新。

读了蒋永珍她们的事迹，我认为有以下几点值得品鉴：

社会参与。社会性是人的本质属性，重在强调能处理好自我与社会的关系，增强社会责任感，提升创新和实践能力。她们，用自己的青春，支援国家建设，促进个人价值的实现，推动社会发展的进步，成为有明确人生方向的人。

责任担当。她们带着一腔热血，有效管理自己的生活，认识和发现自我价值。在自主支援边疆建设中，发掘自身潜力，有效应对当时

1　郝磊，董长洪. 家书［M］. 乌鲁木齐：新疆青少年出版社，2009. 内容有改动。

边疆复杂多变的环境，成为有理想信念、有责任、敢担当的人。

实践创新。在劳动中，不断地锻炼动手操作的能力，学习、掌握一定的劳动技能；在主动参加的生产劳动和社会实践中，不断地改进和创新劳动方式，提高劳动效率，成功开创了边疆屯垦戍边的生活。

信仰是一个人内心的指路明灯，它能照亮一个人的人生之路。"冲破万重山，创业在新疆，一心为革命，誓死不回头"的誓言激励着她的一生。他们，是那个时代最美丽的一道风景。

（荐读人：吴郁[1]）

【书信原文】

致女儿永珍的信

永珍女儿：

你好！你的来信，爸妈①已收到。

爸妈知道新疆各方面条件很差，你在信上讲：你不怕苦，不怕困难，你这样的想法和做法是对的。爸妈支持你，鼓励你。

永珍，你现在已分到单位去了，开始工作学习。爸妈希望你要好好学习，努力工作，端端正正做人，听党和毛主席的话，不负爸妈对你的期望，要做一个名副其实的好青年，何时何地都要团结周围的同志，尊敬师长、首长，对人要有礼貌，在艰苦的环境里，要锻炼自己，遇事要大方，不要斤斤计较。这是做人的起码道德呀。

另外，你们团里的周副团长来沪家访，了解上海青年家庭的情况并汇报了你们在新疆的表现。周副团长讲：很了解你，他对你的评价很好，很喜欢你这个小姑娘，他让我们作为父母，要放心，说你们的女儿在那里很争气，为你们争光了。

最后爸爸要叮咛一下，你要在那里，工作注意安全，当心自己的身体，身体是革命的本钱啊！

1　吴郁，可克达拉市镇江市高级中学语文教师，高级教师，四师可克达拉市骨干教师。

落笔，下次来信再说。

永珍女儿，你不要忘记你是干部的女儿。再见，女儿。

父亲

1965. 7. 20

【人物简介】

蒋永珍像

蒋永珍，1948 年生。1964 年，只有 16 岁的蒋永珍，响应知青下乡到农村的号召瞒着父母报名支边去新疆生产建设兵团农一师一团，开始了知青生涯。生活中，蒋永珍勇于克服困难，时时谨记父亲的教诲，严格要求自己。1967 年，蒋永珍与当地职工牛长山相恋并成家。20 世纪 70 年代的"回城风"中，蒋永珍放弃回城机会，主动留下，真正做到"嫁到兵团留新疆"。1995 年，蒋永珍退休，过着安静蒋永珍像、平和的日子，继续她的兵团生活。

【探微索迹】

① 蒋永珍的父亲是上海某街道办主任，母亲是棉纺厂的车间主任，由于女儿去了遥远的边疆，父母十分牵挂担心，经常写信教导她。每封信里，父亲不会像母亲那样事事关心，却会叮嘱女儿做人的道理。蒋永珍说："父亲总提醒我，身为干部的女儿要严格要求自己。"

【品读感悟】

豆蔻少女当知青　扎根边疆四十载

从 1965 年的依靠家信传递思念，到如今的互联网传递情思，永珍

历经长达半个多世纪的洗礼，其中始终不变的是尺素传递之道，始终清晰的是情思传递之感。

1954 年 10 月，按照国家"不与民争利"的原则，一批又一批复员转业军人、城乡青壮年和大中专毕业生从祖国四面八方陆续来到新疆，加入兵团这支新中国屯垦戍边大军，蒋永珍便是其中的一员。他们白手起家，艰苦奋斗，虽条件艰苦一无所有，但仍坚持初心，最终把亘古荒漠改造成生态绿洲。为此多少人付出了自己的青春与汗水，甚至于生命。这不正是对"热爱祖国、无私奉献、艰苦创业、开拓进取"的兵团精神最好的诠释吗？现在新疆的和平与安宁少不了无数无名英雄的努力与奉献。

尺素传情，传递的不仅仅是亲人的关心与思念，更是坚持到底的精神支持。蒋永珍不但不顾家人反对偷偷报名来到新疆，而且最后在兵团安家留在了新疆。"虽仍有尺素之思，但不忘家国之情"是她舍小家为大家的高尚情怀；"牢记父亲教诲，勤劳坚持不懈"是她知青生涯完美的诠释；"清澈的爱，只为中国"是她深深的爱国情怀；"到边疆去，到祖国最需要的地方去"是她为祖国献身坚定不移的信念。她用行动诠释了自己对祖国的爱，毫无杂念地将青春献给祖国，将岁月永远定格在新疆兵团。边防虽很苦很累，但总有一群"可爱的人"不求名利、不畏艰苦、不怕牺牲，甘愿用青春描绘祖国的年轮。

长期以来，几代兵团人扎根新疆沙漠周边和边境沿线，认真履行党和国家赋予的职责，在兵团建设和发展实践中逐渐形成了"热爱祖国、无私奉献、艰苦创业、开拓进取"的兵团精神。新时代，习近平总书记强调："要弘扬民族精神和时代精神，践行胡杨精神和兵团精神，激励各级干部在新时代扎根边疆、奉献边疆。"无疑，蒋永珍的故事就是其中最好的见证。

今天，我们坐在明亮的教室里，聆听英雄的事迹，不禁感慨："祖国今日幸有你，我们安心！祖国明日将有我，你们放心！"

（夏雨桐　2022 级）

感党恩，听党话，跟党走

　　毛主席的一声号召，初中毕业的蒋永珍从繁华的大都市上海来到了偏远的新疆生产建设兵团农一师一团。日升日落，岁月浮沉，一晃就是 40 余年。多少背井离乡的思念，多少难以割舍的亲情，对于晚年的她来讲，化作了最美的夕阳，温馨从容，那是时间留给她的财富，留给后来者的无尽的思索。

——题记

　　品读这"豆蔻少女当知青，扎根边疆四十载"的故事，不知怎的，脑海中总是浮现出我的爸爸。听他讲，2003 年，共青团中央、教育部、财政部、人事部发布了《关于实施大学生志愿服务西部计划的通知》，而他就是服务西部计划的第一批志愿者。当时他被分到了新疆生产建设兵团农四师六十二团，他们服务的期限是 1—3 年。一年过后，青春的热血褪去，很多人都走了，爸爸却选择留了下来。

　　有了我以后，爸爸再没有离开的想法，这不仅仅是因为我，更是因为热爱。他说，这是一块美丽的土地，它应该盛开鲜花，像每一个孩子的笑脸。不知什么原因，爸爸说这些话的时候，眼中闪着泪花。可能他也想家乡，但我读懂的是爸爸对妈妈和我的牵挂。

　　再后来，有了妹妹，爸爸常常在家里眺望远方，说一些我听不懂的话："长歌可以当哭，远望可以当归，我想家，但我更爱你们。"我慢慢地理解了，开始努力做一个好孩子，让爸爸开心，抚平他魂牵梦绕的家乡情。

　　我不知道该怎么问爸爸，正如我不太能理解蒋永珍奶奶放弃回到繁华的上海的机会，依然坚守在曾经生活的兵团一样。

　　夜深了，蒋永珍奶奶慈祥地看着我，是历史的诉说；爸爸端来了一杯牛奶，是时光的沉淀，更是亲情的告白。我的眼睛，莫名地流下了两行泪水。

　　他们，真的辛苦了！一代代、一辈辈人，创造了新疆的勃勃生机，缔造了新疆的繁荣富强。

　　致敬，向苦难岁月中走来的你们；奋斗，告诫每一个幸福的我们。

我看到可克达拉的行道树——银杏，在园丁的呵护下茁壮的成长。我开始明白，一代人有一代人的长征，我们有我们的使命。

我想说，不能忘记历史，忘记意味着背叛。我更想说，请祖国放心，强国有我！我将沿着伟大的中国共产党指引的方向，感党恩，听党话，跟党走，走向光明的未来。

（李天威　2022级）

大漠深处搞科研 一纸信笺十载情：
在荒凉的戈壁上绽放青春的芳华[1]

【荐读理由】

情况总是不断地变化，我们总得让自己的思想适应新的情况。

——王力殊

1969 年的一个深秋，新疆的戈壁滩仍然如往常一般死寂而空旷，但随着一道划破天际亮光，一朵灰黑色的蘑菇云缓缓在罗布泊地区上空绽放。这一伟大的时刻离不开无数科研人员的默默付出，王力殊便是其中之一。今天，让我们通过一封家书走近王力殊，了解以她为代表的科研人员在大漠深处的生活和工作。

"戈壁滩上水是如何宝贵你们大概体会不到……"

"偏偏今年天旱，我们的自来水也紧张……"

"这一个月，我们一直是吃土豆、海带、黄豆、粉条之类的东西。"

我们或许可以想象一下，当年王力殊毅然决然地告别家人，远离故乡，来到遥远的新疆，面对眼前的一切，她的内心有着怎样的激动、纠结、迷茫与憧憬。大漠深处，人烟稀少、干旱缺水、物资匮乏。然而恶劣的环境和艰苦的生活并没有磨灭她的热情，削弱她的毅力，因为心中的那份信仰始终是她不断前进的力量。

穿过历史的风沙，我们似乎看到了一道坚毅的背影立于茫茫戈壁之中……

"其实你们也别认为我怎么想家。躺在床上没什么事，随便想想也

---

1 郝磊，董长洪. 家书 [M]. 乌鲁木齐：新疆青少年出版社，2009. 内容有改动。

是允许的，工作起来就不会想到这些……"

当夜幕降临，望着漫天璀璨的星辰、皎洁如玉的月亮，她是否在轻声吟诵着"月是故乡明"？是否也托明月给家人送去自己的相思与问候？

于是，展开一张信笺，写下心中对家人的挂念……

夜静了，梦中的故乡谣飘散在大漠深处，温暖了异乡游子的心……

在这封信中，我们可以读到王力殊心中那份坚定不移的信念；也可以感受到她牵挂家人的柔情；更为其不畏艰苦、一心报国的精神而感动。

王力殊在这里度过了十多个春秋，其间，她给远在北京的爱人王连生写了数百封信。这些信件既是他们之间牢固爱情的纽带，也见证了当年参与中国"两弹一星"的科研人员做出的巨大贡献。

"一身报国有万死，双鬓向人无再青。"当家与国有所冲突时，王力姝毅然选择了站在国家的立场。她将青春的热血洒在了这片戈壁上，为实现中华民族伟大复兴中国梦而不懈奋斗了半生。大漠茫茫身满尘，岁月匆匆鬓染霜。王力殊身上的这种"国有召唤，我必奔赴"的责任与担当精神值得我们学习和传颂。

（荐读人：王绍婵[1]）

【书信原文】

王力殊致王连生信

连生：

你好！

收到了你9号的来信。

看了4·20[①]和5·4总理的讲话，感到对于国防科委来说，应该

---

1 王绍婵，可克达拉市镇江高级中学语文教师，二级教师。

是形势大好，因为总理的讲话肯定会促进科委的"文化大革命"。我们这里参加党代会的同志已经陆续回来，还没传达他们开会的情况，不知他们会怎么个传达法。

不知你们是怎么学习主席的这一最新指示："无产阶级文化大革命实质上是在社会主义条件下……"最近看到清华井冈山②的一张小报上写道："井冈山人与四·四变天派的斗争，绝不是什么同室操戈③，豆萁相煎④，而是共产党和国民党生死斗争的尖锐体现。"看了不太理解，是不是因为不了解情况？你们那里也是这样两派的斗争性质吗？

天气开始热了，对我们工作很不利，机器也怕热，一热就不灵了，偏偏今年天旱，我们的自来水也紧张，所以安装冷却设备也有困难，若实在不行的话，只好晚上算题了。我们已经决定不去北京了。因北京的机器还没联系好。妈妈听说我要去北京，也挺高兴，这回算你们空欢喜一场。情况总是不断地变化，我们总得让自己的思想适应新的情况。

戈壁滩上水是如何宝贵你们大概体会不到。我回来后修蓄水池，每天只有一两小时的自来水。洗澡、洗衣服都不那么自由。这两周，山下老乡的麦子快干死了，他们上山来看守我们的水塔，一天也只准放两三次水。我们种的菜也眼看快晒焦了，没有水，真急人。因老乡是靠种庄稼过活，我们种的菜干死了还可以到外面买，所以得先让他们用水。昨天晚上突然给我们放来了水，那会儿真紧张，我们七八个人浇了一夜地。这回小苗得救了，要不了几天就可以吃上青菜了。这一个月，我们一直是吃土豆、海带、黄豆、粉条之类的东西。

这次回来以后，常想到你们，不过已经是大人了，不像小孩那样想家。你的照片放在"老五篇"⑤里，所以一天也就看到了一两次。其实你们也别认为我怎么想家。躺在床上没什么事，随便想想也是允许的，工作起来就不会想到这些。我们对于离开家还是挺习

惯的，这不是说大话。

我做了两个相框让我们组的同志给带回去了，你若喜欢可去妈妈那里拿，我已经告诉她了。我还带回去几枝具有戈壁滩独特风格的花，因它含水量极小，看来不会坏的。

你们那里情况如何？

向大家问好！祝好。

力殊

68.6.3

【作者简介】

王力殊，生年不详，中国核试验计算的国防科委研究人员。1958年考入清华大学，她原本报考的是机械系，可录取通知书发来时却是工程物理系，机缘巧合下与核物理结缘。1964年从清华大学毕业，为响应周总理"青年当珍惜机会，为人民服务"的号召，来到了当时的国防科委第21研究所，即核武器实验研究所。1966年，"21所"由北京通县搬

王力殊工作照

迁到新疆"红山"，驻地在马兰北边的一个山沟里。自此王力姝开始了长达十余年的地下核试验计算工作。在此期间她参与了罗布泊核试验并亲眼见证了蘑菇云升起，为"两弹一星"的研发及中国核武器发展做出了巨大贡献。1976年4月初，王力殊调到北京科委507所（载人航天研究所），后调入气象部门。

【探微索迹】

①4·20：周总理接见国防科委学代会部分代表、军管代表、七机部916革命造反兵团代表、中国科学院代表时的讲话。

②清华井冈山：清华大学井冈山兵团。

③同室操戈：指兄弟争吵。泛指内部斗争。

④豆萁相煎：比喻兄弟相残。同"豆萁燃豆"。出自三国魏曹植《七步诗》。

⑤"老五篇"：指毛泽东的五篇文章，包括《为人民服务》《纪念白求恩》《愚公移山》《关于纠正党内的错误思想》《反对自由主义》。"文革"期间号召全国人民重点学习。

【品读感悟】

细品王力殊家信

浪沙层层翻涌，六月的天裹挟着热浪吹向若羌县那夏天从未下过35度的大漠戈壁，让本就干热的罗布泊更加热气腾腾。

初读王力殊的家信，来自罗布泊的热浪扑面而来。那是热到机器都无法正常运转的崩溃，是每天只有一个小时自来水的绝望，是哪怕菜地晒焦了也要为一辈子靠种庄稼过活的农民考虑的大爱。

重读王力殊的家信，对家人的无尽思念扑面而来。那是对归家的渴望流动在罗布泊早已干旱了很久的沙漠地里，却又忙碌到忘却了的思念；是圆月下的思念幻化成了沙漠地上的满地银白。

再读王力殊的家信，这次扑面而来的便是那颗赤诚的心了。那是愿祖国强大的磅礴愿景，是粉身碎骨也要留在这里的决心，是为了国家的不再破灭，为了百姓的安居乐业而只许成功不许失败的信心与决心！

（瞿可欣　2022级）

读《王力姝的家书》有感

读王力殊前辈的家书时，我的思绪跟随前辈的呢喃来到了茫茫的大漠戈壁，饱览大漠风景，感受爱国情怀。

在艰苦的戍边研发生活中，王力殊前辈攻克了工作上的困难，克服了生活上的艰苦，最终迎来了成功。她将生命路途中的磨难化作了最亮丽的风景线，书写了她那绚丽的人生。因为有了数以千计像王力殊前辈一样的科技人员，才为我国核武器的研发奠定了坚实的基础。

在"21所"工作的十几年中，王力殊前辈与家人见面不过短短几十天，她将最美的自己献给了祖国，为大家而舍弃了小家。王力殊前辈在信中字字不提家庭，却处处透露出对家人的思念。

短短几百字便概括了王力殊前辈在马兰基地度过的十几载年华。我不曾经历，所以无法感同身受，但是我们应永远铭记他们。我骄傲！我幸福！因为有了千千万万个前辈的身先士卒，奋斗终身，才有数亿中华儿女美好的生活！

（顾京 2022级）

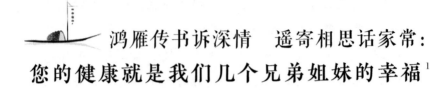

鸿雁传书诉深情　遥寄相思话家常：
您的健康就是我们几个兄弟姐妹的幸福[1]

【荐读理由】

多封信见证了郭凤琴与母亲之间的深厚的情感，尽管郭凤琴在新疆生活不顺，她却总是报喜不报忧，给母亲传达自己一切都顺利的信息。郭凤琴不想让年迈的母亲担心和牵挂，她只希望母亲能够安心，这种母女之间的默契与关爱，让人动容。

在郭凤琴的生活中，母亲一直是她最坚强的后盾，而选取的这段书信中的故事可谓感人至深。一只和母亲有着深厚感情的小羊去世后，母亲深受打击，面对母亲病情的恶化，郭凤琴决定放弃一切回到母亲身边。母亲却始终不愿让她回来，而是安慰她说自己没事，要她好好工作，照顾好家人。这番话，虽然是一位母亲对自己女儿深深的爱，她用自己最朴素的方式安慰着郭凤琴，却让郭凤琴倍感内疚。她知道，母亲只是不想让她担心，却从不言说自己的病情。这种默默付出与关心，让人感受到母亲对郭凤琴的深深的爱意。

在弟弟的来信中，郭凤琴得知母亲病危，她立刻放下一切赶回去。这一次，郭凤琴终于陪在了母亲身边，给予了她最后的陪伴和安慰。对于母亲来说，这也许是她这么多年以来最大的安慰了。郭凤琴的这段经历，无疑展示了她与母亲之间浓浓的亲情和无私的奉献。

孟郊诗云："临行密密缝，意恐迟迟归。"这句诗用来形容母亲与女儿之间的深情再合适不过了。无论郭凤琴身在何处，母亲的关爱始

1　郝磊，董长洪．家书［M］．乌鲁木齐：新疆青少年出版社，2009．内容有改动。

终如一。

　　呼唤亲情是现实的需要。在当今时代，电脑、手机等电子媒介的普及打破了传统教育模式，青少年与父母在信息的获取上拥有了平等的权利，家长的话语权、权威性有所减弱，孩子对长辈的教导易产生逆反心理，易情绪冲动，易产生叛逆行为。郭凤琴与她母亲细腻且浓郁的情感引导我们青少年树立正确的亲情观，不要对亲人的爱视而不见，或把爱视为理所应当。

　　呼唤亲情是文化传承的需要。中华传统文化中强调"百善孝为先"，郭凤琴为生计奔波千里之外，却时刻牵挂远方的母亲，彰显出孝不仅仅是物质上的赡养，更是内心的敬重。

　　总之，这封书信中展现的母女情深，让人感受到了亲情的伟大与真挚。陪伴是最长情的告白，行动是最美的风景。有空常回家看看，为母亲做一道她喜欢吃的菜，爱一爱你的母亲。我们总把目光放在缺乏的事物身上，却对已拥有的东西毫不在意。人生最大的痛苦莫过于，子欲养而亲不待。父母在，人生尚有来处；父母走，人生只剩归途。愿我们都能放下手中的事，多回家跟父母一起吃饭，跟他们说一声："我爱你！"

（荐读人：朱红丽[1]）

【书信原文】

郭凤琴母女通信两封

妈妈：

　　您好！身体健康吧！弟妹都好吧！

　　月余未给您去信了，女儿很是想念。想咱们家的麦子已割完了吧？今年收成怎么样？咱自留地①麦子打了多少？新民（弟弟）开学了没有？以后凤荣（妹妹）教他学写信，把学习成绩给我写来。

1　朱红丽，可克达拉市镇江高级中学语文教师，二级教师。

大姐来信没有？我们给她去的信、寄的葡萄干已很长时间了，也不见她的回信。户口问题现在已办得差不多了。我的病也已经较以前好多了。我们一切都很好！

这里天气也慢慢热起来了，不过早上、晚上还都得穿秋衣②。咱们那里现在大概很热了吧？我的被子，那条黄色的已该拆洗了，妈妈有空时给晒一下。宝银来信说：水瓶凤荣还没拿回去，他给润姐了，让她用吧。海江欠的10元钱送去了没有？长山呢？我已给他去信了。他若不给，以后我再给学校领导去封信，或等我回去时再说。

现在，我舅舅在哪里？我们给他去信已一个多月了，也不见他的回信。现在我们两个都很好，望妈妈勿念。

女儿 凤琴
1968. 6. 11

妈妈：

您近段身体健康些了吧，接到弟弟的来信，真是使人心中难受得很，当多看到妈妈有病的时候，又想我们，我不由痛哭了一场。

妈妈，您身得重病，三个闺女都不在身边，不能照顾你。我两个姐姐都能在经济方面支援你，可我呢，没什么能力，又不在你跟前，心里更难过。我把行李收拾好了，马上就要回去，可我哥（亲戚）又打了长途电话，说您病好了，暂不要回来，那就不回去了。

妈妈，您真的不愿意我在新疆，那我就回去。如果现在让我回去的话，速来信。要是病好了，现在不回去也行，那我就在这里找个临时工干上几个月，八月十五前回去。我想干几个月的活，挣几个钱，也好为弟弟买点东西。虽说我和新民（弟弟）在家爱吵架，但总还是想着他的。特别是接到这封信，看到新民对你的照顾费了不少心，那更使我心疼我那年幼的弟弟……

妈，你的病我也知道是怎么得的，为了一只羊。羊死了就算了，我忠义哥（亲戚）不是和咱一样吗，老羊、羊羔一下①都死完了。

别说是羊，不管是啥，死了也是没办法的事。您也不要老是想不开，应该自己劝自己，光靠别人劝也劝不到心里。您想不开，真要有个三长两短，那我们还怎么回家，谁是我们的亲人？妈，你应该想开。希望妈一定把心放宽，多多保重身体，您的健康就是我们几个兄弟姐妹的幸福。

另外，我姥姥和舅姥爷他们的身体好吧？我姨也好吗？我们在这里一切都好，不要挂念。别（的）不多写，速速回音。

女儿　凤琴

1973.4.23

【作者介绍】

郭凤琴，生年不详。1966 年，郭凤琴结婚。1968 年，从老家河南郾城县（今漯河郾城）跟随在乌鲁木齐火车站工作的丈夫来到乌鲁木齐。从离家开始，到 1973 年 6 月母亲去世，郭凤琴给母亲写了 100 多封信。

【探微索迹】

① 自留地：是中国农业合作化以后，为照顾社员种植蔬菜和其他园艺作物的需要，由农业集体经济组织依法分配给社员长期使用的少量土地。

② 早上、晚上还都得穿秋衣：新疆昼夜温差大，中午很热，早晚很冷。

【品读感悟】

一纸尺素情深，万里家书思亲

千山常记起，万水都怀念。五年间，百封家书，字里行间怀思念。身在异乡，心中放不下的始终是自己的母亲；虽万般思念，却难提不字。母女情深，岂是万里路所能阻隔的。

临走之前，郭凤琴便一再询问母亲的意见，她也想留在母亲身边。普通农家子女，独自去往远方，是父母，便会担心。但郭凤琴的母亲知道，郭凤琴的未来需要她自己把握。在母亲的鼓励和劝说下，郭凤琴没有留在母亲身边，去了远离家乡的新疆。

后来，郭凤琴得知母亲的病情后，依旧在询问母亲的想法，她既想早日见到母亲，又想多为家里分摊经济上的压力。

信中，家长里短，对姐姐，对弟弟，对妹妹，以及对母亲，是无限的思念，思乡之情难却，思亲之情无边，身处祖国边陲，唯有家人值得挂念。

"雁尽书难寄，愁多梦不成"是对亲情最好的诠释，更是百封家书的见证。信的两头，是泣不成声的母女，也是家乡和异乡的距离。

诚然，儿女千千万，谁又能对自己的父母不想念，谁又能对自己的家乡不挂念？在那个通信不发达的年代，笔墨便成了联系万里的唯一渠道，熟悉的字迹，亲密的话语，是对亲人最好的礼物。

如今，信息发达，我们是否更应该常联系父母，让他们勿念呢？身为子女，怎能在忙碌中迷失自己，忘却家中期盼着子女回音的父母。让我们常与父母联系，用心拉近万里的距离。

（辛昊泽　2023 届）

五年百封信牵挂妈妈感念亲恩

我们永远都不知道母亲对我们的爱到底有多深，他们为我们付出了多少。我们总是觉得他们会永远陪伴在我们身边。这封书信，句句不提思念，但句句流露出思念之情。

读完这封信，我想起了我的母亲。说来惭愧，我小时候体弱多病，如果没有母亲，我还能像现在这样健健康康地成长？人言"父爱如山，母爱如海"，母亲对我的付出就像大海一样宽广，正如"谁言寸草心，报得三春晖"，我又能给我的母亲回报几分呢？物质上的回报并不是母亲真正想要的，她想得到的只是女儿的点滴关心啊！难道我们连这点

也不能满足母亲吗？不知道母亲几时离去，到那时我不知又会如何伤痛。鸦有反哺之义，羊有跪乳之恩。趁现在，我们应该多多去关心母亲，用自己最朴素的方式来回报父母的恩情。

（那孜热·吐鲁逊巴衣　2023 届）

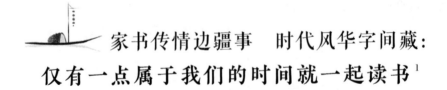

家书传情边疆事 时代风华字间藏：
仅有一点属于我们的时间就一起读书¹

【荐读理由】

这是一封充满生动细节和感人故事的书信。杨镰，一个在边疆"插队"13年的人，通过他的笔触，我们仿佛可以穿越时空，亲身感受那个特殊时代的生活气息。

杨镰叙述了他的边疆生活经历，让人不禁被他的坚韧和毅力所打动。从取家具的波折，到寄书的细心叮嘱，再到工作学习的忙碌与充实，每一个细节都生动形象地展现了他的奋斗和成长。边疆的艰苦条件、邮递员的"关照"、帮同学妹妹的相片复制底片，这些看似琐碎的生活小事，却在杨镰的笔下汇聚成一幅感人至深的时代画卷。

透过杨镰的故事，我们能深刻感受到他对知识的热爱和对学习的执着。在极忙的工作之余，他坚持每天看书两小时，甚至建立了一个小图书室。这种对知识的渴求和对自我提升的不懈追求，是当代青年人应当学习的。在信息化社会的今天，信息更新的速度可谓是日新月异，只有不断学习，才能不被时代淘汰。

此外，信中所体现出的责任感和使命感，也是值得高中生深思的。杨镰意识到自己的工作是为了党的事业，因此信心百倍，精力充沛。这种将个人命运与国家命运紧密相连的意识，是每一个时代青年都应有的情怀。对于高中生而言，虽然他们还未真正步入社会，但培养这种责任感和使命感对于他们未来的成长和发展都是至关重要的。

---

1 郝磊，董长洪. 家书 [M]. 乌鲁木齐：新疆青少年出版社，2009. 内容有改动。

　　如果你对历史、社会变革和个人成长感兴趣，那么这封书信绝对值得一读。它不仅可以让你了解到那个时代的生活和历史背景，还可以让你感受到杨镰的个人魅力和奋斗精神。在阅读中，你仿佛可以与他一同经历那些艰苦而充实的日子，共同见证一个时代的变迁与成长。

（荐读人：崔栋[1]）

【书信原文】

杨镰致杨斧信

杨斧：

　　你好！昨天，我去车站取了全部的家具，一件也没损坏，安全到达，这和你、杨锄（杨镰的哥哥）及董凯（邻居）等是分不开的。颐青（杨镰的妻子）父母很高兴。家信也早收到，并回了信。

　　五天前给家里寄了一批书，其中有：《拿破仑传》《基辛格》①（下）《列宁生活片段》《希思首相》②《中国经济史考述（三）》《曹家档案史料》③等，收到后务必回个信。尤其是《拿破仑传》，为了咱们能多看几遍，一定不要外借，看过后收好，有机会寄回。寄时一是要挂号，二是包裹务必严实，三是要夹在其他不要紧的书中。

　　在《拿破仑传》中夹了一张相片，是我们一个同学妹妹的，她想复制一下底片，北京城里的照相馆可以复制，请你们搞一下，复制好再放上两张夹在书中寄来。今后凡是寄书，可寄到矿上："乌鲁木齐市六道湾煤矿团委杨镰收。"因我发现寄到张家的书总被邮递员拆开看一遍，尤其是像《拿破仑传》一类书，会扣下的，相片也不妥，我们矿上不要紧，是自己取，保险一些，再说挂号的东西也随时有人签字，家中都上班了。再说，我们家安在矿上，不常去张颐青父母家了。

1　崔栋，可克达拉市镇江高级中学语文教师，高级教师，新疆维吾尔自治区"天山英才"教育教学名师，四师可克达拉市高中语文名师工作室主持人。

　　我们最近极忙，是上学以来前所未有的，但心情很舒畅，因为是看到自己是在为党工作，自己的工作是于党的事业有利的，有了这一点，工作起来信心百倍，精力充沛。

　　我希望爸爸能把"我们的权力是谁给的"那条语录书写一遍寄给我。我会时时提醒自己，做人民的公仆，不做老爷，耐心、虚心地对待群众，听取他们的意见、申诉，关心他们的欢乐、辛苦。看到一些干部的工作作风，的确是太坏了，对工人像个把头④，说到这儿，爸爸又要批评我了，可是爸爸，这的确是生活中存在的，我们不去宣扬它，但是要引以为诫，并且力争消灭它。

　　我们结婚后精神都很愉快，尽管见面时间不多，甚至比婚前还少，但是都没有怨言，大家有不同的工作呀！这里有很多好同学，我们常一起读书，一起讨论问题，他们都是很正派的人，可以互相提高。我建立了一个小图书室，过几天能有两间房子了。大约有一千册图书，希望你们，尤其是小王（杨镰的一个朋友可以帮他买到很多书籍），在学校有条件为我提供一些新书，小王，千万别忘了你答应我的给我买书的诺言啊！有本《红石口》是反特的，我错过了，再有《摘译》的总十册，王府井有自然科学摘译的总第五期，《意大利简史》、《黑非洲史》的第二卷上下，买了寄来，再有其他的内部书，小王，千万别食言！

　　张颐青现在也很爱读书，仅有一点属于我们的时间就一起读书。奇怪的是，有人因此而厌倦了紧张的斗争生活，而希望总是小两口的时间，我呢，反而因此更渴望斗争的生活，更愿去赴汤蹈火。我的记忆也好像到了顶，每天不管工作多忙，一定要看两小时的书，再困、再累，睡一觉就恢复了精力，第二天的工作反而更有力。

　　不多写了，还是那个要求，来信详细介绍一下总理去世⑤的悼念活动，让我们也能受些启发、教育。

　　三月三日—五日开矿上的团代会，工作会更紧了。

　　再说一遍：信寄到张家，她每周末来矿时带来，书寄到矿上。

　　替我向西、马、凯（同住在北大燕东院的朋友）等致问候。

杨锄一家的相片、尤其是和爸爸的新照寄来。二姐的病是否好利索了，她身体太单薄了，要多注意。问全家好。

杨　镰

二月十八日

【作者简介】

　　杨镰（1947—2016），祖籍辽宁辽阳，上海人。中国作家协会会员，中国社会科学院文学研究所研究员，博士生导师，著名西域文化专家、考古学家、探险家。1949年，随父亲杨晦从香港迁居北京。1954—1960年，在北京大学附小读小学。1960—

杨镰像

1963年，在北京大学附中读初中。1963—1966年，在中国人民大学附中读高中。1968—1972年，到新疆哈密巴里坤的伊吾军马场劳动。1972—1975年，在新疆大学中文系学习。1975—1981年，在乌鲁木齐六道湾煤矿团委工作。1981年4月，参加中国社会科学院全国招聘考试，以第一名的成绩录取为文学研究所古代文学研究室的研究员，1982年正式入所，开始发表文学作品。1983年加入中国作家协会。1986年被正式评聘为中国社会科学院文学研究所助理研究员，1991年被评聘为副研究员，1998年被评聘为研究员。20年间，数十次深入天山南北的荒漠、绿洲，做探险考察。他主编的"西域探险考察大系""中国西部探险""探险与发现"等丛书，对新世纪开发西部倾注了心血和热情，有关西部人类与环境的纪实作品《荒漠独行》《最后的罗布人》《发现西部》受到读者关注。曾任新疆北庭文化研究会名誉会长。

【探微索迹】

①《基辛格》：亨利·阿尔弗雷德·基辛格（1923—2023），1923年5月27日出生于德国，犹太人后裔，毕业于哈佛大学，美国著名外交家、国际问题专家，美国前国务卿，在中美建交中扮演了重要的角色。

②《希思首相》：爱德华·希思（1916—2005），曾任英国首相，一生多次访问过中国，推动中国和英国建立了大使级外交关系，在中英两国解决香港问题的谈判中也发挥了重要作用。

③《曹家档案史料》：该书共收辑故宫明清档案部所藏清代内阁、宫中及内务府的题本、奏折和进贡单等档案史料200件，其中汉文档案139件、汉译满文档案61件，该书所辑入的档案史料对研究《红楼梦》作者曹雪芹的家世，也是十分重要的原始史料。

④ 把头：旧时称呼把持某一地方或某一行业（如搬运等），从中剥削的人。

⑤ 总理去世：1976年1月8日，周恩来总理在北京逝世，享年78岁。1月11日在北京火化，一大批群众自发地前往送行，后扩大至全国，各地相继举办追悼活动。

【品读感悟】

深情回望边疆岁月　诚挚感悟人生百态

杨镰深沉且富有感情的文字，描绘了他在边疆"插队"的生活。他的经历，尽管充满了艰难和挑战，却也充满了希望与奋斗。

在描述杨镰对家人的思念和关爱时，我们可以看到他对亲情的珍视，以及对知识的分享。他在繁忙的工作之余，始终挂念着家人，不断地寄去图书，为他们分享知识。他对家人的细致叮咛，以及对相片复制的请求，都体现出了他对家人的深深思念和关爱。这种真挚的情感，让人深受触动，也让我想到了远在他乡的亲人，更加珍惜彼此间的联系和关爱。

　　然而，杨镰的边疆插队生活并非一帆风顺。艰苦的环境、艰难的生活条件及孤独的情感体验，都是他每天必须面对的挑战。但是，杨镰却没有向困难低头。他坚持学习，提高自己的能力，无论是为了工作的需要，还是为了满足自己的求知欲望，他都付出了极大的努力。他对知识的渴望和对人民的忠诚，展现了他的奋斗精神和责任担当。这种精神不仅激励了他的同时代人，也让今天的我们为之动容。

　　此外，杨镰与同学在边疆相互支持、共同进步的经历也让人深感温暖。他们在那样孤独的环境中一起读书、讨论问题，建立了深厚的友谊。这些同学的陪伴和鼓励，使他在困难中坚持下去，也让他更加明白了人与人之间的相互关心和支持是多么宝贵。

　　杨镰信中提及的一些细节也让我产生了兴趣。例如，《拿破仑传》中夹带的相片和他对矿上寄书的考虑。这些细节不仅让我了解了那个时代的生活环境和人们的心态，也使读者更加身临其境地感受到了杨镰当时的处境。这些细节丰富了文章的内容，使读者更深入地了解了杨镰的心路历程。

　　在阅读这封书信的过程中，我感受到了作者的真情实感。他对家人、朋友和同学的关心让我为之动容；他对知识的渴望和对人民的忠诚让我为之敬佩；他对细节的描述让我为之惊叹。读完这封书信后，我更加珍惜身边的亲人朋友，更加明白了奋斗的重要性，也更加懂得了人与人之间的相互关心和支持是多么宝贵。

（杨伊帆　2022 级）

边疆插队岁月的深情倾诉

　　在杨镰的家信中，我们仿佛亲身回到了那遥远的边疆"插队"之地，感受到了他对家人、对工作的炽热情感与坚忍执着。信中翔实地描述了他从车站取家具的经过，展示了他的细心与尽责。他与家人的关爱与问候，流露出深厚的家庭情感。

　　信中，杨镰提到了寄给家人的书籍，特别是《拿破仑传》，他强调不外借，看过后要收好，有机会再寄回。这种对书的珍视，让我们对他的学识与求知欲产生了敬意。同时，他提到自己工作的重要性与信心，以及对党的事业的忠诚。这种坚定的信念和对工作的热情，深深感染了我们。

杨镰在信中分享了自己的生活琐事，如结婚后的喜悦、与同学的交流等，这些都表现出他对生活的热爱和对人际关系的处理。特别是他在忙碌的工作之余仍坚持每天阅读两小时，这种自律和毅力让人赞叹不已。

最让人感动的是杨镰对家人的关爱和思念。尽管工作繁忙，但他始终把家人放在心上，关心着他们的生活和健康。他对妻子的爱意和关心，更是让人感受到了他们之间深厚的感情。

这封家信充满了真挚的感情和丰富的细节，让人如同亲身经历。它展示了一个普通人在边疆"插队"的艰辛历程，以及他对家庭、工作和社会的责任感。这封家信不仅传递了亲情和友情，更传递了一种坚定的信念和对美好生活的追求。

（何嘉文　2022 级）

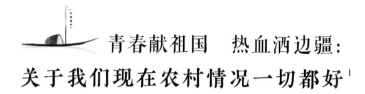

青春献祖国　热血洒边疆：
关于我们现在农村情况一切都好[1]

【荐读理由】

人生中有些事情，不是因为有意义才去做，而是因为去做了才有意义。一个时代有一个时代的责任与奋斗目标，尽管每一代的精神风貌各不相同，但在岁月更迭中，始终不变的是开拓者的身姿和"落红不是无情物，化作春泥更护花"的奉献。

把青春献给祖国！康汉生是凭借着一腔热血，住帐篷、饮苦水、顶风冒沙的第一代东风人。谁也没想到，这一来，就是一辈子，就把根扎在了荒漠戈壁滩。这种无私奉献的精神值得我们后辈敬仰！就像他们自己所说："献了青春献终身，献了终身献子孙。"

康汉生不远千山万水，不辞千辛万苦，不畏千难万险，努力适应边疆贫瘠荒凉的生活，这并非她一时冲动，而是她身上坚持不懈的探索精神和心中的一份情怀。50年前的今天，她怀揣理想和抱负，扎根新疆这片热土。如今一个半百过去了，曾经风华正茂的青年已是耄耋老人，她用自己的一腔热血，以及崇高伟大的信念，在新疆这片热土上开枝散叶，用一生的坚守兑现着奉献新疆的承诺。她像一棵胡杨树，默默伫立在西北边疆的大地上，将自己的生命融入这片土地；也如一朵雪莲，静静绽放，不问归途。她的功绩，永远不会被历史忘记。

一封轻轻的家书，传递了一份沉沉的情怀、一种闪闪的精神与一炬璀璨的薪火。平凡的字句、平凡的问候、平凡的感情背后勾勒出的

1　郝磊，董长洪. 家书［M］. 乌鲁木齐：新疆青少年出版社，2009. 内容有改动。

是不平凡的家国情怀。离家五十载，鱼沉雁渺，唯有两封书信珍藏至今。乡音飘过，泪潸然，岁月流逝着芳华，等待下一次重逢。一封家书，一份情怀，当如明星荧荧，亘古不息。

（荐读人：袁宏[1]）

【书信原文】

康汉生家书两封

哥姐[①]：

你们好！来信给你们全家拜年，祝你们在新的一年里工作顺利、万事如意，全家大人小孩身体安康！小妹 3 月 5 号收到你们的一封来信，心中万分高兴，我原以为母亲去世以后，你们就再不来信了，可小妹很想写信去问候你们，但小妹文化水平有限，写信感到非常之难，再加上一些家务事，很难提笔，我想你们不会怪小妹吧！

哥姐，关于我们现在农村情况一切都好！分田到户，自己种，自己收。我家四口人种了 3 亩田，收了以后，把国家任务一还，多余的就保自己的吃，粮食收了以后，妹夫就到村里做临时工，可以保零用钱和两个孩子上学读书。妹夫人品非常老实，我们一切都很好！

哥姐，你妹夫和大孩子今年春节去了县里大哥那里，大哥和大嫂对你们很关心，他们对妹夫提起你们，问你们给我们去信没有，不知你们现在情况怎么样？我们现在都希望你们能够回来玩一次那就好了。县里大哥现在的条件就不用说了，自己盖了高大的楼房。我想你们来信时，是不是同时给县里去过信。他们还经常提起你们。

哥姐，你们来信时，不是说春节不在家吗？不知道你们到底是在哪儿过的春节，你们一家现在情况到底怎样，彪子他们现在工作好吧！孩子会说会玩吧！秀丽在人家家一切都好吧！另外两个小孩还在读书吧！再来信请告知！

1　袁宏，可克达拉市镇江高级中学语文教师，二级教师。

只谈到此，下次再谈。

祝全家快乐，万事如意！

小华

91.3.28 晚

哥姐：

你们好！来信给你们全家拜年，祝新年快乐，万事如意！

哥姐，在春节期间收到你们寄来的伍拾元钱，我心中感到惭愧，因为我比你们年轻，没有给你新年礼物，所以心中真不知是什么滋味。

哥姐，收到你们寄来的钱后，我一直在等你们的来信，结果等了好几天，还是没有收到信，我又怕你们担心，所以就急着写了回信。

哥姐，你们最近一切情况都好吧！孩子们的一切工作顺利吧！小孩子们的学习、身体都好吧！另外还有小孙子现在会说会玩吧！请来信告知。

哥姐：你们在旧年不是来信说要退休的吗？到底是今年什么时候，我想你们一定要趁这次机会回家玩一次。如果这次不回，往后就更难了，我想你们到了要回的时候，就给我一个准确的信。直接到横店火车站下车，我到车站接你们。

哥姐，关于家中的一切情况都好，两个孩子都在上学念书，身体也很好，不过就是旧年种田遇到干旱、粮食没有收好，那都没有多大关系，今年在新的年里再来吧！

哥姐：我想只谈到此，望今年你们回家再一起谈吧！家中一切都好，望哥姐不用担心。

祝全家：新年快乐

万事如意！

小华妹

1992.2.20

【作者简介】

康汉生，女，祖籍湖北，1939 年出生于湖北一个普通农民家庭。20 世纪五六十年代，康汉生在人民公社的生产队里挣工分。1960 年，响应国家号召，报名支援新疆农垦建设，成为全村的唯一代表。和同乡一起来到新疆乌鲁木齐后，她被分到新疆军区后勤工程总队，经常到处去盖房子、建工程。工程队的工作很辛苦，但康汉生从未抱怨过。几年后，经人介绍，她和部队转业到工程队的同事何光进结婚。随着子女的陆续出生，她辞去了工作。但生活依然忙碌，母亲几次来信催促她回趟老家，但她始终没能腾出时间，因不识字，只能让丈夫替她回信。

20 世纪 80 年代初，康汉生的弟弟妹妹都已长大成人，她的母亲专程来到乌鲁木齐市看望她，她才见到了阔别 20 多年的母亲。后与小妹康小华互通信件，1992 年断联后再未取得联系。十几年来，康汉生一直把最后收到的两封信保存完好。

【探微索迹】

① 信中开头称呼的"哥姐"是指康汉生夫妻俩。

② 人民公社：在高级农业生产社的基础上联合起来组成的劳动群众集体所有制的经济组织。成立初期，生产资料实行过单一的公社所有制，在分配上实行过工资制和供给制相结合，并取消了自留地，压缩了社员家庭副业。

【品读感悟】

读康汉生家书有感

"我寄愁心与明月，随君直到夜郎西"，简简单单的一封书信，没有一句问候不体现其关怀与牵挂。

我们都踏万千星河而来，又乘万千小舟奔赴远方，匆匆。带着理想和信念，无畏前进，不断奔跑，再回首，那是无色的青春。

像正值青春的"她"，时光是刹那的、短暂的，所以，那些爱与温暖总是分外匆匆，未及珍惜便转眼已逝。时光又是永恒的、漫长的，所以，那些爱与温暖，总是永刻心底，一生一世，无法忘记。

故土赠予世人的是美丽的羁绊，亦是远行的勇气，你爱故乡的草木山川，可今朝风流少年亦爱万里之外的飞湍险滩、壮丽崎岖，爱那故乡无以给予你的沧海竞渡、百舸争流。

人生的旅程深邃悠长，我们对未来一无所知，亦未知是什么坏事，如果我们一早就知道结局，还有多少人敢去赴那茫茫的前路？

（马忠英　2022 级）

品读康汉生家书有感

奋斗成就梦想，无奋斗，不青春，在那段躁动的岁月里，有人在一步步一步步地往前走，追随梦想的光亮；有人却背井离乡，孤身来到大西北，与家人 20 载未见，仅用屈指可数的几封信来慰藉心中多年的思念。

读信有感，在康汉生老人身上我看到了吃苦耐劳，自小她的肩上便是整个家庭。爱国信念促使她坚定报名支援新疆农垦建设，辛苦劳作多年，结婚生子，其间与母亲相见，与小妹通信寄钱。后来生活慢慢有起色的她又与老家人失去了联系，苦苦守着一张合照和两封保存完好的信，心中思念也愈来愈深，家书虽小，犹可千里传情。

相逢又告别，归帆又离岸，是往日与家人联系的快乐的终结。我想，康汉生老人也在对着明月，盼望着与家人再见一面。如果家乡足以承载理想，可能没有人会愿意背井离乡，我始终感谢她的无私奉献。

她身上那种坚定目标、积极开拓、勇于创新的精神，正是值得我们新时代青少年学习的最好的样子！

（热比亚·巴合达吾列提　2022 级）

亲情支撑梦想　奋斗书写华章：
长孙书信寄深情[1]

【荐读理由】

这封信写于 20 多年前，但它所表达的情感和思想依然深刻而真实。作者是一位"80 后"长孙，他通过书信这一传统形式，以细腻而真挚的笔触，向长辈汇报自己的生活和学习情况，字里行间流露出对家人的思念和感激之情。这种家庭情感的传递，不仅体现了中华民族尊老爱幼的传统美德，也彰显了人文精神的力量。

在这封信中，我们可以看到作者在法学专业的学习中展现出了严谨的科学精神和批判性思维能力。法学作为一门需要深入思考和精确表达的学科，要求学习者具备扎实的专业知识和敏锐的思维能力。作者在信中提到要"打好专业基础""把自己培养为优秀的法律专门人才"，充分体现了其对专业知识的追求和对科学精神的尊崇。同时，作者还展示了出色的学习能力和适应能力。他能够迅速融入大学的学习和生活，担任学习委员并胜任其职，这不仅体现了他的学习能力和领导能力，更展现了他的自我管理和自我提升的能力。他明白学习的重要性，注重提升自己的综合素质，以适应社会的实际需求。此外，作者深知自己的责任和使命。他明白家人为自己的学业付出了巨大的努力，因此他立志要"用心读书"，不辜负家人的期望。

这封信的文字清新自然，既有情感的流露，又有思想的深度。它让我们看到一个年轻人的真实内心世界，也让我们思考自己的成长之

1　郝磊，董长洪 . 家书 [M]. 乌鲁木齐：新疆青少年出版社，2009. 内容有改动。

路。它告诉我们，无论在哪个时代，亲情和友情都是我们成长路上的重要支撑，而努力奋斗和追求梦想则是我们人生的必修课。

（荐读人：崔栋[1]）

【书信原文】

爷爷奶奶

你们好：

我现在就读于吉首大学①政法系法学专业班。法学，不管现在还是将来，都是热门专业。国家把依法治国写入宪法，表明法律在社会中的地位显得越来越重要。而目前，我国法制相对落后，法律人才奇缺。所以，很多如历史、政教专业的本科生纷纷转入法学班，使法学学员由 77 名上升到 125 名。而吉首大学目前还是专科，到 2000 年将升入本科。专升本，这已是高等学府发展之趋势。我要在 3 年里同时拿到法学专科和本科文凭。这要求我要充分利用时间勤奋些了。在大学里，一方面要打好专业基础，把自己培养为优秀的法律专门人才，另一方面要博览群书，提高综合素质。使自己能够适应社会的实际。

今年的学杂费加起来共计 7140 元，费用很多。大学第一年都这样，明年少得多，大约 3000 元左右。大学收费是很稳定的，不像高中，杂费多如牛毛。这次我的学费是多方面凑齐的，你们出了 3000，二叔出了 2000，汤丽君姑姑借给 4000，我爸自己出了 1000。还有舅公、两个姑姑分别给我 100 元、50 元、50 元当做生活费，这才使我按时报名，跨进了大学之门。得到这么多人的帮助，我很感动，特别是你们，本该安享晚年，却为我借钱上大学，节衣缩食，我心里很不平静。用心读书，当然是责无旁贷，我已经懂事了，我不会让你们失望的。法学专业没有补助，但奖学金很丰厚，名目很多，我要力争上游才是。

1　崔栋，可克达拉市镇江高级中学语文教师，高级教师，新疆维吾尔自治区"天山英才"教育教学名师，四师可克达拉市高中语文名师工作室主持人。

开学便是军训，这让我吃尽了苦头，也得到了磨炼。我现在班上担任学习委员，这主要由于我的档案写得好，也由于老师对我的印象比较好。在大学里当干部还很有味道，一是这无疑给我加上了一顶重帽子，那我得努力苦钻专业知识，要在同学面前做出表率；二是，与系里领导、老师打交道机会多，和他们搞好关系对自己以后的实习是很有好处的。总之，我应能上能下，这也是锻炼的机会嘛。

现在我才体会到，搞法学专业的，"脑瓜子、嘴皮子、笔杆子"的重要性。学法律，要求学员素质要高，脑子转得不快不行。口才要好，要求我们善于辩论善于演讲。当了学习委员后，耍笔杆子的事几乎天天有，先是向系里写思想汇报（每两周一次），接着写入党申请书，还要写来吉大的感想，还要写专业课的感想、论文等等。

给你们写完信后。我还要写就职演说，我要写得精彩些，给大家留个好印象，那将是个了不起的演讲。到时，我会脱稿，在大庭广众之下发表已见，公布自己的计划。这两天，每天下午都有新生篮球比赛，我是主力队员。这几天，天天都有文章写，有时力不从心，我以后还要多看书。爷爷的文字功夫很深，我应该学习。

以后我会多给你们写信的，我有很多话要给你们说，要让你们全面了解我的思想、学习、身体情况。因为我知道，你们是很关心我的。

好吧，就此搁笔，我还要复习功课，过两天再给你们写信吧。

祝你们身体健康、舒心快乐！

孙儿：王大志

1999. 10. 8 晚于吉首大学寝室

【作者简介】

王大志，男，祖籍湖南，在小学三年级时，被爷爷王恩城接到新疆石河子，初中二年级时返回湖南老家，后考入湖南吉首大学法律专业，大学毕业后在湖南吉首市法院当了一名法警。

【探微索迹】

① 吉首大学：简称吉大，创建于 1958 年，学校地跨湘西州吉首市和张家界市永定区，是目前湖南唯一一所校区地跨两州市的大学，也是湘鄂渝黔边区唯一一所拥有本—硕—博三级学位授予权和博士后科研流动站的高校。

【品读感悟】

一封充满奋斗与梦想的信

读完这封信，我仿佛看到了一位在人生旅途中的奋进者，虽然面临着重重困难和挑战，但他依然保持着积极向上的心态和对未来的憧憬。作者通过细腻入微的笔触，让我感受到了他对法学的热爱和对知识的渴望。这些生动的细节让我仿佛置身于大学校园之中，一同经历着他的成长与变化。

此外，作者的情感表达尤为动人。他对爷爷、奶奶的感激之情溢于言表，让我感受到了亲情的深厚与温暖。他对自己的要求严格而坚定，让我看到了一个有为年轻人的奋斗与拼搏。他对未来的向往和憧憬，让我感受到了梦想的力量与美好。

这封信的文字清新自然，既有情感的流露，又有思想的深度。它让我看到作者的真实内心世界，也让我思考自己的成长之路。它告诉我们，亲情是我们永远的避风港，而努力奋斗是我们实现梦想的必经之路。

在阅读这封信的过程中，我深深感受到了作者的内心世界和成长历程。他的坚持和努力让我深受启发，让我更加珍惜身边的亲人和朋友，同时也激励我在人生的道路上勇敢前行，追求梦想。

（庞娟英　2022 级）

追逐梦想　奋发向前

阅读完这封信后，我深感作者的热忱与坚毅，以及他对未来的期盼与憧憬。他的信念，如一座灯塔，照亮了他探求法学知识的征途，也让我见证了他的勇敢与担当。

他选择了法学专业，这个在社会中具有重要地位的领域，彰显了他对国家法治建设的关注与热爱。尽管面临高昂的学费和沉重的生活压力他仍坚韧不拔，发愤图强，立志成为优秀的法律专业人才。他的坚持与努力，让我看到了他的拼搏精神。

在大学期间，他不仅专注于专业知识的学习，还积极参与学生事务，担任学习委员，展现了他卓越的组织能力和领导才能。他的积极进取，让我看到了他的责任感。

他深知"脑瓜子、嘴皮子、笔杆子"的重要性，努力提升辩论、演讲和写作能力，以全面提高自己的综合素质。他的自我要求，让我看到了他的自我提升意识。

他积极参与体育活动，作为篮球比赛的主力队员，展现了他良好的身体素质和团队精神。他的全面发展，让我看到了他的活力与朝气。

他的信中满载着对家人和朋友的感激之情，让我感受到了他的善良和感恩之心。他的亲情观，让我看到了他的感恩意识。

总之，他身上所体现的信念、决心、拼搏精神、责任感、自我提升意识、团队精神和感恩意识，皆让我敬佩不已。他的故事激励了我，使我更加坚定地追逐梦想，奋发向前。

（费冬婷　2022级）

浮舟沧海铸国魂　突围困境显坚韧：妈妈，你在那个世界还好吗？[1]

【荐读理由】

　　哀哀父母，生我劳瘁。一声"妈妈"串起了王燕红、母亲、女儿三人的命运齿轮。母爱，是一个人对于"爱"的最初感受，也是一个人内心最柔软处的归宿。母亲在王燕红最艰难的时期给予了她生命突围的力量，王燕红在女儿脆弱的时刻给予了女儿心理的安慰。"女儿"的艰难时期、脆弱时刻何尝不是"母亲"的劫数，只是一声"妈妈"，让"女儿"所有的难都得到了化解，也因为一声"妈妈"，让她们之间的情感长久、永恒。时间最会催人老，离别与遗憾不会缺席任何人的生命。我们永远会为离别、后悔而伤痛，这伤痛在这家书里震耳欲聋。读这两封家书，我们能更深切地体会到这种伤痛，也能对每一个身披荣誉之人的背后有些许理解与动容，更能对自己的选择多一份释怀与坚定。

　　铁肩担责任，一心为祖国。母亲与王燕红、王燕红与女儿的母女之爱是那么深切而又纯粹，母亲为了王燕红有更好的自我，更是为了国家荣誉，选择了不语，这是一种责任；王燕红亦是为了这份荣誉选择了离开，但在离开的背后是思念的折磨与女儿的不解，这也是一种责任，是对女儿的，更是对国家的。没能亲眼看见母亲奔波半辈子培养的小玫瑰绽放是白发人的伤，亦是小玫瑰永远的伤；铿锵玫瑰也会发出对母亲深沉的思念，以及对女儿深深的愧疚。任何时候，只想在

1　郝磊，董长洪. 家书 [M]. 乌鲁木齐：新疆青少年出版社，2009. 内容有改动。

母亲的身边细说年华，这是多少人温暖而又不得的夙愿，只因我们还有太多的身不由己，肩负着为了自己、为了家庭，更是为了国家的责任。

　　坚韧涵内心，逆境绽光芒。1984年对于王燕红来说是特殊的一年，这一年，生性喜爱运动的她被查出患有软骨瘤，这对于她来说无疑是晴天霹雳。上天就是这样喜欢开玩笑，让正处于梦一般年纪的王燕红跌入谷底，也让母亲的生活从此变得不一样。而在充满坎坷的求医之路上，母亲给予了王燕红莫大的精神支持，让王燕红在狭仄的上海弄堂里有了笑声，更是让王燕红在1994年开始练习射箭，参加残奥会，而且因此获得诸多荣誉。一路走来，王燕红的人生之路不可谓不波折，但王燕红却给自己的波折人生增添了不一样的亮光，这背后有母亲的陪伴、支持，更有母女二人内心的强大、坚韧，让她在面对人生逆境之时用坚韧与乐观绽放出多彩光芒。而王燕红也在用自己的文字与语言把这份坚韧身体力行地传递给了自己的女儿，以此让女儿的未来之路走得坚定、走得从容。

（荐读人：胡燕妮[1]）

【书信原文】

王燕红与母亲通信两封

妈妈：

　　您那里还好吗？

　　妈妈，这是女儿写给您的信，我知道，您一定可以看到。今年大年初一，对我来说，是个天都快塌下来了的日子，我的精神彻底崩溃了，我无法接受您的离去。妈妈呀，您怎么就不能坚持到我比赛完，坚持到我站在领奖台上，您跟我最后一次通话，不是说您的

身体没事，一切都好，让我好好训练吗？在您生命垂危的时刻，我却不能在您身边陪伴您，后悔都来不及了，我笨得连电话都没给您打，哪怕让您临走前，听听我的声音，也许您会好过来的，妈，您怎么就丢下我们走了，我还等您为我庆贺，为我开心呀！

我真的受不了您的离开，我病的时候，您陪我治病，鼓励我要勇敢、坚强，当我成为母亲的时候，您又帮我带孩子，现在，您不在了，这个家哪里还像个家？

您知道吗？在您面前，我一直都觉得自己是个长不大的孩子，我一直觉得，您在哪儿，家就在哪儿。我可以在您面前撒娇发脾气，说些不着边际的话，想怎么样就怎么样，现在，您走了，我突然觉得我被这个世界抛弃了，再也没有人像您那样，我哭，陪着我一起哭，我笑，陪着我一起笑，我受了委屈，您比我还难受。

我老在梦里看见您，看到您为我做蒸螃蟹，还看到您就那样笑着给人家理发，嘴里哼着那首我教您唱的歌曲《母亲我为你骄傲》①，一首流行歌曲，您竟唱出了民歌味，对不起，我已经写不下去了，请原谅女儿的不孝。

女儿红红
2004 年 2 月

胡蝶：

今天妈妈听到你委屈的哭声，心里很难受，我真恨不得马上回家好好抱抱你，亲亲你。我真的很内疚，对你，妈妈付出的太少太少，有时候觉得很对不起你，在你最需要我的时候，我却离你很远……你心里可能很难受吧？我知道你还小，不知道怎样去抱怨妈妈，好孩子，等妈妈比完赛，在以后的日子里我会好好弥补我的离开对你的伤害。

亲爱的女儿，我真的很想你。经常想起你半岁时，妈妈离开你的那段日子，再次见面，陌生的目光，送妈妈去机场时，躺在妈妈怀里出奇得乖，两只眼睛看着妈妈的神情，妈妈永远都忘不了呀！奶奶带你的日子，妈妈是多么放心，想你傻傻的美，想你眨眼做怪相的样子，想你在全家老老小小的呵护下健康地成长。

奶奶的去世，你平平妈妈（王燕红的妹妹）的赴美，多少对你也是一种打击，也许你还太小，不懂得离开对你意味着什么，可我却明白，你奶奶入棺时，你撕心裂肺的哭喊声给我们伤痛的心上压了一块重重的石头。

还有一个月，妈妈就可以回家和你在一起了，妈妈何曾不想和你们享受天伦之乐，可妈妈的重任在身呀！为了国家为了咱们的小家，我不能退缩，奶奶去的时候，妈妈没有在她身边，奶奶走的时候很坚强，她留给妈妈很多做人的优秀品质和刚强坚毅的性格，亲爱的女儿，妈妈也希望你能和妈妈一样，有颗坚强的心，无论在以后成长的道路上遇到再大的困难，你都不能退缩，在以后的日子里，我会和你爸爸好好爱你。

妈妈是流着泪写完这封信的，就算你现在看不懂，以后总会看懂的，到那时你就不会怨妈妈了，妈妈不是个没有责任心的人，真的希望你能理解妈妈现在的心情，了却妈妈的奥运金牌梦想。

永远爱你的妈妈

2004 年 8 月 25 日

【作者简介】

王燕红，女，1969 年出生于乌鲁木齐，中石油乌石化公司的一名员工，残奥会运动健将。在远东及南太平洋地区运动会获得三连冠，三破世界纪录。2004 年，在雅典残奥会射箭 70 米女子个人（站姿）决赛中，以 92 环的成绩打破世界纪录，为中国体育代表团赢得残奥会射箭比赛首枚金牌，成为新疆的第一位残奥会金牌得主。2008 年，光荣成为北京残奥会开幕式残奥会会旗第一执旗手。先后获得全国劳模、全国五一劳动奖章、全国三八红旗手、全国五四青年贡献奖章、全国

优秀运动员、中国石油十杰青年、中国石油劳动模范等荣誉称号。多年以来，她一直在新疆残联射箭队当运动员兼教练，先后为射箭队培训出30多名优秀运动员。这两封信是2004年王燕红分别写给妈妈和女儿的，当时妈妈刚刚去世，而她正在广东集训备战雅典残奥会。

王燕红像

【探微索迹】

① 歌曲《母亲我为你骄傲》：由东芝作词、周峰演唱的歌曲，收录于专辑《眼之魅》，是一首歌唱母亲的颂歌。

【品读感悟】

读《王燕红与母亲通信两封》有感

　　王燕红是为国争光的运动员，一枚枚奖牌、一个个称号、一次次欢呼……都向每一个人证明着——王燕红是残奥会赛场上万般耀眼的光。但她不仅仅在赛场上发光，还是女儿眼中追逐的光、妈妈心中骄傲的光。她是年幼女儿的榜样，更是妈妈心中的骄傲。

　　世人皆知她的耀眼夺目，但我肯定，王燕红是刺破了黑云重重，射穿了阴霾层层，才成为那耀眼的光。

　　是什么让这束光如此耀眼坚韧？我想，是母爱。

　　我感受着妈妈对王燕红深深的爱。爱在不辞辛劳地理发赚医药费，爱在哪怕女儿残疾也支持她的运动梦，爱在自己病重也不愿女儿为此担心。她向妈妈写着"我真的受不了您的离开，我病的时候，您陪我治病，鼓励我要勇敢、坚强"，从这一句句女儿发自肺腑的话语中，又怎会看不出妈妈的爱对女儿的重要。在大年初一失去世界上最爱自己的人，是何等遗憾、悲伤、痛苦，那天晚上的她，脑海里会有妈妈花白的头发，会有理发赚钱而满是茧的手，会有妈妈同她合唱的民歌调子……但这一幕幕美好的画面，在现实中却再也见不到了。我不敢想象她的悲痛，但这些情感定如同凛冬的风暴，席卷着女儿内心最柔软的地方。

她向最爱自己的妈妈毫无保留地诉说着后悔、悲痛和无尽的遗憾。对自己最爱的女儿却满满都是心疼、想念、愧疚。在母亲面前永远都是小孩的她，如今也成了别人的母亲。

读后我十分心疼，年幼的女儿因为妈妈的少之又少的陪伴而疏远她，这无疑给刚失去母爱的王燕红致命的打击。最爱她的人去了，心爱的女儿又疏远她。双重打击下的她该是多么的无助！若我处于王燕红的境地，定会无比痛心，气女儿的不理解。但这正是我最佩服她的，在这样的心里伤痛与高强度训练双重压力中，她没有因为女儿的不理解而被打倒，更没有生女儿的气。她写"到时候你就不会怨妈妈了"，写"妈妈不是个没有责任心的人"，写"我真的很想你"，写"希望你能理解"，却独独没有质问女儿"为什么你就不能理解理解我呢"？夺冠后她想的也是看看女儿怎样了，看到女儿的照片才放下心来。

爱只会随着时间愈发强烈，愈发明显。女儿也感受到了王燕红真挚的爱意。母爱能冲破各种阻碍，拦在母女之间的屏障终究会被打破，如今王燕红是女儿的骄傲。

妈妈留给了王燕红优秀的品质和刚强坚毅的性格，她拿起优秀品质的剑、刚强坚毅的盾不断地突破，"这枚金牌是献给九泉之下的妈妈的。"她拿上了雅典金牌，可妈妈却没等到她"走上雅典领奖台的那一天"。人生终有遗憾，但更重要的是向前走。我实在佩服王燕红坚韧的心，如此风暴也没能把她打倒，天塌下来的日子她也坚强地撑住。她坚韧不拔的性格深深打动着我，我相信她女儿心中最骄傲的亦是有一位这样坚强的母亲！女儿也必将传承优秀的品质和刚强坚毅的性格，拥有一颗坚强的心。

让光耀眼的是妈妈给王红燕的母爱，也是王红燕给女儿的母爱。三代人唱着同一首歌——"深夜里　风儿静悄悄　有个窗口　灯光闪

耀……"不一样的唱法，不一样的嗓音，不一样的时代，却都在赞美那"神圣的爱"，发自内心地表达着"母亲，母亲，我为你骄傲"！

如今，这两封信仍然在王燕红随身携带的训练手册上。她翻看的时候也会想到那段艰难时光的刻骨铭心吧，母亲离世的悲痛定令她难以忘怀，但我相信，她更注重的是母亲留给她的优秀品质与坚毅性格带给她的无穷力量。

在我的生命中，母亲也占据着无法替代的位置。她会为了我的生活费而努力工作，她会在第一次送我离开家的时候让我坚强，却悄悄在我身后擦眼泪，她会了解我的兴趣爱好并且支持我。她教会我礼仪，教会我梳妆打扮，教会我坚强地面对人生的困境……每一个母亲都不一样，但不变的是，所有母亲都会不求回报地爱着自己的孩子。

两封信，纸短情长，王燕红如此热烈而真挚的感情让我的内心久久无法平静。我希望母亲长命百岁，希望母亲无病魔纠缠，最重要的，是我要同王燕红这束耀眼的光一样，不怕黑夜的到来，不怕崩塌的苍穹，拥有一颗坚强的心，治愈自己，更治愈身边所爱之人。

（胡偌菲　2023 届）

读《王燕红与母亲通信两封》有感

读了王燕红的两封家书——"爱"与"责任"，百感交集。爱是母亲，母爱将她托举，跨越腿疾的不便；责任为国，奥运的使命助她远行，奔赴雅典，为国争光。

太阳，每时每刻都是夕阳，又都是旭日。当它熄灭着走下山去收尽苍凉残照之际，正是它在另一面燃烧着爬上山散布烈烈朝晖之时。史铁生在地坛前如此感慨。

若要以旭日和夕阳作比，2004 年大年初一的王燕红便如夕阳骤落不尽落魄，母亲离世而自己远在他乡，女儿的疏远，电话的滴声，我不知道此刻的王燕红是何种心情，但她一定想抛开一切去看看自己离世的母亲，抱抱自己幼小的女儿。

然而，母爱离去，责任仍在。比赛在即，王燕红无法抛开自己的责任，于是悲痛之中的她提笔，写信，一封给母亲，一封给女儿。是为了爱。

在信中，母亲与她一起度过的艰难岁月和温馨场面一一浮现，字里行间近乎哽咽，对母亲，她尽诉衷肠，尽表哀思。可是在女儿面前，她仍然要肩负母亲的职责，她希望女儿能理解她，表达思念的同时又强调着国家，她教导女儿，国之重任，其为重也。即使女儿有许多委屈，自己有许多悲痛，她都不可以也不愿退缩，是为责任。

在我看来，王燕红的两封家信是写给家人的也是写给自己的，给母亲写信的同时她理解了母亲——刻意隐瞒的病情，临终的不辞而别。这是母亲的坚强，也是对王燕红的期许，她希望王燕红成就自己，完成责任。这一切都体现在她写给女儿的信中，她说奶奶虽然没有给她一个告别，但是留给了她优秀的品质和坚毅的性格，希望女儿能理解和肯定。

在爱与责任的矛盾与夹杂中，王燕红终于如旭日浩荡升起，手中之剑势如破竹，这是她的荣耀，也是母亲的信念。首枚金牌，打破了世界纪录！

这枚金牌不仅属于王燕红所忠于的国家，也属于王燕红的一家三代，是爱与责任使她们付出，也是爱与责任将他们相连。

（马芸　2023届）

追光逐月的人生　不被定义的自我：
感谢贫穷[1]

【荐读理由】

有人说，"艰难困苦，是磨砺人格的最高学府"。唐代诗人杜甫用纸笔书写苦难，揭示社会和时代的本质；作家路遥用文字记录血泪，展示坚韧和勤劳的力量……不可否认，有人因贫穷和困难而沉沦，但古往今来，依然有无数志士直面苦难，创造奇迹，为后人树立起永恒的丰碑。

北大女孩王心仪乐观面对生活困境，从贫困的乡村走来，在贫瘠的土地上开出灿烂的花朵；她理性对待阶段性成功，从静谧的燕园走向澎湃的大海，在辽宁舰上激荡动人的浪花；她积极担当时代的使命，从辽阔的大海归来，在北大校园继续追求和创造更加充盈的精神世界。

在《感谢贫穷》一信中，她用不懈的努力告诉我们，不必看手掌的纹路，而要相信手指的力量；她用乐观的态度告诉我们，苦难可以压垮人，但跨过苦难，就是另一番天地；她用执着的坚持告诉我们，总有一些坚守，能从一寸冰封的土地里，培育出十万朵怒放的蔷薇；她用理性的思考告诉我们，要学会勇敢告别，抛开过去的成就和困惑，重新定义自己。

她没有止于感谢贫穷，而是顺应时代的发展，将个人的涓滴融入国家的汹涌浪潮，主动担当，绽放青春。她用事实证明：那些打不倒我们的，终究使我们更强大！

（荐读人：毛宪雪[2]）

1　关正文. 见字如面：动人的中国书信 [M]. 济南：山东文艺出版社，2019. 内容有改动。

2　毛宪雪，可克达拉市镇江高级中学语文教师，二级教师。曾获第二届"中语杯"全国中学语文教师优秀论文教学设计一等奖，第六届"语文报杯"全国语文微课大赛微课课件类国家级一等奖，"创新杯""叶圣陶杯"等全国作文大赛指导教师一等奖。

【书信原文】

　　提笔时，我是有些许犹豫的。因为不知道该怎么讲起这个关于我自己、关于贫穷，以及关于希望的故事。

　　我出生在河北枣强县①枣强镇新村。我有两个弟弟，大弟弟和我一起就读于枣强中学②，小弟弟还在上幼儿园。一家人的生活仅靠着两亩贫瘠的土地和父亲打工微薄的收入维持着。

　　第一次直面贫穷与生活的真相是在八岁那年。那年姥姥被诊断出患有乳腺癌，一家人虽然焦急又慌乱，却依然难以从拮据的手头挤出救命钱来。姥姥的生命像注定熄灭的蜡烛，慢慢地变弱、燃尽，直到失去最后的光亮。

　　而姥姥的离世，也让幼小的我第一次感到被贫穷扼住了咽喉。我清楚地记得那些灰暗的日子里母亲无声又无助的泪水，我开始明白：谈钱世俗吗？不，它给予了我们最基本的生活保障，也让我们能尽全力去留住那些珍贵的人和物。而这些也让敏感的我意识到，生活才刚刚揭开她的面纱。

　　我和比我小一岁的弟弟相继踏上求学路，又给家中添了不少经济负担。母亲身体不好，家中又有农活儿和生活难以自理的外公，这让母亲无法外出工作。父亲一人打工养家糊口，工作不稳定，工资又少得可怜，一家人的日常花销都要靠母亲精打细算才勉强让收支相抵。

　　外公与妈妈一年的医药费也是一笔不小的开销，姥姥生病时家里又欠下了不少债，免不了就要省掉其他不必要的花销。亲戚们不定时会把一些旧衣服拿到我家，有些还能穿的衣服经母亲洗洗，也就穿在了我和弟弟身上。她常说"穿衣裳不图多么好看，干净、保暖就很好了"。这也就不难解释为什么母亲现在仍穿着二十年前的校服了。而我和弟弟也十分听话，从不吵着要新衣服、新鞋子。

　　除了衣着，上学带来的另一个问题就是：交通。低年级可以在

村里上，但升到三年级就只能去乡里的学校。家里有一辆自行车，我坐在后座，弟弟只能坐前面的梁上，两条腿翘起来。到乡里的路破得不成样子，水泥板碎成一片一片，走起来坑坑洼洼，一到雨天还会积很多水。可妈妈每次接送，从不误时。其实本可以让我们寄宿在学校，一周只需要接送一次，但乡里学校的伙食实在很贵，妈妈又担心正在长身体的我们营养跟不上，而她却苦了体弱的自己。

记得有一次下大雪，雪积了有一尺厚，车子出不了门，但妈妈还是裹着棉袄，顶着风，走到学校来接我们，一路上也不知道有多少雪融化在母亲的脸上。但我和弟弟兴奋得不得了，一边玩雪，一边和妈妈说着今天学到的新知识。我们三个人就这样一直走到天黑才到家。那时我便懂得了：幸福不是因为生活是完美的，而是因为你能忽略那些不完美，并尽力地拥抱自己所看到的美好与阳光。

贫穷带来的远不止痛苦、挣扎与迷茫。尽管它狭窄了我的视野，刺伤了我的自尊，甚至间接带走了至亲的生命，但我仍想说——谢谢你，贫穷。

感谢贫穷，你让我领悟到真正的快乐与满足，让我坚信教育与知识的力量；感谢贫穷，你赋予我生生不息的希望与永不低头的气量。我享受着上天的恩惠与祝福，也深深地爱恋着脚下坚实与质朴的黄土地。我从卑微处走来，亦从卑微之处汲取生命的养分。

【作者简介】

王心仪，2018 年 6 月毕业于河北枣强中学，同年 7 月，被北京大学中文系录取。高考成绩 707 分，位居河北省理科第 38 名，其中数学 150 分，全省第一名。

因家境贫困，高考结束后，经高中物理老师介绍，她在保定一家辅导机构做辅导员。当北大的录取通知书寄到家门口之时，她还只身一人在异地打工。因一篇《关于自己、关于贫穷、关于希望》引起网络热议而被人熟知。

【探微索迹】

① 枣强县：隶属于河北省衡水市，地处河北省东南部，衡水市南端。于2018年9月退出贫困县序列。

② 枣强中学：隶属枣强县教育体育局，是河北省省级重点中学，省级示范性高中。

【品读感悟】

《感谢贫穷》读后感

近日，读到一篇北大学子王心仪的文章《感谢贫穷》。那一字一句，震撼着我的心。她在文章中说道："我享受着上天的恩惠与祝福，也深深的爱恋着脚下坚实与质朴的黄土地。我从卑微处走来，亦从卑微之处汲取生命的养分。"

我常常觉着贫穷是一生的不幸，是老天的一次下马威，它于高处俯视平凡，在眼泪滴落之时爆发出嘲弄声；它派出贫穷来恐吓人间的胆小鬼，让他们面对梦想望而却步。"感谢贫穷，你让我坚信教育与知识的力量。物质的匮乏带来的不外是两种结果：一个是精神的极度贫瘠，另一个是精神的极度充盈。而我，选择后者。"可是当我看见这样一段文字时，过去的想法被推翻，梦想的种子正在疯狂抽芽。

听着同学的过分嘲笑，她说："人生的路毕竟不是走给别人看的。"走在泥泞的路上，她想的是："忽略那些不完美，并尽力地拥抱自己所看到的美好与阳光。"她不认为命运不公，因为她觉得："当我们从一开始便遇得到阻碍与坎坷，当命运看似在刁难自己，不要怀疑，她只是想让你茁壮成长。"

普罗斯特曾说，梦想一旦被付诸行动，就会变得神圣。不忘初心，不忘本真，朝着梦想大步向前。《海上钢琴师》中的1900从小被父亲抛弃在大洋上，最后为了实现自我的音乐理想，甘愿沉溺在爆破的旧船上……无论家境如何，只要心怀梦想，顽强拼搏都可以培养出懂得感恩，自立自强，成绩优异的好孩子。如今，梦想正以一种新的姿态

出现在大众眼前。因为有了阻力，梦想才显得珍贵；因为有了拼搏，梦想才有了价值。

子规夜半犹啼血，不信东风唤不回。因为梦想，我们还在坚持，因为明天尚且未知。

（胡锦欣　2023 级）

石缝花开

——读《感谢贫穷》有感

茫茫前路，我在料峭惊寒中步履匆匆，狂风拔地而起，摧残了花朵的枝叶；荆棘满途，漫漫长路上好似早已刻上命运的图章。

路途荆棘丛生的，还有一位农村的寒门女孩。八岁那年，她的姥姥被诊断出患有乳腺癌，一家人焦急慌乱，却难以从拮据的手头挤出救命钱。最终，姥姥生命的蜡烛失去了最后的光亮。那一次，幼小的她第一次感到被贫穷扼住了咽喉。敏感的她也意识到：生活，才刚刚揭开她的面纱。而荆棘，正在她的路途缠绕生长。

家庭困顿，生活艰难，她便穿着亲戚家孩子的旧衣服，坚持用知识装饰内里的自我；乡路崎岖，也阻挡不住她求知的步伐，骑自行车飞溅的水泥也绽放出生命的坚强；她的童年没有玩具和游戏的陪伴，但她却在自然的土地里传唱欢乐的歌谣；她在石缝中生长，追逐着真理与智慧的光芒，极度充盈了自己的精神世界，最终化手中的笔为利剑，于高考考场斩断荆棘，以 707 分的高考成绩被北大录取，盛放青春的花朵。她就是王心仪。

当目光落到她写下的文章《感谢贫穷》的最后一个字，时光凝结，我只听见花开的声音，那是一种冲破土壤，烈烈怒放的花开的声音。我总是抱怨求学之艰，满是风雪击面，总会学海跌宕，常有烈日灼灼，但不想王心仪的人生征程远比我荆棘丛生。而她却将生活的疼痛化作人生的金黄，从贫穷和苦难的石缝中沉吟着生命的清香。文章中说道："土松，苗反而长不出来，破土之前遇到坚实的土壤，才能让苗更苗壮地成长。"真真切切的字字句句里饱含哲思，我从中汲取前行的力量，热泪盈眶，却也坚定地注视着远方。

"艰难困苦，玉汝于成。"梅花虽寄身于万芳凋零的寒冬之际，但其百折不回、傲霜斗雪，终于芳香满尘寰。

寒意料峭又何妨？春色终将尽染重峦，青春之花也将于石缝中生机盎然。来吧，以星火燎原之势卷翻命定的刻章！

（李子滢　2023 级）

后　记

　　2021年，编者踏上援疆之旅后，组建了中华民族共同体意识培育课程思政工作室。在此平台上，一群志趣相投的教师齐聚一堂，共同致力于荐读中华传统书信。传统书信中的一点一墨、一行一句，不仅流露出作者的浓浓情意，更流淌着中华上下五千年的文化积蕴。"润心教育"，需要借助对历史载体的理解、解释和评析来实现，而传统书信正是这样一种极具历史价值与文化意义的载体。这些书信根植于现实，带有鲜明的时代印迹，同时也蕴含着作者彼时对时代的感悟与诠释。

　　黑格尔曾说"人的本质是精神"，雅斯贝尔斯认为"教育过程首先是一个精神成长过程"。基于这些思考，"聚焦学生精神成长，增强心理弹性，为学生幸福人生奠基"的润心教育理念逐渐成了我们工作的核心。2022年年初，工作室在特色课程中正式推出了"书信+"驿站项目活动。

　　为引导和促进学生健康、充实地度过三年高中的学习和生活，为他们的未来可持续发展奠基，工作室充分利用"书信+"驿站交流平台，将书信与核心价值观、家校合作、健全人格培养、核心素养培养等德育因素结合，整合高中阶段人才培养的诸多要素，遵循教育教学的规律、人的成长规律、教育与经济社会发展相适应的规律等，系统规划并实施了高中生的精神成长及全面发展计划。工作室以学生喜闻乐见的电子书信或传统手写书信等方式，通过QQ群、微信群、班团活动等多种途径传递。在书信传递过程中，师生共同阅读书信，更深刻地感知现在的幸福生活，获得了丰富的情感熏陶和美学享受，积累了难得的成长体验和人生智慧，拉近了师生、生生、家校社之间的距离，使校园成为学生精神关怀的家园和健康成长的平台，有效激发了学生潜在的积极品质和积极力量，使每个学生都拥有在现实生活中寻找幸福的能力。

《尺素传情 名信润心：聚焦中学生精神成长》一书，是基于"书信+"驿站项目活动所开发的特色资源精心编撰而成的。书中除了收录信件原文外，还包含了师生共同撰写的推荐语和读后感。作为特色课程推进中的实践成果，编辑在保证文通字顺的同时，尽量保留学生文字自然质朴的风格，真实反映了其在此阶段的成长状态与心路历程。

在本书编写过程中，我们得到了各级领导与众多专家学者的鼎力支持和帮助，于此一并感谢。然而，鉴于我们的理论水平、知识储备、眼界视野及所占有的书信材料局限，尽管已竭尽全力，但也难免存在疏漏，我们诚挚地希望广大读者能够提出宝贵的批评与建议，以便我们能够及时地修正并完善，为读者的阅读体验与精神成长贡献更多力量。

特别说明：

（1）本书所有信札均由真实人物书写。本书未注明资料来源的文图均为编者添加或根据真实事件、素材改编。

（2）在本书编写过程中，编者参考了大量的资料并引用了部分文章和图片等。这些引用的资料大部分已获授权，但由于部分资料来自网络，我们未能确认出处，也暂时无法联系到原作者。对此，我们深表歉意，并欢迎原作者随时与我们联系，我们将按规定支付稿酬。

（3）本书配套书签的设计灵感源自于新疆尼雅遗址出土的距今2000多年的汉简形制及上所刻的文字"奉谨以琅玕一，致问春君，幸毋相忘"，寥寥数字，其情可见。两种书签分别由省镇江一中校友黄琳茜与可中教师王亚斌书写，异地同心，一样情缘。于此，并致谢忱。

严龙梅

2024 年 12 月 1 日